鲁迅著作分类全编

甲编一卷

人之历史

关于中外历史

鲁迅 著

陈漱渝 王锡荣 肖振鸣 编

SPM 南方出版传媒 广东人民出版社

·广州·

图书在版编目（CIP）数据

人之历史 / 鲁迅著；陈漱渝，王锡荣，肖振鸣编．— 广州：广东人民出版社，2019.7
（鲁迅著作分类全编）
ISBN 978-7-218-13436-9

Ⅰ．①人… Ⅱ．①鲁… ②陈… ③王… ④肖… Ⅲ．①鲁迅散文—散文集 Ⅳ．①I210.4

中国版本图书馆 CIP 数据核字（2019）第 056071 号

REN ZHI LISHI
人之历史
鲁迅 著　　陈漱渝 王锡荣 肖振鸣　编

出 版 人：肖风华

特邀策划：房向东
责任编辑：严耀峰　马妮璐
责任技编：周　杰　易志华
装帧设计：周伟伟

出版发行：广东人民出版社
地　　址：广东省广州市海珠区新港西路 204 号 2 号楼（邮政编码：510300）
电　　话：（020）85716809（总编室）
传　　真：（020）85716872
网　　址：http://www.gdpph.com
印　　刷：山东临沂新华印刷物流集团有限责任公司
开　　本：787mm×1092mm　1/16
印　　张：23.5　　**字　　数**：282 千
版　　次：2019 年 7 月第 1 版　2019 年 7 月第 1 次印刷
定　　价：49.00 元

如发现印装质量问题，影响阅读，请与出版社（020－85716808）联系调换。
售书热线：（020）85716826

目　录

人之历史

——德国黑格尔氏种族发生学之一元研究诠解

进化之说，黏灼于希腊智者德黎（Thales），至达尔文（Ch.Darwin）而大定。德之黑格尔（E.Haeckel）者，犹赫胥黎（T.H.Huxley）然，亦近世达尔文说之讴歌者也，顾亦不笃于旧，多所更张，作生物进化系图，远追动植之绳迹，明其曼衍之由，间有不足，则补以化石，区分记述，蔚为鸿裁，上自单幺，近讫人类，会成一统，征信历然。虽后世学人，或更上征而无底极，然十九世纪末之言进化者，固已大就于斯人矣。中国迩日，进化之语，几成常言，喜新者凭以丽其辞，而笃故者则病侪人类于猕猴，辄沮遏以全力。德哲学家保罗生（Fr. Paulsen）亦曰，读黑格尔书者多，吾德之羞也。夫德意志为学术渊丛，保罗生亦爱智之士，而犹有斯言，则中国抱残守阙之辈，耳新声而疾走，固无足异矣。虽然，人类进化之说，实未尝渎灵长也，自卑而高，日进无既，斯益见人类之能，超乎群动，系统何昉，宁足耻乎？黑氏著书至多，辄明斯旨，且立种族发生学（Phylogenie），使与个体发生学（Ontogenie）并，远稽人类由来，及其曼衍之迹，群疑冰泮，大闳犁然，为近日生物学之峰极。今乃敷张其义，先述此论造端，止于近世，而以黑氏所张皇者终。

人类种族发生学者，乃言人类发生及其系统之学，职所治理，在动物种族，何所由昉，事始近四十年来，生物学分支之最新者也。盖古之哲士宗徒，无不目人为灵长，超迈群生，故纵疑官品起原，亦彷徨于神话之歧途，诠释率神閟而不可思议。如中国古说，谓盘古辟地，女娲死而遗骸为天地，则上下未形，人类已现，冥昭瞢暗，安所措足乎？屈灵均谓鳌载山抃，何以安之，衷怀疑而词见也。西国创造之谭，摩西最古，其《创世记》开篇，即云帝以七日作天地万有，抟埴成男，析其肋为女。当十三世纪时，力大伟于欧土，科学隐耀，妄信横行，罗马法王，又竭全力以塞学者之口，天下为之智昏，黑格尔谥之曰世界史之大欺罔者（Die grossten Gaukler Weltgeschichte），非虚言也。已而宗教改萌，景教之迷信亦渐破，歌白尼（Copernicus）首出，知地实绕日而运，恒动不居，于此地球中心之说隳，而考核人类之士，亦稍稍现，如韦赛黎（A.Vesalius）欧斯泰几（Eustachi）等，无不以钲验之术，进智识于光明。至动物系统论，则以林那出而一振。

林那（K.von Linné）者，瑞典耆宿也，病其时诸国之治天物者，率以方言命名，繁杂而不可理，则著《天物系统论》，悉名动植以腊丁，立二名法，与以属名与种名二。如猫虎狮三物大同，则谓之猫属（Felis）；而三物又各异，则猫曰 Felis domestica，虎曰 Felis tigris，狮曰 Felis leo。又集与此相似者，谓之猫科；科进为目，为纲，为门，为界。界者，动植之判也。且所著书中，复各各记其特点，使一披而了然。惟天物繁多，不可猝尽，故每见新种，必与新名，于是世之欲以得新种博令誉者，皆相竞搜采，所得至多，林那之名大显，而物种（Arten）者何，与其内容界域之疑问，亦同为学者所注目矣。虽然，林那于此，固仍袭摩西创造之说也，《创世记》谓今之生物，皆造自世界开辟之初，故《天物系统论》亦云免诺亚时洪水之难，而留遗于今者，是为物种，凡动植种类，绝无增损变化，以殊异于神所手创云。盖林那仅知现在之生物，而往古无量数年前，尝有生物栖息地球之上，为今日所无有者，则未之觉，故起原之研究，遂不可几。并世博物家，亦笃守旧说，无所发挥，即偶有觉者，谓生物种类，经久久年月间，不无微变，而世人闻之皆峻拒，不能昌也。递十九世纪初，乃始诚有知生物进化之事实，立理论以诠释之者，其人曰兰麻克，而寇伟实先之。

寇伟（G.Cuvier）法国人，勤学博识，于学术有伟绩，尤所致力者，为动物比较解剖及化石之研究，著《化石骨胳论》，为今日古生物学所由昉。盖化石者，太古生物之遗体，留迹石中，历无数劫以至今，其形了然可识，于以知前世界动植之状态，于以知古今生物之不同，实造化之历史，自泐其业于人间者也。揣古希腊哲人，似不无微知此意者，而厥后则牵强附会之说大行，或谓化石之成，不过造化之游戏，或谓两间精气，中人为胎，迷入石中，则为石蛤石螺之属。逮兰麻克查贝类之化石，寇伟查鱼兽之化石，始知化石诚古生物之留蜕，其物已不存于今，而林那创造以来无增减变迁之说遂失当。然寇伟为人，固仍袭生物种类永住不变之观念者也，前说垂破，则别建“变动说”以解之。其言曰，今日生存动物之种属，皆开辟之时，造自天帝之手者尔。特动植之遭开辟，非止一回，每开辟前，必有大变，水转成陆，海坟为山，于是旧种死而新种生，故今兹化石，悉由神造，惟造之之时不同，则为状自异，其间无系属也。高山之颠，实见鱼贝，足为故海之征，而化石为形，大率撑拒惨苦，人可知其变之剧矣。自开辟以至今，地球表面之大故，至少亦十五六度，每一变动起，旧种悉亡，爰成化石，留后世也。其说逞肊，无实可征，而当时力乃至伟，崇信者满学界，惟圣契黎（E.Geoffroy St.Hilaire）与抗于巴黎学士会院，而寇伟博识，据垒极坚，圣契黎动物进化之说，复不具足。于是千八百三十年七月三十日之讨论，圣契黎遂败。寇伟变动之说，盛行于时。

虽然，不变之说，遂不足久餍学者之心也，十八世纪后叶，已多欲以自然释其疑问，于是有瞿提（W.von Goethe）起，建"形蜕论"。瞿提者，德之大诗人也，又邃于哲理，故其论虽凭理想以立言，不尽根于事实，而识见既博，思力复丰，则犁然知生物有相互之关系，其由来本于一原。千七百九十年，著《植物形态论》，谓诸种植物，出皆原型，即其机关，亦悉从原官而出；原官者，叶也。次复比较骨胳，造诣至深，知动物之骨，亦当归一，即在人类，更无别于他种动物之型，而外状之异，特缘形变而已。形变之因，有大力之构成作用二：在内谓之求心力，在外谓之离心力，求心力所以归同，离心力所以趋异。归同犹今之遗传，趋异犹今之适应。盖瞿提所研究，为从自然哲学深入官品构造及变成之因，虽谓为兰麻克达尔文之先驱，蔑不可也。所憾者则其进化之观念，与康德（I.Kant）倭堪（L.Oken）诸哲学家立意略同，不能奋其伟力，以撼种族不变说之基础耳。有之，自兰麻克始。

兰麻克（Jean de Lamarck）者，法之大科学家也，千八百二年所著《生体论》，已言及种族之不恒，与形态之转变；而精力所注，尤在《动物哲学》一书，中所张皇，先在生物种别，由于人为之立异。其言曰，凡在地球之上，无间有生无生，决无差别，空间凡有，悉归于一，故支配非官品之原因，亦即支配有官品之原因，而吾党所执以治非官品者，亦即治有官品之途术。盖世所谓生，仅力学的现象而已。动植诸物，与人类同，无不能诠解以自然之律；惟种亦然，决非如《圣书》所言，出天帝之创造。况寇伟之说，谓经十余回改作者乎？凡此有生，皆自古代联绵继续而来，起于无官，结构至简，继随地球之转变，以渐即于高等，如今日也。至最下等生物，渐趋高等之因，则氏有二律，一曰假有动物，雏而未壮，用一官独多，则其官必日强，作用亦日盛。至新能力之大小强弱，则视使用之久暂有差。浅譬之，如锻人之腕，荷夫之胫，初固弗殊于常人，逮就职之日多，则力亦加进，使反是，废而不用，则官渐小弱，能力亦亡，如盲肠者，鸟以转化食品，而无用于人，则日萎，耳筋者，兽以动耳者也，至人而失其用，则留微迹而已：是为适应。二曰凡动物一生中，由外缘所得或失之性质，必依生殖作用，而授诸子孙。官之大小强弱亦然，惟在此时，必其父母之性质相等：是为遗传。适应之说，迄今日学人犹奉为圭臬，遗传之说，则论诤方烈，未有折衷，惟其所言，固进化之大法，即谓以机械作用，进动物于高等是已。试翻《动物哲学》一书，殆纯以一元论眼光，烛天物之系统，而所凭借，则进化论也。故进化论之成，自破神造说始。兰麻克亦如圣契黎然，力驳寇伟，而不为世所知。盖当是时，生物学之研究方殷，比较解剖及生理之学亦盛，且细胞说初成，更近于个体发生学者一步，于是萃人心于一隅，遂蔑有致意于物种由来之故者。而一般人士，又笃守旧说，得新见无所动其心，故兰麻克之论既出，应者寂然，即寇伟之《动物学年报》中，亦不为一记，则说之孤立无和，可以知矣。迨千八百五十八年而达尔文暨华累斯（A.R.Wallace）之"天择论"现，越一年而达尔文《物种由来》成，举世震动，盖生物学界之光明，扫群疑于一说之下者也。

达尔文治生学之术，不同兰麻克，主用内籀，集知识之大成，年二十二，即乘汽舰壁克耳，环世界一周，历审生物，因悟物种所由始，渐而搜集事实，融会贯通，立生物进化之大原，且晓形变之因，本于淘汰，而淘汰原理，乃在争存，建“淘汰论”，亦曰“达尔文说”（Selektionstheorie od.Darwinismus），空前古者也。举其要旨，首为人择，设有人立一定之仪的，择动物之与相近者育之，既得苗裔，则又育其子之近似，历年既永，宜者遂传。古之牧者园丁，已知此术，赫胥黎谓亚美利加有觳羊者，惧羊跳踉，超圈而去，则留短足者而渐汰其他，递生子孙，亦复如是，久之短足者独传，修胫遂绝，此以人力传宜种者也。然此特人择动植而已，天然之力，亦择生物，与人择动植无大殊，所异者人择出人意，而天择则以生物争存之故，行于不知不觉间耳。盖生物增加，皆遵几何级数，设有动物一偶于此，毕生能产四子，四子又育，当得八孙，五传六十四，十传而千二十八，如是递增，繁殖至迅。然时有强物，灭其耎弱，沮其长成，故强之种日昌，而弱之种日耗；时代既久，宜者遂留，而天择即行其中，使生物臻于极适。达尔文言此，所征引信据，盖至繁博而坚实也。故究进化论历史，当首德黎，继乃局脊于神造之论；比至兰麻克而一进；得达尔文而大成；迨黑格尔出，复总会前此之结果，建官品之种族发生学，于是人类演进之事，昭然无疑影矣。

黑格尔以前，凡云发生，皆指个体，至氏而建此学，使与个体发生学对立，著《生物发生学上之根本律》一卷，言二学有至密之关系，种族进化，亦缘遗传及适应二律而来，而尤所置重者，为形蜕论。其律曰，凡个体发生，实为种族发生之反复，特期短而事迅者耳，至所以决定之者，遗传及适应之生理作用也。黑氏以此法治个体发生，知禽兽鱼虫，虽繁不可计，而逖推本原，咸归于一；又以治种族发生，知一切生物，实肇自至简之原官，由进化而繁变，以至于人。盖人类女性之胚卵，亦与他种脊椎动物之胚卵，同为极简之细胞；男性精丝，亦复无异。二性既会，是成根干细胞，此细胞成，而个人之存在遂始。若求诸动物界，为阿弥巴属，构造至简，仅有自动及求食之力而已，继乃分裂，依几何级数成细胞群，如班陀黎那（Pandorina），作桑葚状，葚空其中，渐而内陷，是成原肠，今日淡水沟渠中动物希特拉（Hydra），亦如是也。更进，则由心房生血管四偶，曲向左右，状如鱼鳃，胎儿届此时，适合动物界之鱼类；复次之发达，皆与人类以外之高等动物无微殊，即已有脑髓耳目及足，而以较他种脊椎动物之胎儿，仍无辨也。凡此研究，皆能目击，日审胚胎之发育而得其变化。惟种族发生学独不然，所追迹者，事距今数千万载，其为演进，目不可窥，即直接观察，亦局于至隘之分域，可据者仅间接推理与批判反省二术，及取诸科学所经验荟萃之材，较量箪究之而已。故黑格尔曰，此其为学，肄治滋难，决非个体发生学所能较也。

往之言此事者，有达尔文《原人论》，赫胥黎《化中人位论》。黑格尔著《人类发生学》，则以古生物学个体发生学及形态学证人类之系统，知动物进化，与人类胎儿之发达同，凡脊椎动物之始为鱼类，见地质学上太古代之僦罗纪，继为迭逢纪之蛙鱼，为石墨纪之两栖，为二叠纪之爬虫，及中古代之哺乳动物，递近古代第三纪，乃见半猿，次生真猿，猿有狭鼻族，由其族生犬猿，次生人猿，人猿生猿人，不能言语，降而能语，是谓之人，此皆比较解剖个体发生及脊椎动物所明证者也。惟个体发达之序亦然，故曰种族发生，为个体发生之反复。然此仅有脊椎动物而已，若更上溯无脊椎动物而探其统系，为业尤艰巨于前。盖此种动物，无骨骼之存，故不见于化石，特据生物学原则，知人类所始为原生动物，与胎孕时之根干细胞相当，下此亦各有相当之动物。于是黑格尔乃追进化之迹而识别之，间有不足，则补以化石与悬拟之生物，而自单幺以至人类之系图遂成，图中所载，即自穆那罗（Monera）渐进以至人类之历史，生物学上所谓种族的发生者是也。其系图如别幅。

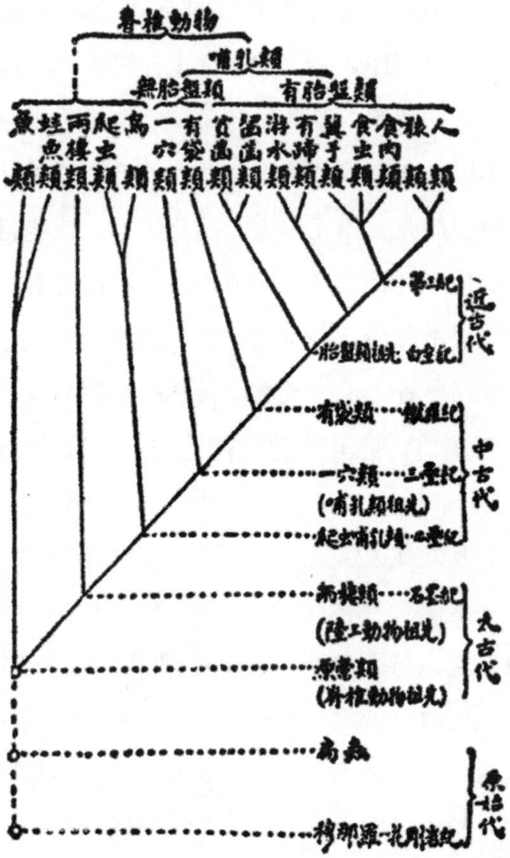

近三十年来，古生物学之发见，亦多有力之证，最著者为爪哇之猿人化石，是石现，而人类系统遂大成。盖往者狭鼻猿类与人之系属，缺不可见，逮得化石，征信弥真，力不逊比较解剖及个体发生学也。故论人类从出，为物至卑，曰原生动物。原生动物出自穆那罗，穆那罗出自泼罗比翁（Probion）；泼罗比翁，原生物也。若更究原生物由来，则以那格黎（Naegeli）氏说为近理，其说曰，有生始于无生，盖质力不灭律所生之成果尔；若物质全界，无不由因果而成，宇宙间现象，亦遵此律，则成于非官品之质，且终转化而为非官品之官品，究其本始，亦为非官品必矣。近者法有学人，能以质力之变，转非官品为植物，又有以毒鸩金属杀之，易其导电传热之性者。故有生无生二界，且日益近接，终不能分，无生物之转有生，是成不易之真理，十九世纪末学术之足惊怖，有如是也。至无生物所始，则当俟宇宙发生学（Kosmogenie）言之。

一九〇七年作。

题注：

本篇最初发表于1907年12月日本东京《河南》月刊第一号，原题《人间之历史》，署名令飞。后收入《坟》。本篇写于留日时期，以解释海克尔的《人类发生学》为主，介绍了达尔文的生物进化学说及其发展的历史，是中国早期介绍达尔文学说的重要论文之一。鲁迅在《呐喊·自序》中说，他最初提倡文艺运动，是想用文艺来改变人们的精神。本篇与《科学史教篇》《文化偏至论》《摩罗诗力说》等，都是鲁迅在日本开始文学活动时的作品。

文化偏至论

中国既以自尊大昭闻天下，善诋諆者，或谓之顽固；且将抱守残阙，以底于灭亡。近世人士，稍稍耳新学之语，则亦引以为愧，翻然思变，言非同西方之理弗道，事非合西方之术弗行，掊击旧物，惟恐不力，曰将以革前缪而图富强也。间尝论之：昔者帝轩辕氏之戡蚩尤而定居于华土也，典章文物，于以权舆，有苗裔之繁衍于兹，则更改张皇，益臻美大。其蠢蠢于四方者，胥蕞尔小蛮夷耳，厥种之所创成，无一足为中国法，是故化成发达，咸出于己而无取乎人。降及周秦，西方有希腊罗马起，艺文思理，灿然可观，顾以道路之艰，波涛之恶，交通梗塞，未能择其善者以为师资。洎元明时，虽有一二景教父师，以教理暨历算质学干中国，而其道非盛。故迄于海禁既开，皙人踵至之顷，中国之在天下，见夫四夷之则效上国，革面来宾者有之；或野心怒发，狡焉思逞者有之；若其文化昭明，诚足以相上下者，盖未之有也。屹然出中央而无校雠，则其益自尊大，宝自有而傲睨万物，固人情所宜然，亦非甚背于理极者矣。虽然，惟无校雠故，则宴安日久，苓落以胎，迫拶不来，上征亦辍，使人茶，使人屯，其极为见善而不思式。有新国林起于西，以其殊异之方术来向，一施吹拂，块然踣傹，人心始自危，而辁才小慧之徒，于是竞言武事。后有学于殊域者，近不知中国之情，远复不察欧美之实，以所拾尘芥，罗列人前，谓钩爪锯牙，为国家首事，又引文明之语，用以自文，征印度波兰，作之前鉴。夫以力角盈绌者，于文野亦何关？远之则罗马之于东西戈尔，迩之则中国之于蒙古女真，此程度之离距为何如，决之不待智者。然其胜负之数，果奈何矣？苟曰是惟往古为然，今则机械其先，非以力取，故胜负所判，即文野之由分也。则曷弗启人智而开发其性灵，使知罟获戈矛，不过以御豺虎，而喋喋誉白人肉攫之心，以为极世界之文明者又何耶？且使如其言矣，而举国犹孱，授之巨兵，奚能胜任，仍有僵死而已矣。嗟夫，夫子盖以习兵事为生，故不根本之图，而仅提所学以干天下；虽兜牟深隐其面，威武若不可陵，而干禄之色，固灼然现于外矣！计其次者，乃复有制造商估立宪国会之说。前二者素见重于中国青年间，纵不主张，治之者亦将不可缕数。盖国若一日存，固足以假力图富强之名，博志士之誉；即有不幸，宗社为墟，而广有金资，大能温饱，即使怙恃既失，或被虐杀如犹太遗黎，然善自退藏，或不至于身受；纵大祸垂及矣，而幸免者非无人，其人又适为己，则能得温饱又如故也。若夫后二，可无论已。中较善者，或诚痛乎外侮迭来，不可终日，自既荒陋，则不得已，姑拾他人之绪余，思鸠大群以抗御，而又飞扬其性，善能攘扰，见异己者兴，必借众以陵寡，托言众治，压制乃尤烈于暴君。此非独于理至悖也，即缘救国是图，不惜以个人为供献，而考索未用，思虑粗疏，茫未识其所以然，辄皈依于众志，盖无殊痼疾之人，去药石摄卫之道弗讲，而乞灵于不知之力，拜祷稽首于祝由之门者哉。至尤下而居多数者，乃无过假是空名，遂其私欲，不顾见诸实事，将事权言议，悉归奔走干进之徒，或至愚屯之富人，否亦善垄断之市侩，特以自长营猾，当列其班，况复掩自利之恶名，以福群之令誉，捷径在目，斯不惮竭蹶以求之耳。呜呼，古之临民者，一独夫也；由今之道，且顿变而为千万无赖之尤，民不堪命矣，于兴国究何与焉。顾若而人者，当其号召张皇，盖蔑弗托近世文明为后盾，有佛戾其说者起，辄谥之曰野人，谓为辱国害群，罪当甚于流放。第不知彼所谓文明者，将已立准则，慎施去取，指善美而可行诸中国之文明乎，抑成事旧章，咸弃捐不顾，独指西方文化而为言乎？物质也，众数也，十九世纪末叶文明之一面或在兹，而论者不以为有当。盖今所成就，无一不绳前时之遗迹，则文明必日有其迁流，又或抗往代之大潮，则文明亦不能无偏至。诚若为今立计，所当稽求既往，相度方来，掊物质而张灵明，任个人而排众数。人既发扬踔厉矣，则邦国亦以兴起。奚事抱枝拾叶，徒金铁国会立宪之云乎？夫势利之念昌狂于中，则是非之辨为之昧，措置张主，辄失其宜，况乎志行污下，将借新文明之名，以大遂其私欲者乎？是故今所谓识时之彦，为按其实，则多数常为盲子，宝赤菽以为玄珠，少数乃为巨奸，垂微饵以冀鲸鲵。即不若是，中心皆中正无瑕玷矣，于是拮据辛苦，展其雄才，渐乃志遂事成，终致彼所谓新文明者，举而纳之中国，而此迁流偏至之物，已陈旧于殊方者，馨香顶礼，吾又何为若是其芒芒哉！是何也？曰物质也，众数也，其道偏至。根史实而见于西方者不得已，横取而施之中国则非也。借曰非乎？请循其本——

夫世纪之元，肇于耶稣出世，历年既百，是为一期，大故若兴，斯即此世纪所有事，盖从历来之旧贯，而假是为区分，无奥义也。诚以人事连绵，深有本柢，如流水之必自原泉，卉木之茁于根茇，倏忽隐见，理之必无。故苟为寻绎其条贯本末，大都蝉联而不可离，若所谓某世纪文明之特色何在者，特举荦荦大者而为言耳。按之史实，乃如罗马统一欧洲以来，始生大洲通有之历史；已而教皇以其权力，制御全欧，使列国靡然受圈，如同社会，疆域之判，等于一区；益以梏亡人心，思想之自由几绝，聪明英特之士，虽摘发新理，怀抱新见，而束于教令，胥缄口结舌而不敢言。虽然，民如大波，受沮益浩，则于是始思脱宗教之系缚，英德二国，不平者多，法皇宫庭，实为怨府，又以居于意也，乃并意太利人而疾之。林林之民，咸致同情于不平者，凡有能阻泥教旨，抗拒法皇，无间是非，辄与赞和。时则有路德（M. Luther）者起于德，谓宗教根元，在乎信仰，制度戒法，悉其荣华，力击旧教而仆之。自所创建，在废弃阶级，黜法皇僧正诸号，而代以牧师，职宣神命，置身社会，弗殊常人；仪式祷祈，亦简其法。至精神所注，则在牧师地位，无所胜于平人也。转轮既始，烈栗遍于欧洲，受其改革者，盖非独宗教而已，且波及于其他人事，如邦国离合，争战原因，后兹大变，多基于是。加以束缚弛落，思索自由，社会蔑不有新色，则有尔后超形气学上之发见，与形气学上之发明。以是胚胎，又作新事：发隐地也，善机械也，展学艺而拓贸迁也，非去羁勒而纵人心，不有此也。顾世事之常，有动无定，宗教之改革已，自必益进而求政治之更张。溯厥由来，则以往者颠覆法皇，一假君主之权力，变革既毕，其力乃张，以一意孤临万民，在下者不能加之抑制，日夕孳孳，惟开拓封域是务，驱民纳诸水火，绝无所动于心：生计绌，人力耗矣。而物反于穷，民意遂动，革命于是见于英，继起于美，复次则大起于法朗西，扫荡门第，平一尊卑，政治之权，主以百姓，平等自由之念，社会民主之思，弥漫于人心。流风至今，则凡社会政治经济上一切权利，义必悉公诸众人，而风俗习惯道德宗教趣味好尚言语暨其他为作，俱欲去上下贤不肖之闲，以大归乎无差别。同是者是，独是者非，以多数临天下而暴独特者，实十九世纪大潮之一派，且曼衍入今而未有既者也。更举其他，则物质文明之进步是已。当旧教盛时，威力绝世，学者有见，大率默然，其有毅然表白于众者，每每获囚戮之祸。递教力堕地，思想自由，凡百学术之事，勃焉兴起，学理为用，实益遂生，故至十九世纪，而物质文明之盛，直傲睨前此二千余年之业绩。数其著者，乃有棉铁石炭之属，产生倍旧，应用多方，施之战斗制造交通，无不功越于往日；为汽为电，咸听指挥，世界之情状顿更，人民之事业益利。久食其赐，信乃弥坚，渐而奉为圭臬，视若一切存在之本根，且将以之范围精神界所有事，现实生活，胶不可移，惟此是尊，惟此是尚，此又十九世纪大潮之一派，且曼衍入今而未有既者也。虽然，教权庞大，则覆之假手于帝王，比大权尽集一人，则又颠之以众庶。理若极于众庶矣，而众庶果足以极是非之端也耶？宴安逾法，则矫之以教宗，递教宗淫用其权威，则又掊之以质力。事若尽于物质矣，而物质果足尽人生之本也耶？平意思之，必不然矣。然而大势如是者，盖如前言，文明无不根旧迹而演来，亦以矫往事而生偏至，缘督校量，其颇灼然，犹孑与躄焉耳。特其见于欧洲也，为不得已，且亦不可去，去孑与躄，斯失孑与躄之德，而留者为空无。不安受宝重之者奈何？顾横被之不相系之中国而膜拜之，又宁见其有当也？明者微睇，察逾众凡，大士哲人，乃蚤识其弊而生愤叹，此十九世纪末叶思潮之所以变矣。德人尼佉（Fr. Nietzsche）氏，则假察罗图斯德罗（Zarathustra）之言曰，吾行太远，孑然失其侣，返而观夫今之世，文明之邦国矣，斑斓之社会矣。特其为社会也，无确固之崇信；众庶之于知识也，无作始之性质。邦国如是，奚能淹留？吾见放于父母之邦矣！聊可望者，独苗裔耳。此其深思遐瞩，见近世文明之伪与偏，又无望于今之人，不得已而念来叶者也。

然则十九世纪末思想之为变也，其原安在，其实若何，其力之及于将来也又奚若？曰言其本质，即以矫十九世纪文明而起者耳。盖五十年来，人智弥进，渐乃返观前此，得其通弊，察其黮暗，于是浡焉兴作，会为大潮，以反动破坏充其精神，以获新生为其希望，专向旧有之文明，而加之掊击扫荡焉。全欧人士，为之栗然震惊者有之，芒然自失者有之，其力之烈，盖深入于人之灵府矣。然其根柢，乃远在十九世纪初叶神思一派；递夫后叶，受感化于其时现实之精神，已而更立新形，起以抗前时之现实，即所谓神思宗之至新者也。若夫影响，则眇眇来世，肊测殊难，特知此派之兴，决非突见而靡人心，亦不至突灭而归乌有，据地极固，函义甚深。以是为二十世纪文化始基，虽云早计，然其为将来新思想之朕兆，亦新生活之先驱，则按诸史实所昭垂，可不俟繁言而解者已。顾新者虽作，旧亦未僵，方遍满欧洲，冥通其地人民之呼吸，余力流衍，乃扰远东，使中国之人，由旧梦而入于新梦，冲决嚣叫，状犹狂酲。夫方贱古尊新，而所得既非新，又至偏而至伪，且复横决，浩乎难收，则一国之悲哀亦大矣。今为此篇，非云已尽西方最近思想之全，亦不为中国将来立则，惟疾其已甚，施之抨弹，犹神思新宗之意焉耳。故所述止于二事：曰非物质，曰重个人。

个人一语，入中国未三四年，号称识时之士，多引以为大诟，苟被其谥，与民贼同。意者未遑深知明察，而迷误为害人利己之义也欤？夷考其实，至不然矣。而十九世纪末之重个人，则吊诡殊恒，尤不能与往者比论。试案尔时人性，莫不绝异其前，入于自识，趣于我执，刚愎主己，于庸俗无所顾忌。如诗歌说部之所记述，每以骄蹇不逊者为全局之主人。此非操觚之士，独凭神思构架而然也，社会思潮，先发其朕，则逡之载籍而已矣。盖自法朗西大革命以来，平等自由，为凡事首，继而普通教育及国民教育，无不基是以遍施。久浴文化，则渐悟人类之尊严；既知自我，则顿识个性之价值；加以往之习惯坠地，崇信荡摇，则其自觉之精神，自一转而之极端之主我。且社会民主之倾向，势亦大张，凡个人者，即社会之一分子，夷隆实陷，是为指归，使天下人人归于一致，社会之内，荡无高卑。此其为理想诚美矣，顾于个人殊特之性，视之蔑如，既不加之别分，且欲致之灭绝。更举黮暗，则流弊所至，将使文化之纯粹者，精神益趋于固陋，颓波日逝，纤屑靡存焉。盖所谓平社会者，大都夷峻而不湮卑，若信至程度大同，必在前此进步水平以下。况人群之内，明哲非多，伧俗横行，浩不可御，风潮剥蚀，全体以沦于凡庸。非超越尘埃，解脱人事，或愚屯罔识，惟众是从者，其能缄口而无言乎？物反于极，则先觉善斗之士出矣：德人斯契纳尔（M.Stirner）乃先以极端之个人主义现于世。谓真之进步，在于己之足下。人必发挥自性，而脱观念世界之执持。惟此自性，即造物主。惟有此我，本属自由；既本有矣，而更外求也，是曰矛盾。自由之得以力，而力即在乎个人，亦即资财，亦即权利。故苟有外力来被，则无间出于寡人，或出于众庶，皆专制也。国家谓吾当与国民合其意志，亦一专制也。众意表现为法律，吾即受其束缚，虽曰为我之舆台，顾同是舆台耳。去之奈何？曰：在绝义务。义务废绝，而法律与偕亡矣。意盖谓凡一个人，其思想行为，必以己为中枢，亦以己为终极：即立我性为绝对之自由者也。至勖宾霍尔（A.Schopenhauer），则自既以兀傲刚愎有名，言行奇觚，为世希有；又见夫盲瞽鄙倍之众，充塞两间，乃视之与至劣之动物并等，愈益主我扬己而尊天才也。至丹麦哲人契开迦尔（S.Kierkegaard）则愤发疾呼，谓惟发挥个性，为至高之道德，而顾瞻他事，胥无益焉。其后有显理伊勃生（Henrik Ibsen）见于文界，瑰才卓识，以契开迦尔之诠释者称。其所著书，往往反社会民主之倾向，精力旁注，则无间习惯信仰道德，苟有拘于虚而偏至者，无不加之抵排。更睹近世人生，每托平等之名，实乃愈趋于恶浊，庸凡凉薄，日益以深，顽愚之道行，伪诈之势逞，而气宇品性，卓尔不群之士，乃反穷于草莽，辱于泥涂，个性之尊严，人类之价值，将咸归于无有，则常为慷慨激昂而不能自已也。如其《民敌》一书，谓有人宝守真理，不阿世媚俗，而不见容于人群，狡狯之徒，乃巍然独为众愚领袖，借多陵寡，植党自私，于是战斗以兴，而其书亦止：社会之象，宛然具于是焉。若夫尼佉，斯个人主义之至雄桀者矣，希望所寄，惟在大士天才；而以愚民为本位，则恶之不殊蛇蝎。意盖谓治任多数，则社会元气，一旦可隳，不若用庸众为牺牲，以冀一二天才之出世，递天才出而社会之活动亦以萌，即所谓超人之说，尝震惊欧洲之思想界者也。由是观之，彼之讴歌众数，奉若神明者，盖仅见光明一端，他未遍知，因加赞颂，使反而观诸黑暗，当立悟其不然矣。一梭格拉第也，而众希腊人鸩之，一耶稣基督也，而众犹太人磔之，后世论者，孰不云缪，顾其时则从众志耳。设留今之众志，迻诸载籍，以俟评骘于来哲，则其是非倒置，或正如今人之视往古，未可知也。故多数相朋，而仁义之途，是非之端，樊然淆乱；惟常言是解，于奥义也漠然。常言奥义，孰近正矣？是故布鲁多既杀该撒，昭告市人，其词秩然有条，名分大义，炳如观火；而众之受感，乃不如安多尼指血衣之数言。于是方群推为爱国之伟人，忽见逐于域外。夫誉之者众数也，逐之者又众数也，一瞬息中，变易反复，其无特操不俟言；即观现象，已足知不祥之消息矣。故是非不可公于众，公之则果不诚；政事不可公于众，公之则治不郅。惟超人出，世乃太平。苟不能然，则在英哲。嗟夫，彼持无政府主义者，其颠覆满盈，铲除阶级，亦已至矣，而建说创业诸雄，大都以导师自命。夫一导众从，智愚之别即在斯。与其抑英哲以就凡庸，曷若置众人而希英哲？则多数之说，缪不中经，个性之尊，所当张大，盖揆之是非利害，已不待繁言深虑而可知矣。虽然，此亦赖夫勇猛无畏之人，独立自强，去离尘垢，排舆言而弗沦于俗囿者也。

若夫非物质主义者，犹个人主义然，亦兴起于抗俗。盖唯物之倾向，固以现实为权舆，浸润人心，久而不止。故在十九世纪，爰为大潮，据地极坚，且被来叶，一若生活本根，舍此将莫有在者。不知纵令物质文明，即现实生活之大本，而崇奉逾度，倾向偏趋，外此诸端，悉弃置而不顾，则按其究竟，必将缘偏颇之恶因，失文明之神旨，先以消耗，终以灭亡，历世精神，不百年而具尽矣。递夫十九世纪后叶，而其弊果益昭，诸凡事物，无不质化，灵明日以亏蚀，旨趣流于平庸，人惟客观之物质世界是趋，而主观之内面精神，乃舍置不之一省。重其外，放其内，取其质，遗其神，林林众生，物欲来蔽，社会憔悴，进步以停，于是一切诈伪罪恶，蔑弗乘之而萌，使性灵之光，愈益就于黯淡：十九世纪文明一面之通弊，盖如此矣。时乃有新神思宗徒出，或崇奉主观，或张皇意力，匡纠流俗，厉如电霆，使天下群伦，为闻声而摇荡。即其他评骘之士，以至学者文家，虽意主和平，不与世迕，而见此唯物极端，且杀精神生活，则亦悲观愤叹，知主观与意力主义之兴，功有伟于洪水之有方舟者焉。主观主义者，其趣凡二：一谓惟以主观为准则，用律诸物；一谓视主观之心灵界，当较客观之物质界为尤尊。前者为主观倾向之极端，力特著于十九世纪末叶，然其趋势，颇与主我及我执殊途，仅于客观之习惯，无所盲从，或不置重，而以自有之主观世界为至高之标准而已。以是之故，则思虑动作，咸离外物，独往来于自心之天地，确信在是，满足亦在是，谓之渐自省其内曜之成果可也。若夫兴起之由，则原于外者，为大势所向，胥在平庸之客观习惯，动不由己，发如机缄，识者不能堪，斯生反动；其原于内者，乃实以近世人心，日进于自觉，知物质万能之说，且逸个人之情意，使独创之力，归于槁枯，故不得不以自悟者悟人，冀挽狂澜于方倒耳。如尼佉伊勃生诸人，皆据其所信，力抗时俗，示主观倾向之极致；而契开迦尔则谓真理准则，独在主观，惟主观性，即为真理，至凡有道德行为，亦可弗问客观之结果若何，而一任主观之善恶为判断焉。其说出世，和者日多，于是思潮为之更张，骛外者渐转而趣内，渊思冥想之风作，自省抒情之意苏，去现实物质与自然之樊，以就其本有心灵之域；知精神现象实人类生活之极颠，非发挥其辉光，于人生为无当；而张大个人之人格，又人生之第一义也。然尔时所要求之人格，有甚异于前者。往所理想，在知见情操，两皆调整，若主智一派，则在聪明睿智，能移客观之大世界于主观之中者。如是思惟，迨黑该尔（F.Hegel）出而达其极。若罗曼暨尚古一派，则息孚支培黎（Shaftesbury）承卢骚（J.Rousseau）之后，尚容情感之要求，特必与情操相统一调和，始合其理想之人格。而希籁（Fr.Schiller）氏者，乃谓必知感两性，圆满无间，然后谓之全人。顾至十九世纪垂终，则理想为之一变。明哲之士，反省于内面者深，因以知古人所设具足调协之人，决不能得之今世；惟有意力轶众，所当希求，能于情意一端，处现实之世，而有勇猛奋斗之才，虽屡踣屡僵，终得现其理想：其为人格，如是焉耳。故如勖宾霍尔所张主，则以内省诸己，豁然贯通，因曰意力为世界之本体也；尼佉之所希冀，则意力绝世，几近神明之超人也；伊勃生之所描写，则以更革为生命，多力善斗，即迕万众不慑之强者也。夫诸凡理想，大致如斯者，诚以人丁转轮之时，处现实之世，使不若是，每至舍己从人，沉溺逝波，莫知所届，文明真髓，顷刻荡然；惟有刚毅不挠，虽遇外物而弗为移，始足作社会桢干。排斥万难，黾勉上征，人类尊严，于此攸赖，则具有绝大意力之士贵耳。虽然，此又特其一端而已。试察其他，乃亦以见末叶人民之弱点，盖往之文明流弊，浸灌性灵，众庶率纤弱颓靡，日益以甚，渐乃反观诸己，为之欿然，于是刻意求意力之人，冀倚为将来之柱石。此正犹洪水横流，自将灭顶，乃神驰彼岸，出全力以呼善没者尔，悲夫！

由是观之，欧洲十九世纪之文明，其度越前古，凌驾亚东，诚不俟明察而见矣。然既以改革而胎，反抗为本，则偏于一极，固理势所必然。洎夫末流，弊乃自显。于是新宗蹶起，特反其初，复以热烈之情，勇猛之行，起大波而加之涤荡。直至今日，益复浩然。其将来之结果若何，盖未可以率测。然作旧弊之药石，造新生之津梁，流衍方长，曼不遽已，则相其本质，察其精神，有可得而征信者。意者文化常进于幽深，人心不安于固定，二十世纪之文明，当必沉邃庄严，至与十九世纪之文明异趣。新生一作，虚伪道消，内部之生活，其将愈深且强欤？精神生活之光耀，将愈兴起而发扬欤？成然以觉，出客观梦幻之世界，而主观与自觉之生活，将由是而益张欤？内部之生活强，则人生之意义亦愈邃，个人尊严之旨趣亦愈明，二十世纪之新精神，殆将立狂风怒浪之间，恃意力以辟生路者也。中国在今，内密既发，四邻竞集而迫拶，情状自不能无所变迁。夫安弱守雌，笃于旧习，固无以争存于天下。第所以匡救之者，缪而失正，则虽日易故常，哭泣叫号之不已，于忧患又何补矣？此所为明哲之士，必洞达世界之大势，权衡校量，去其偏颇，得其神明，施之国中，翕合无间。外之既不后于世界之思潮，内之仍弗失固有之血脉，取今复古，别立新宗，人生意义，致之深邃，则国人之自觉至，个性张，沙聚之邦，由是转为人国。人国既建，乃始雄厉无前，屹然独见于天下，更何有于肤浅凡庸之事物哉？顾今者翻然思变，历岁已多，青年之所思惟，大都归罪恶于古之文物，甚或斥言文为蛮野，鄙思想为简陋，风发浡起，皇皇焉欲进欧西之物而代之，而于适所言十九世纪末之思潮，乃漠然不一措意。凡所张主，惟质为多，取其质犹可也，更按其实，则又质之至伪而偏，无所可用。虽不为将来立计，仅图救今日之阽危，而其术其心，违戾亦已甚矣。况乎凡造言任事者，又复有假改革公名，而阴以遂其私欲者哉？今敢问号称志士者曰，将以富有为文明欤，则犹太遗黎，性长居积，欧人之善贾者，莫与比伦，然其民之遭遇何如矣？将以路矿为文明欤，则五十年来非澳二洲，莫不兴铁路矿事，顾此二洲土著之文化何如矣？将以众治为文明欤，则西班牙波陀牙二国，立宪且久，顾其国之情状又何如矣？若曰惟物质为文化之基也，则列机括，陈粮食，遂足以雄长天下欤？曰惟多数得是非之正也，则以一人与众禺处，其亦将木居而芧食欤？此虽妇竖，必否之矣。然欧美之强，莫不以是炫天下者，则根柢在人，而此特现象之末，本原深而难见，荣华昭而易识也。是故将生存两间，角逐列国是务，其首在立人，人立而后凡事举；若其道术，乃必尊个性而张精神。假不如是，槁丧且不俟夫一世。夫中国在昔，本尚物质而疾天才矣，先王之泽，日以殄绝，逮蒙外力，乃退然不可自存。而辁才小慧之徒，则又号召张皇，重杀之以物质而囿之以多数，个人之性，剥夺无余。往者为本体自发之偏枯，今则获以交通传来之新疫，二患交伐，而中国之沉沦遂以益速矣。呜呼，眷念方来，亦已焉哉！

一九〇七年作。

题注：

本篇最初发表于1908年8月日本东京《河南》月刊第七号，署名迅行。后收入《坟》。

鲁迅在这篇文章中提出了这样的理念：中国要“生存两间，角逐列国”，“其首在立人，人立而后凡事举”，要“立人”，必须“尊个性而张精神”，“掊物质而张灵敏，任个性而排众数”，只有这样，才能让中国“屹然独立于天下”。鲁迅还在这篇文章里介绍了一批欧洲的哲学家、思想家，包括尼采、叔本华、斯蒂纳、克尔凯郭尔、卢梭、席勒等。许寿裳在《我所认识的鲁迅》中曾提到，“所作《文化偏至论》《摩罗诗力说 》等（《坟》），都是怵于当时一般新党思想的浅薄，不知道个性之当尊，天才之可贵，于是大声疾呼地来医救”。

致国务院国徽拟图说明书

谨按西国国徽，由来甚久，其勾萌在个人，而曼衍以赅一国。昔者希腊武人，蒙盾赴战，自择所好，作绘于盾，以示区别。降至罗马，相承不绝。迨十字军兴，聚列国之士而成师，惧其杂糅不可辨析，则各以一队长官之盾徽为识，由此张大，用于一家，更进而用于一族，更进而用于一国。故权舆之象，率为名氏，表个人也；或为十字，重宗教也。及为国徽，亦依史实，因是仍多十字，或摹盾形，复作衮冕旗帜之属，以为藻饰。虽有新造之国，初制徽识，每不能出其环中，盖文献限之矣。今中华民国，已定嘉禾为国徽，而图象简质，宜求辅佐，俾足以方驾他徽，无虑朴素。惟历史殊特，异乎欧西，彼所尚者，此不能用。自应远据前史，更立新图，碻有本柢，庶几有当。考诸载籍，源之古者，莫如龙。然已横受抵排，不容作绘。更思其次，则有十二章。上见于《书》，其源亦远。汉唐以来，说经者曰：日月星辰，取其照临也；山，取其镇也；龙，取其变也；华虫，取其文也；宗彝，取其孝也；藻，取其洁也；火，取其明也；粉米，取其养也；黼，取其断也；黻，取其辨也。美德之最，莫不赅备。今即从其说，相度其宜，会合错综，拟为中华民国徽识。作绘之法，为嘉禾在于中，是为中心。嘉禾之状，取诸汉“五瑞图”石刻。干者，所以拟盾也。干后为黼，上缀粉米。黼上为日，其下为山。然因山作真形，虑无所置，则结缕成篆文，而以黻充其隙际。黼之左右，为龙与华虫，各持宗彝。龙复有火丽其身，月属于角。华虫则其咮衔藻，其首戴星。凡此造作改为，皆所以求合度而图调和。国徽大体，似已略具。（如下图）复作五穗嘉禾简徽一枚，（图略）于不求繁缛时用之。又曲线式双穗嘉禾简徽一枚，（图略）于笺纸之属用之。倘更得深于绘事者，别施采色，令其象更美且优，则庶几可以表华国之令德，而弘施于天下已。

拟国徽图

案元图龙及华虫尾皆内向，作曲裦式，后经国务院会议，外交部主改为尾向外张如今图。

题注：

本篇与国徽图最初发表于1913年2月《教育部编纂处月刊》第一卷第一册“文牍录要”栏，未署名。初未收集。鲁迅日记1912年8月28日载：“与稻孙、季市拟国徽告成，以交范总长。”国徽图系钱稻孙所绘，说明书由鲁迅撰写。当时的教育总长是范源濂。

关于废止《教育纲要》的签注

案《教育纲要》虽不过行政首领对于教育之政见，然所列三项，均已现为事实，见于明令，此后分别修改，其余另定办法；在理论上言之，固已无形废弃，然此惟在通都大邑，明达者多，始能有此结果。而乡曲教师，於此种手续关系，多不能十分明瞭。《纲要》所列，又多与旧式思想相合，世人乐於保持，其他无业游民亦可藉此结合团体（如托名研究经学，聚众立社之类），妨害教育。是《纲要》虽若消灭，而在一部份人之心目中，隐然实尚存留。倘非根本取消，恐难杜绝歧见。故窃谓此种《纲要》，应以明文废止，使无论何人均不能发生依坿之见，始于学制上行政上无所妨害。至于法令随政局而屡更，虽易失遵守之信仰，然为正本清源计，此次不得不尔。凡明白之国民，当无不共喻此意。一俟宗旨碻定，发号施令均出一辙，则一二年中信仰自然恢复，所失者小，而所得则甚大也。

周树人注

题注：

本篇据手稿录入，约写于1916年8月。初未收集。《教育纲要》，1915年初袁世凯任大总统时制订。袁复辟帝制失败后，教育部发起对《纲要》存废问题的讨论而整理成“说帖”，这是鲁迅在“说帖”上写下的自己的意见。

什么话？

林传甲撰《中华民国都城宜正名京华议》，其言曰："夫吾国建中华二字为国名。中也者，中道也；华也者，华族也；五色为华，以国旗为标帜，合汉满蒙回藏而大一统焉。中华民国首都，宜名之曰'京华'，取杜少陵'每依北斗望京华'之义。裔皇典雅，不似北京南京之偏于一方；比中京大都京师之名，尤为明切。盖都名与国名一致，虽海外之华侨，华工，华商，无不引领而顾瞻祖国也。"

林传甲撰《福建乡谈》有一条曰："福建林姓为巨族。其远源，则比干之子坚奔长林而得氏。明季林氏避日本者，亦为日本之大姓：如林董林权助之勋业，林衡林鹤一之学术。亦足征吾族之盛于东亚者也。"

又曰："日本维新，实赖福泽谕吉之小说。吾国维新，归功林琴南畏庐小说，谁曰不宜？"

林纾译小说《孝友镜》有《译余小识》曰："此书为西人辨诬也。中人之习西者恒曰，男子二十一外，必自立。父母之力不能管约而拘挛之；兄弟各立门户，不相恤也。是名社会主义。国因以强。然近年所见，家庭革命，逆子叛弟接踵而起，国胡不强？是果真奉西人之圭枭？亦凶顽之气中于腑焦，用以自便其所为，与西俗胡涉？此书……父以友传，女以孝传，足为人伦之鉴矣。命曰《孝友镜》，亦以醒吾中国人勿诬人而打妄语也。”

唐熊撰《国粹画源流》有曰：“……孰知欧亚列强方广集名流，日搜致我国古来画事，以供众人之博览；俾上下民庶悉心参考制作，以致艺术益精。虽然，彼欧洲之人有能通中国文字语言，而未有能通中国之画法者，良以斯道进化，久臻神化，实予彼以不能学。此足以自豪者也。”

题注：

本篇最初发表于1919年2月15日《新青年》月刊第六卷第二号“什么话”栏。初未收集。

随感录六十一　不满

欧战才了的时候，中国很抱着许多希望，因此现在也发出许多悲观绝望的声音，说“世界上没有人道”，“人道这句话是骗人的”。有几位评论家，还引用了他们外国论者自己责备自己的文字，来证明所谓文明人者，比野蛮尤其野蛮。

这诚然是痛快淋漓的话，但要问：照我们的意见，怎样才算有人道呢？那答话，想来大约是“收回治外法权，收回租界，退还庚子赔款……”现在都很渺茫，实在不合人道。

但又要问：我们中国的人道怎么样？那答话，想来只能“……”。对于人道只能“……”的人的头上，决不会掉下人道来。因为人道是要各人竭力挣来，培植，保养的，不是别人布施，捐助的。

其实近于真正的人道，说的人还不很多，并且说了还要犯罪。若论皮毛，却总算略有进步了。这回虽然是一场恶战，也居然没有“食肉寝皮”，没有“夷其社稷”，而且新兴了十八个小国。就是德国对待比国，都说残暴绝伦，但看比国的公布，也只是囚徒不给饮食，村长挨了打骂，平民送上战线之类。这些事情，在我们中国自己对自己也常有，算得什么希奇？

人类尚未长成，人道自然也尚未长成，但总在那里发荣滋长。我们如果问问良心，觉得一样滋长，便什么都不必忧愁；将来总要走同一的路。看罢，他们是战胜军国主义的，他们的评论家还是自己责备自己，有许多不满。不满是向上的车轮，能够载着不自满的人类，向人道前进。

多有不自满的人的种族，永远前进，永远有希望。

多有只知责人不知反省的人的种族，祸哉祸哉！

题注：

本篇最初发表于1919年11月1日《新青年》第六卷第六号，署名唐俟。收入《热风》。

第一次世界大战后巴黎和会分赃的结局，引起中国民众的不满，也让一些知识分子对西方的“人道”感到幻灭。这篇随感录即在此舆论背景下写出，表现了鲁迅一贯的民族自强自省的立场。

随感录六十五　暴君的臣民

从前看见清朝几件重案的记载，“臣工”拟罪很严重，“圣上”常常减轻，便心里想：大约因为要博仁厚的美名，所以玩这些花样罢了。后来细想，殊不尽然。

暴君治下的臣民，大抵比暴君更暴；暴君的暴政，时常还不能餍足暴君治下的臣民的欲望。

中国不要提了罢。在外国举一个例：小事件则如 Gogol 的剧本《按察使》，众人都禁止他，俄皇却准开演；大事件则如巡抚想放耶稣，众人却要求将他钉上十字架。

暴君的臣民，只愿暴政暴在他人的头上，他却看着高兴，拿“残酷”做娱乐，拿“他人的苦”做赏玩，做慰安。

自己的本领只是“幸免”。

从“幸免”里又选出牺牲，供给暴君治下的臣民的渴血的欲望，但谁也不明白。死的说“阿呀”，活的高兴着。

题注：

本篇最初发表于1919年11月1日《新青年》第六卷第六号，署名唐俟。收入《热风》。本篇体现了鲁迅对“庸众”的深刻思考：他们在暴君统治下形成一种扭曲心理，“大抵比暴君更暴”，而且喜欢赏玩“他人的苦”。文中提到“Gogol”，即俄国作家果戈理，他的剧作《按察使》作于1834年至1836年期间，今译作《巡按使》或《钦差大臣》。

题寄清水安三

放下屠刀，
立地成佛。
放下佛教，
立地杀人。

题注：

此偈语题写在致清水安三的明信片上，应作于1923年间。初未收集。

又是“古已有之”

太炎先生忽然在教育改进社年会的讲坛上“劝治史学”以“保存国性”，真是慨乎言之。但他漏举了一条益处，就是一治史学，就可以知道许多“古已有之”的事。

衣萍先生大概是不甚治史学的，所以将多用惊叹符号应该治罪的话，当作一个“幽默”。其意盖若曰，如此责罚，当为世间之所无有者也。而不知“古已有之”矣。

我是毫不治史学的。所以于史事很生疏。但记得宋朝大闹党人的时候，也许是禁止元祐学术的时候罢，因为党人中很有几个是有名的诗人，便迁怒到诗上面去，政府出了一条命令，不准大家做诗，违者笞二百！

而且我们应该注意，这是连内容的悲观和乐观都不问的，即使乐观，也仍然笞一百！

那时大约确乎因为胡适之先生还没有出世的缘故罢，所以诗上都没有用惊叹符号，如果用上，那可就怕要笞一千了，如果用上而又在“唉”“呵呀”的下面，那一定就要笞一万了，加上“缩小像细菌放大像炮弹”的罪名，至少也得笞十万。衣萍先生所拟的区区打几百关几年，未免过于从轻发落，有姑容之嫌，但我知道他如果去做官，一定是一个很宽大的“民之父母”，只是想学心理学是不很相宜的。

然而做诗又怎么开了禁呢？听说是因为皇帝先做了一首，于是大家便又动手做起来了。

可惜中国已没有皇帝了，只有并不缩小的炮弹在天空里飞，那有谁来用这还未放大的炮弹呢？

呵呀！还有皇帝的诸大帝国皇帝陛下呀，你做几首诗，用些惊叹符号，使敝国的诗人不至于受罪罢！唉！！！

这是奴隶的声音，我防爱国者要这样说。

诚然，这是对的，我在十三年之前，确乎是一个他族的奴隶，国性还保存着，所以“今尚有之”，而且因为我是不甚相信历史的进化的，所以还怕未免“后仍有之”。旧性是总要流露的，现在有几位上海的青年批评家，不是已经在那里主张“取缔文人”，不许用“花呀”“吾爱呀”了么？但还没有定出“笞令”来。

倘说这不定“笞令”，比宋朝就进化；那么，我也就可以算从他族的奴隶进化到同族的奴隶，臣不胜屏营欣忭之至！

题注：

本篇最初发表于1924年9月28日北京《晨报副刊》，署名某生者。初未收集。1924年4月出版的《心理》杂志第三卷第二号上，刊有北京师范大学心理学教授、中华心理学刊物《心理》编辑主任张耀翔的《新诗人的情绪》一文，把当时出版的胡适《尝试集》、康白情《草儿》、郭沫若《女神》等新诗集里面的感叹号加以统计，并嘲讽说：“仰看像一阵春雨，俯看像数亩禾田；缩小看像许多细菌，放大看像几排弹丸。”认为这是消极、悲观、厌世情绪的表现，多用感叹号的白话诗是“亡国之音”。1924年7月5日，曾教授鲁迅文字学的章太炎在南京东南大学召开的“中华教育改进社”第三次年会上，作了《劝治史学及论史学利病》的演讲，其中说：“生为一国之民，不治本国史学，直谓之无国家无国民性之人可也，聚几万万无国民性之人以立国，则国魂已失。”鲁迅有感而发，写作了本文。文中“笞二百”系“笞一百”之误，鲁迅曾在1924年10月2日《晨报副刊》上发表《笞二百系笞一百之误》一文予以更正。

笞二百系笞一百之误

记者先生：

我在《又是古已有之》里，说宋朝禁止做诗，“违者笞一百”，今天看见副刊，却是“笞二百”，不知是我之笔误，抑记者先生校者先生手民先生嫌其轻而改之欤？

但当时确乎只打一百，即将两手之指数，以十乘之。现在若加到二百，则既违大宋宽厚之心，又给诗人加倍之痛，所关实非浅鲜，——虽然已经是宋朝的事，但尚希立予更正为幸。

某生者鞠躬。九月二十九日。

题注：

本篇最初发表于1924年10月2日《晨报副刊》。初未收集。本文是对上一篇文章的更正。

看镜有感

因为翻衣箱，翻出几面古铜镜子来，大概是民国初年初到北京时候买在那里的，“情随事迁”，全然忘却，宛如见了隔世的东西了。

一面圆径不过二寸，很厚重，背面满刻蒲陶，还有跳跃的鼯鼠，沿边是一圈小飞禽。古董店家都称为“海马葡萄镜”。但我的一面并无海马，其实和名称不相当。记得曾见过别一面，是有海马的，但贵极，没有买。这些都是汉代的镜子；后来也有模造或翻沙者，花纹可造粗拙得多了。汉武通大宛安息，以致天马蒲萄，大概当时是视为盛事的，所以便取作什器的装饰。古时，于外来物品，每加海字，如海榴，海红花，海棠之类。海即现在之所谓洋，海马译成今文，当然就是洋马。镜鼻是一个虾蟆，则因为镜如满月，月中有蟾蜍之故，和汉事不相干了。

遥想汉人多少闳放，新来的动植物，即毫不拘忌，来充装饰的花纹。唐人也还不算弱，例如汉人的墓前石兽，多是羊，虎，天禄，辟邪，而长安的昭陵上，却刻着带箭的骏马，还有一匹驼鸟，则办法简直前无古人。现今在坟墓上不待言，即平常的绘画，可有人敢用一朵洋花一只洋鸟，即私人的印章，可有人肯用一个草书一个俗字么？许多雅人，连记年月也必是甲子，怕用民国纪元。不知道是没有如此大胆的艺术家；还是虽有而民众都加迫害，他于是乎只得萎缩，死掉了？

宋的文艺，现在似的国粹气味就熏人。然而辽金元陆续进来了，这消息很耐寻味。汉唐虽然也有边患，但魄力究竟雄大，人民具有不至于为异族奴隶的自信心，或者竟毫未想到，凡取用外来事物的时候，就如将彼俘来一样，自由驱使，绝不介怀。一到衰弊陵夷之际，神经可就衰弱过敏了，每遇外国东西，便觉得仿佛彼来俘我一样，推拒，惶恐，退缩，逃避，抖成一团，又必想一篇道理来掩饰，而国粹遂成为孱王和孱奴的宝贝。

无论从那里来的，只要是食物，壮健者大抵就无需思索，承认是吃的东西。惟有衰病的，却总常想到害胃，伤身，特有许多禁条，许多避忌；还有一大套比较利害而终于不得要领的理由，例如吃固无妨，而不吃尤稳，食之或当有益，然究以不吃为宜云云之类。但这一类人物总要日见其衰弱的，因为他终日战战兢兢，自己先已失了活气了。

不知道南宋比现今如何，但对外敌，却明明已经称臣，惟独在国内特多繁文缛节以及唠叨的碎话。正如倒霉人物，偏多忌讳一般，豁达闳大之风消歇净尽了。直到后来，都没有什么大变化。我曾在古物陈列所所陈列的古画上看见一颗印文，是几个罗马字母。但那是所谓“我圣祖仁皇帝”的印，是征服了汉族的主人，所以他敢；汉族的奴才是不敢的。便是现在，便是艺术家，可有敢用洋文的印的么？

清顺治中，时宪书上印有“依西洋新法”五个字，痛哭流涕来劾洋人汤若望的偏是汉人杨光先。直到康熙初，争胜了，就教他做钦天监正去，则又叩阍以“但知推步之理不知推步之数”辞。不准辞，则又痛哭流涕地来做《不得已》，说道“宁可使中夏无好历法，不可使中夏有西洋人。”然而终于连闰月都算错了，他大约以为好历法专属于西洋人，中夏人自己是学不得，也学不好的。但他竟论了大辟，可是没有杀，放归，死于途中了。汤若望入中国还在明崇祯初，其法终未见用；后来阮元论之曰：“明季君臣以大统寖疏，开局修正，既知新法之密，而讫未施行。圣朝定鼎，以其法造时宪书，颁行天下。彼十余年辩论翻译之劳，若以备我朝之采用者，斯亦奇矣！……我国家圣圣相传，用人行政，惟求其是，而不先设成心。即是一端，可以仰见如天之度量矣！”（《畴人传》四十五）

现在流传的古镜们，出自冢中者居多，原是殉葬品。但我也有一面日用镜，薄而且大，规抚汉制，也许是唐代的东西。那证据是：一，镜鼻已多磨损；二，镜面的沙眼都用别的铜来补好了。当时在妆阁中，曾照唐人的额黄和眉绿，现在却监禁在我的衣箱里，它或者大有今昔之感罢。

但铜镜的供用，大约道光咸丰时候还与玻璃镜并行；至于穷乡僻壤，也许至今还用着。我们那里，则除了婚丧仪式之外，全被玻璃镜驱逐了。然而也还有余烈可寻，倘街头遇见一位老翁，肩了长凳似的东西，上面缚着一块猪肝色石和一块青色石，试伫听他的叫喊，就是“磨镜，磨剪刀！”

宋镜我没有见过好的，什九并无藻饰，只有店号或“正其衣冠”等类的迂铭词，真是“世风日下”。但是要进步或不退步，总须时时自出新裁，至少也必取材异域，倘若各种顾忌，各种小心，各种唠叨，这么做即违了祖宗，那么做又像了夷狄，终生惴惴如在薄冰上，发抖尚且来不及，怎么会做出好东西来。所以事实上“今不如古”者，正因为有许多唠叨着“今不如古”的诸位先生们之故。现在情形还如此。倘再不放开度量，大胆地，无畏地，将新文化尽量地吸收，则杨光先似的向西洋主人沥陈中夏的精神文明的时候，大概是不劳久待的罢。

但我向来没有遇见过一个排斥玻璃镜子的人。单知道咸丰年间，汪曰桢先生却在他的大著《湖雅》里攻击过的。他加以比较研究之后，终于决定还是铜镜好。最不可解的是：他说，照起面貌来，玻璃镜不如铜镜之准确。莫非那时的玻璃镜当真坏到如此，还是因为他老先生又带上了国粹眼镜之故呢？我没有见过古玻璃镜。这一点终于猜不透。

一九二五年二月九日。

题注：

本篇最初发表于1925年3月2日《语丝》周刊第十六期。收入《坟》。鲁迅具有深厚的古典文化根底，1912年到北京教育部任职后，常去琉璃厂搜求购买一些古籍及汉画像拓本，顺便也购买一些古钱币、古镜等古玩。鲁迅这篇文章以自己民国初年买的几面古铜镜为引子，回顾了汉唐宏大开放的文化气魄和胸襟，及至宋以后随着国力衰弱，则一味排斥外来文化，信奉"今不如古"。文章以古喻今，用古铜镜照出国粹家缺乏自信、抱残守缺的心态，呼吁今天的人们"放开度量，大胆地，无畏地，将新文化尽量地吸收"。

灯下漫笔

一

有一时，就是民国二三年时候，北京的几个国家银行的钞票，信用日见其好了，真所谓蒸蒸日上。听说连一向执迷于现银的乡下人，也知道这既便当，又可靠，很乐意收受，行使了。至于稍明事理的人，则不必是“特殊知识阶级”，也早不将沉重累坠的银元装在怀中，来自讨无谓的苦吃。想来，除了多少对于银子有特别嗜好和爱情的人物之外，所有的怕大都是钞票了罢，而且多是本国的。但可惜后来忽然受了一个不小的打击。

就是袁世凯想做皇帝的那一年，蔡松坡先生溜出北京，到云南去起义。这边所受的影响之一，是中国和交通银行的停止兑现。虽然停止兑现，政府勒令商民照旧行用的威力却还有的；商民也自有商民的老本领，不说不要，却道找不出零钱。假如拿几十几百的钞票去买东西，我不知道怎样，但倘使只要买一枝笔，一盒烟卷呢，难道就付给一元钞票么？不但不甘心，也没有这许多票。那么，换铜元，少换几个罢，又都说没有铜元。那么，到亲戚朋友那里借现钱去罢，怎么会有？于是降格以求，不讲爱国了，要外国银行的钞票。但外国银行的钞票这时就等于现银，他如果借给你这钞票，也就借给你真的银元了。

我还记得那时我怀中还有三四十元的中交票，可是忽而变了一个穷人，几乎要绝食，很有些恐慌。俄国革命以后的藏着纸卢布的富翁的心情，恐怕也就这样的罢；至多，不过更深更大罢了。我只得探听，钞票可能折价换到现银呢？说是没有行市。幸而终于，暗暗地有了行市了：六折几。我非常高兴，赶紧去卖了一半。后来又涨到七折了，我更非常高兴，全去换了现银，沉垫垫地坠在怀中，似乎这就是我的性命的斤两。倘在平时，钱铺子如果少给我一个铜元，我是决不答应的。

但我当一包现银塞在怀中，沉垫垫地觉得安心，喜欢的时候，却突然起了另一思想，就是：我们极容易变成奴隶，而且变了之后，还万分喜欢。

假如有一种暴力，“将人不当人”，不但不当人，还不及牛马，不算什么东西；待到人们羡慕牛马，发生“乱离人，不及太平犬”的叹息的时候，然后给与他略等于牛马的价格，有如元朝定律，打死别人的奴隶，赔一头牛，则人们便要心悦诚服，恭颂太平的盛世。为什么呢？因为他虽不算人，究竟已等于牛马了。

我们不必恭读《钦定二十四史》，或者入研究室，审察精神文明的高超。只要一翻孩子所读的《鉴略》，——还嫌烦重，则看《历代纪元编》，就知道“三千余年古国古”的中华，历来所闹的就不过是这一个小玩艺。但在新近编纂的所谓“历史教科书”一流东西里，却不大看得明白了，只仿佛说：咱们向来就很好的。

但实际上，中国人向来就没有争到过“人”的价格，至多不过是奴隶，到现在还如此，然而下于奴隶的时候，却是数见不鲜的。中国的百姓是中立的，战时连自己也不知道属于那一面，但又属于无论那一面。强盗来了，就属于官，当然该被杀掠；官兵既到，该是自家人了罢，但仍然要被杀掠，仿佛又属于强盗似的。这时候，百姓就希望有一个一定的主子，拿他们去做百姓,——不敢，是拿他们去做牛马，情愿自己寻草吃，只求他决定他们怎样跑。

假使真有谁能够替他们决定，定下什么奴隶规则来，自然就“皇恩浩荡”了。可惜的是往往暂时没有谁能定。举其大者，则如五胡十六国的时候，黄巢的时候，五代时候，宋末元末时候，除了老例的服役纳粮以外，都还要受意外的灾殃。张献忠的脾气更古怪了，不服役纳粮的要杀，服役纳粮的也要杀，敌他的要杀，降他的也要杀：将奴隶规则毁得粉碎。这时候，百姓就希望来一个另外的主子，较为顾及他们的奴隶规则的，无论仍旧，或者新颁，总之是有一种规则，使他们可上奴隶的轨道。

“时日曷丧，予及汝偕亡！”愤言而已，决心实行的不多见。实际上大概是群盗如麻，纷乱至极之后，就有一个较强，或较聪明，或较狡滑，或是外族的人物出来，较有秩序地收拾了天下。厘定规则：怎样服役，怎样纳粮，怎样磕头，怎样颂圣。而且这规则是不像现在那样朝三暮四的。于是便“万姓胪欢”了；用成语来说，就叫作“天下太平”。

任凭你爱排场的学者们怎样铺张，修史时候设些什么“汉族发祥时代”“汉族发达时代”“汉族中兴时代”的好题目，好意诚然是可感的，但措辞太绕湾子了。有更其直捷了当的说法在这里——

一，想做奴隶而不得的时代；

二，暂时做稳了奴隶的时代。

这一种循环，也就是“先儒”之所谓“一治一乱”；那些作乱人物，从后日的“臣民”看来，是给“主子”清道辟路的，所以说：“为圣天子驱除云尔。”

现在入了那一时代，我也不了然。但看国学家的崇奉国粹，文学家的赞叹固有文明，道学家的热心复古，可见于现状都已不满了。然而我们究竟正向着那一条路走呢？百姓是一遇到莫名其妙的战争，稍富的迁进租界，妇孺则避入教堂里去了，因为那些地方都比较的“稳”，暂不至于想做奴隶而不得。总而言之，复古的，避难的，无智愚贤不肖，似乎都已神往于三百年前的太平盛世，就是“暂时做稳了奴隶的时代”了。

但我们也就都像古人一样，永久满足于“古已有之”的时代么？都像复古家一样，不满于现在，就神往于三百年前的太平盛世么？

自然，也不满于现在的，但是，无须反顾，因为前面还有道路在。而创造这中国历史上未曾有过的第三样时代，则是现在的青年的使命！

二

但是赞颂中国固有文明的人们多起来了，加之以外国人。我常常想，凡有来到中国的，倘能疾首蹙额而憎恶中国，我敢诚意地捧献我的感谢，因为他一定是不愿意吃中国人的肉的！

鹤见祐辅氏在《北京的魅力》中，记一个白人将到中国，预定的暂住时候是一年，但五年之后，还在北京，而且不想回去了。有一天，他们两人一同吃晚饭——

> “在圆的桃花心木的食桌前坐定，川流不息地献着山海的珍味，谈话就从古董，画，政治这些开头。电灯上罩着支那式

的灯罩，淡淡的光洋溢于古物罗列的屋子中。什么无产阶级呀，Proletariat呀那些事，就像不过在什么地方刮风。

“我一面陶醉在支那生活的空气中，一面深思着对于外人有着‘魅力’的这东西。元人也曾征服支那，而被征服于汉人种的生活美了；满人也征伐支那，而被征服于汉人种的生活美了。现在西洋人也一样，嘴里虽然说着Democracy呀，什么什么呀，而却被魅于支那人费六千年而建筑起来的生活的美。一经住过北京，就忘不掉那生活的味道。大风时候的万丈的沙尘，每三月一回的督军们的开战游戏，都不能抹去这支那生活的魅力。”

这些话我现在还无力否认他。我们的古圣先贤既给与我们保古守旧的格言，但同时也排好了用子女玉帛所做的奉献于征服者的大宴。中国人的耐劳，中国人的多子，都就是办酒的材料，到现在还为我们的爱国者所自诩的。西洋人初入中国时，被称为蛮夷，自不免个个蹙额，但是，现在则时机已至，到了我们将曾经献于北魏，献于金，献于元，献于清的盛宴，来献给他们的时候了。出则汽车，行则保护：虽遇清道，然而通行自由的；虽或被劫，然而必得赔偿的；孙美瑶掳去他们站在军前，还使官兵不敢开火。何况在华屋中享用盛宴呢？待到享受盛宴的时候，自然也就是赞颂中国固有文明的时候；但是我们的有些乐观的爱国者，也许反而欣然色喜，以为他们将要开始被中国同化了罢。古人曾以女人作苟安的城堡，美其名以自欺曰“和亲”，今人还用子女玉帛为作奴的贽敬，又美其名曰“同化”。所以倘有外国的谁，到了已有赴宴的资格的现在，而还替我们诅咒中国的现状者，这才是真有良心的真可佩服的人！

但我们自己是早已布置妥帖了，有贵贱，有大小，有上下。自己被人凌虐，但也可以凌虐别人；自己被人吃，但也可以吃别人。一级一级的制驭着，不能动弹，也不想动弹了。因为倘一动弹，虽或有利，然而也有弊。我们且看古人的良法美意罢——

> “天有十日，人有十等。下所以事上，上所以共神也。故王臣公，公臣大夫，大夫臣士，士臣皁，皁臣舆，舆臣隶，隶臣僚，僚臣仆，仆臣台。”（《左传》昭公七年）

但是“台”没有臣，不是太苦了么？无须担心的，有比他更卑的妻，更弱的子在。而且其子也很有希望，他日长大，升而为“台”，便又有更卑更弱的妻子，供他驱使了。如此连环，各得其所，有敢非议者，其罪名曰不安分！

虽然那是古事，昭公七年离现在也太辽远了，但“复古家”尽可不必悲观的。太平的景象还在：常有兵燹，常有水旱，可有谁听到大叫唤么？打的打，革的革，可有处士来横议么？对国民如何专横，向外人如何柔媚，不犹是差等的遗风么？中国固有的精神文明，其实并未为共和二字所埋没，只有满人已经退席，和先前稍不同。

因此我们在目前，还可以亲见各式各样的筵宴，有烧烤，有翅席，有便饭，有西餐。但茅檐下也有淡饭，路傍也有残羹，野上也有饿莩；有吃烧烤的身价不资的阔人，也有饿得垂死的每斤八文的孩子（见《现代评论》二十一期）。所谓中国的文明者，其实不过是安排给阔人享用的人肉的筵宴。所谓中国者，其实不过是安排这人肉的筵宴的厨房。不知道而赞颂者是可恕的，否则，此辈当得永远的诅咒！

外国人中，不知道而赞颂者，是可恕的；占了高位，养尊处优，因此受了蛊惑，昧却灵性而赞叹者，也还可恕的。可是还有两种，其一是以中国人为劣种，只配悉照原来模样，因而故意称赞中国的旧物。其一是愿世间人各不相同以增自己旅行的兴趣，到中国看辫子，到日本看木屐，到高丽看笠子，倘若服饰一样，便索然无味了，因而来反对亚洲的欧化。这些都可憎恶。至于罗素在西湖见轿夫含笑，便赞美中国人，则也许别有意思罢。但是，轿夫如果能对坐轿的人不含笑，中国也早不是现在似的中国了。

这文明，不但使外国人陶醉，也早使中国一切人们无不陶醉而且至于含笑。因为古代传来而至今还在的许多差别，使人们各各分离，遂不能再感到别人的痛苦；并且因为自己各有奴使别人，吃掉别人的希望，便也就忘却自己同有被奴使被吃掉的将来。于是大小无数的人肉的筵宴，即从有文明以来一直排到现在，人们就在这会场中吃人，被吃，以凶人的愚妄的欢呼，将悲惨的弱者的呼号遮掩，更不消说女人和小儿。

这人肉的筵宴现在还排着，有许多人还想一直排下去。扫荡这些食人者，掀掉这筵席，毁坏这厨房，则是现在的青年的使命！

一九二五年四月二十九日。

题注：

本篇最初分两次发表于1925年5月1日、5月22日《莽原》周刊第二期和第五期。收入《坟》。当时一些人不满现状，因此而热心复古，崇奉国粹，有些外国人也赞颂“中国固有文明”。鲁迅针对这些言论，将中国几千年来的历史言简意赅地总结为“想做奴隶而不得的时代”和“暂时做稳了奴隶的时代”，指出“所谓中国的文明者，其实不过是这人肉的筵宴的厨房”。文中所反映的历史观，与他的小说《狂人日记》一脉相承。

启事

我于四月二十七日接到向君来信后，以为造谣是中国社会上的常事，我也亲见过厌恶学校的人们，用了这一类方法来中伤各方面的，便写好一封信，寄到《京副》去。次日，两位C君来访，说这也许并非谣言，而本地学界中人为维持学校起见，倒会虽然受害，仍加隐瞒，因为倘一张扬，则群众不责加害者，而反指摘被害者，从此学校就会无人敢上；向君初到开封，或者不知底细；现在切实调查去了。我便又发一信，请《京副》将前信暂勿发表。五月二日Y君来，通知我开封的信已转，那确乎是事实。这四位都是我所相信的诚实的朋友，我又未曾亲自调查，现既所闻不同，自然只好姑且存疑，暂时不说什么。但当我又写信，去抽回前信时，则已经付印，来不及了。现在只得在此声明我所续得的矛盾的消息，以供读者参考。

鲁迅。五月四日。

【备考】：

那几个女学生真该死

萌棠

开封女师范的几个学生被奸致命的事情，各报上已经登载了。而开封教育界对于此毫无一点表示，大概为的是她们真该死吧！

她们的校长钦定的规则，是在平常不准她们出校门一步；到星期日与纪念日也只许她们出门两点钟。她们要是恪守规则，在闷的时候就该在校内大仙楼上凭览一会，到后操场内散散步，谁教她们出门？即令出门了，去商场买东西是可以的，去朋友家瞧一瞧是可以的，是谁教她们去那荒无人迹的地方游铁塔？铁塔虽则是极有名的古迹，只可让那督军省长去凭览，只可让名人学士去题名；说得低些，只让那些男学生们去顶上大呼小叫，她们女人那有游览的资格？以无资格去游的人，而竟去游，实属僭行非分，岂不该死？

“饿死事小，失节事大”，她们虽非为吃饭而失节，其失节则一，也是该死的！她们不幸遭到丘八的凌辱，即不啻她们的囟门上打上了“该死”的印子。回到学校，她们的师长，也许在表面上表示可怜的样子，而他们的内眼中便不断头的映着那“该死”的影子，她们的同学也许规劝她们别生气，而在背后未必不议着她们“该死”。设若她们不死，父母就许不以为女，丈夫就许不以为妻，仆婢就许不以为主；一切，一切的人，就许不以为人。她们处在这样的环境之中，抬头一看，是“该死”，低头一想，是“该死”。“该死”的空气使她们不能出气，她们打算好了，唯有一死干净，唯有一死方可涤滤耻辱。所以，所以，就用那涩硬的绳子束在她们那柔软的脖颈上，结果了她们的性命。当她们的舌头伸出，眼睛僵硬，呼吸断绝时，社会的群众便鼓掌大呼曰，“好，好！巾帼丈夫！”

可怜的她们竟死了！而她们是“该死”的！但不有丘八，她们怎能死？她们一死，倒落巾帼好汉。是她们的名节，原是丘八们成就的。那么，校长先生就可特别向丘八们行三鞠躬礼了，那还有为死者雪耻涤辱的勇气呢？校长先生呵！我们的话都气得说不出了，你也扭着你那两缕胡子想一想么？你以前在学校中所读过的教育书上，就是满印着“吃人，吃人，”“该死，该死，”么？或者你所学的只有“保饭碗”的方子么？不然，你为什么不把这项事情宣诸全国，激起舆论，攻击军阀，而为死者鸣冤呢？想必是为的她们该死吧！

末了，我要问河南的掌兵权的人。禹县的人民，被你们的兵士所焚掠，屠杀，你们推到土匪军队憨玉琨的头上，这铁塔上的奸杀案，难道说也是憨的土匪兵跑到那里所办的么？伊洛间人民所遭的灾难你们可以委之于未见未闻，这发见在你们的眼皮底下，耳朵旁边的事情，你们还可以装聋卖哑么？而此事发生了十余日了，未闻你们斩一兵，杀一卒，我想着你们也是为的她们该死吧！呀！

一九二五年五月六日《京报》《妇女周刊》第二十一期。

谣言的魔力

编辑先生：

前为河南女师事，曾撰一文，贵刊慨然登载，足见贵社有公开之态度，感激，感激。但据近数日来调查，该事全属子虚，我们河南留京学界为此事，牺牲光阴与金钱，皆此谣言之赐与。刻我接得友人及家属信四五封，皆否认此事。有个很诚实的老师的信中有几句话颇扼要：

“……平心细想，该校长岂敢将三个人命秘而不宣！被害学生的家属岂能忍受？兄在该校兼有功课，岂能无一点觉察？此事本系‘是可忍孰不可忍’之事，关系河南女子教育，全体教育，及住家的眷属俱甚大，该校长胆有多大，岂敢以一手遮天？……”

我们由这几句话看起来，河南女师没有发生这种事情，已属千真万确，我的女人在该校上学，来信中又有两个反证：

“我们的心理教员周调阳先生闻听此事，就来校暗察。而见学生游戏的游戏，看书的看书，没有一点变异，故默默而退。历史教员王钦斋先生被许多人质问，而到校中见上堂如故，人数不差，故对人说绝无此事，这都是后来我们问他们他们才对我们说的。”

据她这封信看来，河南女师并无发生什么事，更足征信。

现在谣言已经过去，大家都是追寻谣言的起源。有两种说法：一说是由于恨军界而起的。就是我那位写信的老师也在那封信上说：

“近数月来，开封曾发生无根的谣言，求其同一之点，皆不利于军事当局。”

我们由此满可知道河南的军人是否良善？要是“基督将军”在那边，决不会有这种谣言；就是有这种谣言，人也不会信它。

又有一说，这谣言是某人为争饭碗起见，并且他与该校长有隙，而造的。信此说者甚多。昨天河南省议员某君新从开封来，他说开封教育界许多人都是这样的猜度。

但在京的同乡和别的关心河南女界的人，还是在半信半疑的态度。有的还硬说实在真有事，有的还说也许是别校的女生被辱了。咳，这种谣言，在各处所发生的真数见不鲜了。到末后，无论怎样证实它的乌有，而有一部分人总还要信它，它的魔力，真正不少！

我为要使人明白真象，故草切的写这封信。不知先生还肯登载贵刊之末否？即颂

著安！

弟赵荫棠上。八日。

一九二五年五月十三日《京报》《妇女周刊》第二十二期。

铁塔强奸案的来信

S.M.

丁人：

……你说军队奸杀女生案，我们国民党更应游行示威，要求惩办其团长营长等。我们未尝不想如此。当此事发生以后，我们即质问女师校长有无此事，彼力辩并无此事。敝校地理教员王钦斋先生，亦在女师授课，他亦说没有，并言该校既有自杀女生二人，为何各班人数皆未缺席，灵柩停于何处？于是这个提议，才取消了。后来上海大学河南学生亦派代表到汴探听此事，女师校长，又力白其无，所以开封学生会亦不便与留京学生通电，于是上海的两个代表回去了。关于此事，我从各方面调查，确切已成事实，万无疑议，今将调查的结果，写在下面：

A. 铁塔被封之铁证

我听了这事以后，于是即往铁塔调查，铁塔在冷静无人的地

方，宪兵营稽查是素不往那里巡查的，这次我去到那里一看，宪兵营稽查非常多，并皆带手枪。看见我们学生，很不满意，又说：“你们还在这里游玩呢！前天发生那事您不知道么？你没看铁塔的门，不是已封了么？还游什么？”丁人！既没这事，铁塔为何被封，宪兵营为何说出这话？这不是一个确实证据么？

B. 女师学生之自述

此事发生以后，敝班同学张君即向女师询其姑与嫂有无此事，他们总含糊不语。再者我在刷绒街王仲元处，遇见霍君的妻，Miss W.T.Y.（女师的学生），我问她的学校有“死人”的事否？她说死二人，系有病而死，亦未说系何病。她说话间，精神很觉不安，由此可知确有此事。你想彼校长曾言该校学生并未缺席，王女士说该校有病死者二人，这不是自相矛盾吗？这不是确有此事的又一个铁证么？

总而言之，军队奸杀女生，确切是有的，至于详情，由同学朱君在教育厅打听得十分详细，今我略对你叙述一下：

四月十二号（星期日），女师学生四人去游铁塔，被六个丘八看见，等女生上塔以后，他们就二人把门，四人上塔奸淫，并带有刺刀威吓，使她们不敢作声，于是轮流行污，并将女生的裙，每人各撕一条以作纪念。淫毕复将女生之裤放至塔之最高层。乘伊等寻裤时，丘八才趁隙逃走。……然还有一个证据：从前开封齐鲁花园，每逢星期，女生往游如云，从此事发生后，各花园，就连龙亭等处再亦不睹女生了。关于此事的真实，已不成问题，所可讨论的就是女师校长对于此事，为什么谨守秘密？据我所知，有几种原因：

1. 女师校长头脑之顽固

女师校长系武昌高师毕业，头脑非常顽固。对于学生，全用压迫手段，学生往来通信，必经检查，凡收到的信，皆交与教务处，若信无关系时，才交本人，否则立时焚化，或质问学生。所以此事发生，他恐丑名外露，禁止职员学生关于此事泄露一字。假若真无此事，他必在各报纸力白其无。那么，开封男生也不忍摧残女界同胞。

2. 与国民军的密约

此事既生，他不得不向督署声明，国民军一听心内非常害怕，以为此事若被外人所知，对于该军的地盘军队很受影响，于是极力安慰女师校长，使他不要发作，他自尽力去办，于两边面子都好看。听说现在铁塔下正法了四人，其余二人，尚未查出，这亦是他谨守秘密的一种原因。

我对于此事的意见，无论如何，是不应守秘密的。况女生被强奸，并不是什么可耻，与她们人格上，道德上，都没有什么损失，应极力宣传，以表白豺狼丘八之罪恶，女同胞或者因此觉悟，更可使全国军队，官僚，……知道女性的尊严，那么女界的前途才有一线光明。我对于这个问题，早已骨鲠在喉，不得不吐，今得痛痛快快全写出来，我才觉着心头很舒宁。

S.M. 十四，五，九，夜十二点，开封一中。

一九二五年五月二十一日《旭光周刊》第二十四期。

铁塔强奸案中之最可恨者

我于女师学生在铁塔被奸之次日离开开封，当时未闻此事，所以到了北京，有许多人问我这件事确否，我仅以“不知道”三个字回答。停了几天旅京同学有欲开会讨论要求当局查办的提议，我说：警告他们一下也好。这件事已经无法补救了，不过防备将来吧。后来这个提议就无声无臭的消灭了。我很疑惑。不久看见报纸上载有与此事相反的文字，我说，无怪，本来没有，怎么能再开会呢。心里却很怨那些造谣者的多事。现在 S.M. 君的信发表了（五月二十一的《旭光》和五月二十七的《京报》附设之《妇女周刊》）。别说一般人看了要相信，恐怕就是主张绝对没有的人也要相信了。

呀！何等可怜呵！被人骂一句，总要还一句。被人打一下，还要复一拳。甚至猫狗小动物，无故踢一脚，它也要喊几声表示它的冤枉。这几位女生呢？被人奸污以后忍气含声以至于死了，她们的冤枉不能曝露一点！这都是谁的罪过呢？

唉！女师校长的头脑顽固，我久闻其名了。以前我以为他不过检查检查学生的信件和看守着校门罢了。那知道，别人不忍做的事，他竟做了出来！他掩藏这件事，如果是完全为他的头脑顽固的牵制，那也罢了。其实按他守秘密的原因推测起来：（一）恐丑名外露——这却是顽固的本态——受社会上盲目的批评，影响到学校和自己。（二）怕得罪了军人，于自己的位置发生关系。

总而言之，是为保守饭碗起见。因为保守饭碗，就昧没了天良，那也是应该的。天良那有生活要紧呢。现在社会上像这样的事情还少吗？但是那无知识的动物做出那无知识的事情，却是很平常的。可是这位校长先生系武昌高等师范毕业，受过高等国民之师表的教育，竟能做出这种教人忍无可忍的压迫手段！我以为他的罪恶比那六个强奸的丘八还要重些！呀！女师同学们住在这样专制的学校里边！

唯亭。十四，五，二十七，北京。

一九二五年五月三十一日《京报副刊》。

题注：

本篇初发表于 1925 年 5 月 6 日《京报副刊》。初未收集。

为北京女师大学生拟呈教育部文二件

一

呈为校长溺职滥罚，全校冤愤，恳请迅速撤换，以安学校事。窃杨荫榆到校一载，毫无设施，本属尸位素餐，贻害学子，屡经呈明　大部请予查办，并蒙　派员莅校彻查在案。从此杨荫榆即忽现忽隐，不可究诘，自拥虚号，专恋脩金，校务遂愈形败坏，其无耻之行为，为生等久所不齿，亦早不觉尚有杨荫榆其人矣。不料“五七”国耻在校内讲演时，忽又觍然临席，生等婉劝退去，即老羞成怒，大呼警察，幸经教员阻止，始免流血之惨。下午即借宴客为名，在饭店召集不知是否合法之评议员数人，于杯盘狼籍之余，始以开除学生之事含糊相告，亦不言学生为何人。至九日，突有开除自治会职员……等六人之揭示张贴校内。夫自治会职员，乃众所公推，代表全体，成败利钝，生等固同负其责。今乃倒行逆施，罚非其罪，欲乘学潮汹涌之时，施其险毒阴私之计，使世人不及注意，居心下劣，显然可知！继又停止已经预告之运动会，使本校失信于社会，又避匿不知所往，使生等无从与之辩诘，实属视学子如土芥，以大罚为儿戏，天良丧失，至矣尽矣！

可知杨荫榆一日不去，即如刀俎在前，学生为鱼肉之不暇，更何论于学业！是以全体冤愤，公决自失踪之日起，即绝对不容其再入学校之门，以御横暴，而延残喘。为此续呈　大部，恳即
明令迅予撤换，拯本校于阽危，出学生于水火。不胜迫切待命之至！谨呈
教育部总长

二

呈为续陈杨荫榆氏行踪诡秘，心术叵测，败坏学校，恳即另聘校长，迅予维持事。窃杨氏失踪，业已多日。曾于五月十二日具呈　大部，将其阴险横暴实情，沥陈梗概，请予撤换在案。讵杨氏怙恶不悛，仍施诡计。先谋提前放假，又图停课考试。术既不售，乃愈设盛筵，多召党类，密画毁校之策，冀复失位之仇。又四出请托，广播谣诼，致函学生家长，屡以品性为言，与开除时之揭示，措辞不同，实属巧设谰言，阴伤人格，则其良心何在，不问可知。倘使一任诪张，诚为学界大辱，盖不独生等身受摧残，学校无可挽救而已。为此合词续恳即下
明令，速任贤明，庶校务有主持之人，暴者失蹂躏之地，学校幸甚！教育幸甚！谨呈
教育部总长

题注：

本篇据手稿编入，初未收集。第一件呈文曾发表于 1925 年 6 月 3

日北京女子师范大学学生自治会编辑出版的《驱杨运动特刊》，题为《学生自治会上教育部呈文》，第二件呈文未发表过。

1924年11月，杨荫榆因开除文预科三名学生，激起群愤，学生召开大会，不承认她为校长，于1925年1月派代表向教育部提出撤换她的要求，教育部不允，遂酿起女师大风潮。5月7日，杨借"国耻纪念"集会之机制造事端，并于5月9日开除了刘和珍、许广平、蒲振声、张平江、郑德音、姜伯谛6名学生自治会负责人。5月12日，女师大学生自治会召开师生联席会议，报告驱杨经过，并宣布开除学生应作无效。鲁迅亦出席了会议，并代拟呈教育部文。

对于北京女子师范大学风潮宣言

溯本校不安之状，盖已半载有余，时有隐显，以至现在，其间亦未见学校当局有所反省，竭诚处理，使之消弭，迨五月七日校内讲演时，学生劝校长杨荫榆先生退席后，杨先生乃于饭馆召集教员若干燕饮，继即以评议部名义，将学生自治会职员六人（文预科四人理预科一人国文系一人）揭示开除，由是全校譁然，有坚拒杨先生长校之事变，而杨先生亦遂遍送感言，又驰书学生家属，其文甚繁，第观其已经公表者，则大概谆谆以品学二字立言，使不谙此事始末者见之，一若此次风潮，为校长整饬风纪之所致，然品性学业，皆有可征，六人学业，俱非不良，至于品性一端，平素尤绝无惩戒记过之迹，以此与开除并论，而又若离若合，殊有混淆黑白之嫌，况六人俱为自治会职员，倘非长才，众人何由公举，不满于校长者倘非公意，则开除之后，全校何至譁然？所罚果当其罪，则本系之两主任何至事前并不与闻，继遂相率引退，可知公论尚在人心，曲直早经显见，偏私谬戾之举，究非空言曲说所能掩饰也，同人忝为教员，因知大概，义难默尔，敢布区区，惟关心教育者察焉。

马裕藻，沈尹默，周树人，李泰棻，钱玄同，

沈兼士，周作人。

题注：

本篇最初发表于1925年5月27日《京报》，同月31日《女师大周刊》第一〇九期转载。初未收集。

杨荫榆开除刘和珍等6人后，给学生家长发信说："本校为全国女学师资策源之地，学风品性，尤宜注重。乃近年以来，首都教育，以受政潮影响，青年学子，遂多率意任情之举。习染之深，挽救匪易，本校比以整饬学纪，拟将少数害群分子，除其学籍，用昭惩儆……为此函达，并盼谅属照常勤勤学，免为退学生莠言所动。"1925年5月11日北京《晨报》刊载了这封信。5月20日又以《"教育之前途棘矣！"杨荫榆之宣言》为题，刊载了杨的《对于暴烈学生之感言》。为了澄清女师大风潮的事实、批驳杨荫榆的种种诬蔑不实之辞，鲁迅拟稿，并与马裕藻、沈尹默、李泰棻、钱玄同、沈兼士、周作人共同签署，发表了这份宣言。在5月18日致许广平信中，鲁迅写道："教员之类该有一番宣言，说明事件的真相，几个人也可以的。"（《两地书》）

我才知道

时常看见些讣文，死的不是“清封什么大夫”便是“清封什么人”。我才知道中华民国国民一经死掉，就又去降了清朝了。

时常看见些某封翁某太夫人几十岁的征诗启，儿子总是阔人或留学生。我才知道一有这样的儿子，自己就像“中秋无月”“花下独酌大醉”一样，变成做诗的题目了。

题注：

本篇最初发表于1925年6月9日《民众文艺》周刊第二十三期。初未收集。

女校长的男女的梦

我不知道事实如何，从小说上看起来，上海洋场上恶虔婆的逼勒良家妇女，都有一定的程序：冻饿，吊打。那结果，除被虐杀或自杀之外，是没有一个不讨饶从命的；于是乎她就为所欲为，造成黑暗的世界。

这一次杨荫榆的对付反抗她的女子师范大学学生们，听说是先以率警殴打，继以断绝饮食的，但我却还不为奇，以为还是她从哥仑比亚大学学来的教育的新法，待到看见今天报上说杨氏致书学生家长，使再填入学愿书，“不交者以不愿再入学校论”，这才恍然大悟，发生无限的哀感，知道新妇女究竟还是老妇女，新方法究竟还是老方法，去光明非常辽远了。

女师大的学生，不是各省的学生么？那么故乡就多在远处，家长们怎么知道自己的女儿的境遇呢？怎么知道这就是威逼之后的勒令讨饶乞命的一幕呢？自然，她们可以将实情告诉家长的；然而杨荫榆已经以校长之尊，用了含胡的话向家长们撒下网罗了。

为了“品性”二字问题，曾有六个教员发过宣言，证明杨氏的诬妄。这似乎很触着她的致命伤了，“据接近杨氏者言”，她说“风潮内幕，现已暴露，前如北大教员□□诸人之宣言，……近如所谓‘市民’之演说。……”（六日《晨报》）直到现在，还以诬蔑学生的老手段，来诬蔑教员们。但仔细看来，是无足怪的，因为诬蔑是她的教育法的根源，谁去摇动它，自然就要得到被诬蔑的恶报。

最奇怪的是杨荫榆请警厅派警的信，“此次因解决风潮改组各班学生诚恐某校男生来校援助恳请准予八月一日照派保安警察三四十名来校借资防护”云云，发信日是七月三十一日。入校在八月初，而她已经在七月底做着“男生来帮女生”的梦，并且将如此梦话，叙入公文，倘非脑里有些什么贵恙，大约总该不至于此的罢。我并不想心理学者似的来解剖思想，也不想道学先生似的来诛心，但以为自己先设立一个梦境，而即以这梦境来诬人，倘是无意的，未免可笑，倘是有意，便是可恶，卑劣；“学笈重洋，教鞭十载”，都白糟蹋了。

我真不解何以一定是男生来帮女生。因为同类么？那么，请男巡警来帮的，莫非是女巡警？给女校长代笔的，莫非是男校长么？

“对于学生品性学业，务求注重实际”，这实在是很可佩服的。但将自己夜梦里所做的事，都诬栽在别人身上，却未免和实际相差太远了。可怜的家长，怎么知道你的孩子遇到了这样的女人呢！

我说她是梦话，还是忠厚之辞；否则，杨荫榆便一钱不值；更不必说一群躲在黑幕里的一班无名的蛆虫！

八月六日。

题注：

本篇最初发表于1925年8月10日《京报副刊》。初未收集。

北京女子师范大学校长杨荫榆于1925年8月1日率军警入校，殴打驱赶学生。8月5日以女师大名义向学生家长发出启事，其中说："兹为正本清源之计，将大学预科甲、乙两部，高师国文三年级及大学教育预科一年级四班先行解散，然后分别调查，另行改组……奉上调查表两纸，希贵家长转告学生□□□严加考虑，择一填写……如逾期不交者，作为不愿再入学校论。"而前一日即8月5日《晨报》所载《杨荫榆昨晚有辞职说》的报道中有"风潮内幕，现已暴露，前如北大教员□□诸人之宣言，近如中央公园开会所谓'市民'对于该校学生之演说，加本人以英日帝国主义之罪名，实不愿受"等语。本文即是针对以上杨荫榆的种种言行而写作的。

论“费厄泼赖”应该缓行

一　解题

《语丝》五七期上语堂先生曾经讲起“费厄泼赖”（fair play），以为此种精神在中国最不易得，我们只好努力鼓励；又谓不“打落水狗”，即足以补充“费厄泼赖”的意义。我不懂英文，因此也不明这字的函义究竟怎样，如果不“打落水狗”也即这种精神之一体，则我却很想有所议论。但题目上不直书“打落水狗”者，乃为回避触目起见，即并不一定要在头上强装“义角”之意。总而言之，不过说是“落水狗”未始不可打，或者简直应该打而已。

二　论“落水狗”有三种，大都在可打之列

今之论者，常将“打死老虎”与“打落水狗”相提并论，以为都近于卑怯。我以为“打死老虎”者，装怯作勇，颇含滑稽，虽然不免有卑怯之嫌，却怯得令人可爱。至于“打落水狗”，则并不如此简单，当看狗

之怎样，以及如何落水而定。考落水原因，大概可有三种：（1）狗自己失足落水者，（2）别人打落者，（3）亲自打落者。倘遇前二种，便即附和去打，自然过于无聊，或者竟近于卑怯；但若与狗奋战，亲手打其落水，则虽用竹竿又在水中从而痛打之，似乎也非已甚，不得与前二者同论。

听说刚勇的拳师，决不再打那已经倒地的敌手，这实足使我们奉为楷模。但我以为尚须附加一事，即敌手也须是刚勇的斗士，一败之后，或自愧自悔而不再来，或尚须堂皇地来相报复，那当然都无不可。而于狗，却不能引此为例，与对等的敌手齐观，因为无论它怎样狂嗥，其实并不解什么“道义”；况且狗是能浮水的，一定仍要爬到岸上，倘不注意，它先就耸身一摇，将水点洒得人们一身一脸，于是夹着尾巴逃走了。但后来性情还是如此。老实人将它的落水认作受洗，以为必已忏悔，不再出而咬人，实在是大错而特错的事。

总之，倘是咬人之狗，我觉得都在可打之列，无论它在岸上或在水中。

三　论叭儿狗尤非打落水里，又从而打之不可

叭儿狗一名哈吧狗，南方却称为西洋狗了，但是，听说倒是中国的特产，在万国赛狗会里常常得到金奖牌，《大不列颠百科全书》的狗照相上，就很有几匹是咱们中国的叭儿狗。这也是一种国光。但是，狗和猫不是仇敌么？它却虽然是狗，又很像猫，折中，公允，调和，平正之状可掬，悠悠然摆出别个无不偏激，惟独自己得了“中庸之道”似的脸来。因此也就为阔人，太监，太太，小姐们所钟爱，种子绵绵不绝。它的事业，只是以伶俐的皮毛获得贵人豢养，或者中外

的娘儿们上街的时候，脖子上拴了细链子跟在脚后跟。

这些就应该先行打它落水，又从而打之；如果它自坠入水，其实也不妨又从而打之，但若是自己过于要好，自然不打亦可，然而也不必为之叹息。叭儿狗如可宽容，别的狗也大可不必打了，因为它们虽然非常势利，但究竟还有些像狼，带着野性，不至于如此骑墙。

以上是顺便说及的话，似乎和本题没有大关系。

四　论不“打落水狗”是误人子弟的

总之，落水狗的是否该打，第一是在看它爬上岸了之后的态度。

狗性总不大会改变的，假使一万年之后，或者也许要和现在不同，但我现在要说的是现在。如果以为落水之后，十分可怜，则害人的动物，可怜者正多，便是霍乱病菌，虽然生殖得快，那性格却何等地老实。然而医生是决不肯放过它的。

现在的官僚和土绅士或洋绅士，只要不合自意的，便说是赤化，是共产；民国元年以前稍不同，先是说康党，后是说革党，甚至于到官里去告密，一面固然在保全自己的尊荣，但也未始没有那时所谓“以人血染红顶子”之意。可是革命终于起来了，一群臭架子的绅士们，便立刻皇皇然若丧家之狗，将小辫子盘在头顶上。革命党也一派新气，——绅士们先前所深恶痛绝的新气，“文明”得可以；说是“咸与维新”了，我们是不打落水狗的，听凭它们爬上来罢。于是它们爬上来了，伏到民国二年下半年，二次革命的时候，就突出来帮着袁世凯咬死了许多革命人，中国又一天一天沉入黑暗里，一直到现在，遗老不必说，连遗少也还是那么多。这就因为先烈的好心，对于鬼蜮的慈悲，使它们繁殖起来，而此后的明白青年，为反抗黑暗计，也就要花费更多更多的气力和生命。

秋瑾女士，就是死于告密的，革命后暂时称为“女侠”，现在是不大听见有人提起了。革命一起，她的故乡就到了一个都督，——等于现在之所谓督军，——也是她的同志：王金发。他捉住了杀害她的谋主，调集了告密的案卷，要为她报仇。然而终于将那谋主释放了，据说是因为已经成了民国，大家不应该再修旧怨罢。但等到二次革命失败后，王金发却被袁世凯的走狗枪决了，与有力的是他所释放的杀过秋瑾的谋主。

这人现在也已“寿终正寝”了，但在那里继续跋扈出没着的也还是这一流人，所以秋瑾的故乡也还是那样的故乡，年复一年，丝毫没有长进。从这一点看起来，生长在可为中国模范的名城里的杨荫榆女士和陈西滢先生，真是洪福齐天。

五　论塌台人物不当与“落水狗”相提并论

“犯而不校”是恕道，“以眼还眼以牙还牙”是直道。中国最多的却是枉道：不打落水狗，反被狗咬了。但是，这其实是老实人自己讨苦吃。

俗语说：“忠厚是无用的别名”，也许太刻薄一点罢，但仔细想来，却也觉得并非唆人作恶之谈，乃是归纳了许多苦楚的经历之后的警句。譬如不打落水狗说，其成因大概有二：一是无力打；二是比例错。前者且勿论；后者的大错就又有二：一是误将塌台人物和落水狗齐观，二是不辨塌台人物又有好有坏，于是视同一律，结果反成为纵恶。即以现在而论，因为政局的不安定，真是此起彼伏如转轮，坏人靠着冰山，恣行无忌，一旦失足，忽而乞怜，而曾经亲见，或亲受其噬啮的老实人，乃忽以“落水狗”视之，不但不打，甚至于还有哀矜之意，自以为公理已伸，侠义这时正在我这里。殊不知它何尝真是落水，巢窟是早已造好的了，食料是早经储足的了，并且都在租界里。虽然有时似乎受伤，其实并不，至多不过是假装跛脚，聊以引起人们的恻隐之心，可以从容避匿罢了。他日复来，仍旧先咬老实人开手，“投石下井”，无所不为，寻起原因来，一部分就正因为老实人不“打落水狗”之故。所以，要是说得苛刻一点，也就是自家掘坑自家埋，怨天尤人，全是错误的。

六　论现在还不能一味“费厄”

仁人们或者要问：那么，我们竟不要“费厄泼赖”么？我可以立刻回答：当然是要的，然而尚早。这就是“请君入瓮”法。虽然仁人们未必肯用，但我还可以言之成理。土绅士或洋绅士们不是常常说，中国自有特别国情，外国的平等自由等等，不能适用么？我以为这“费厄泼赖”也是其一。否则，他对你不“费厄”，你却对他去“费厄”，结果总是自己吃亏，不但要“费厄”而不可得，并且连要不“费厄”而亦不可得。所以要“费厄”，最好是首先看清对手，倘是些不配承受“费厄”的，大可以老实不客气；待到它也“费厄”了，然后再与它讲“费厄”不迟。

这似乎很有主张二重道德之嫌，但是也出于不得已，因为倘不如此，中国将不能有较好的路。中国现在有许多二重道德，主与奴，男与女，都有不同的道德，还没有划一。要是对“落水狗”和“落水人”独独一视同仁，实在未免太偏，太早，正如绅士们之所谓自由平等并非不好，在中国却微嫌太早一样。所以倘有人要普遍施行“费厄泼赖”精神，我以为至少须俟所谓“落水狗”者带有人气之后。但现在自然也非绝不可行，就是，有如上文所说：要看清对手。而且还要有等差，即“费厄”必视对手之如何而施，无论其怎样落水，为人也则帮之，为狗也则不管之，为坏狗也则打之。一言以蔽之：“党同伐异”而已矣。

满心“婆理”而满口“公理”的绅士们的名言暂且置之不论不议之列，即使真心人所大叫的公理，在现今的中国，也还不能救助好人，甚至于反而保护坏人。因为当坏人得志，虐待好人的时候，即使有人大叫公理，他决不听从，叫喊仅止于叫喊，好人仍然受苦。然而偶有一时，好人或稍稍蹶起，则坏人本该落水了，可是，真心的公理论者又“勿报复”呀，“仁恕”呀，“勿以恶抗恶”呀……的大嚷起来。这一次却发生实效，并非空嚷了：好人正以为然，而坏人于是得救。但他得救之后，无非以为占了便宜，何尝改悔；并且因为是早已营就三窟，又善于钻谋的，所以不多时，也就依然声势赫奕，作恶又如先前一样。这时候，公理论者自然又要大叫，但这回他却不听你了。

但是，“疾恶太严”，“操之过急”，汉的清流和明的东林，却正以这一点倾败，论者也常常这样责备他们。殊不知那一面，何尝不“疾善如仇”呢？人们却不说一句话。假使此后光明和黑暗还不能作彻底的战斗，老实人误将纵恶当作宽容，一味姑息下去，则现在似的混沌状态，是可以无穷无尽的。

七　论“即以其人之道还治其人之身”

中国人或信中医或信西医，现在较大的城市中往往并有两种医，使他们各得其所。我以为这确是极好的事。倘能推而广之，怨声一定还要少得多，或者天下竟可以臻于郅治。例如民国的通礼是鞠躬，但若有人以为不对的，就独使他磕头。民国的法律是没有笞刑的，倘有人以为肉刑好，则这人犯罪时就特别打屁股。碗筷饭菜，是为今人而设的，有愿为燧人氏以前之民者，就请他吃生肉；再造几千间茅屋，将在大宅子里仰慕尧舜的高士都拉出来，给住在那里面；反对物质文明的，自然更应该不使他衔冤坐汽车。这样一办，真所谓“求仁得仁又何怨”，我们的耳根也就可以清净许多罢。

但可惜大家总不肯这样办，偏要以己律人，所以天下就多事。“费厄泼赖”尤其有流弊，甚至于可以变成弱点，反给恶势力占便宜。例如刘百昭殴曳女师大学生，《现代评论》上连屁也不放，一到女师大恢复，陈西滢鼓动女大学生占据校舍时，却道“要是她们不肯走便怎样呢？你们总不好意思用强力把她们的东西搬走了罢？”殴而且拉，而且搬，是有刘百昭的先例的，何以这一回独独“不好意思”？这就因为给他嗅到了女师大这一面有些“费厄”气味之故。但这“费厄”却又变成弱点，反而给人利用了来替章士钊的“遗泽”保镳。

八　结末

或者要疑我上文所言，会激起新旧，或什么两派之争，使恶感更深，或相持更烈罢。但我敢断言，反改革者对于改革者的毒害，向来就并未放松过，手段的厉害也已经无以复加了。只有改革者却还在睡梦里，总是吃亏，因而中国也总是没有改革，自此以后，是应该改换些态度和方法的。

一九二五年十二月二十九日。

题注：

本篇最初发表于1926年1月10日《莽原》半月刊第一期。收入《坟》。

费厄泼赖，英语Fairplay的音译，原为体育比赛和其他竞技所用的术语，意思是光明正大地比赛，不用不正当的手段。1925年11月，北京的工人和学生掀起“反奉倒段”运动，段祺瑞、章士钊等纷纷逃匿。此时周作人发表《失题》等文章，主张宽容大度，认为“打落水狗也是不大好的事”。林语堂对周作人的主张大加赞赏，在《插论语丝的文体——稳健、骂人及费厄泼赖》一文中写道：“‘费厄泼赖’精神在中国最不易得，我们也只好努力鼓励，中国‘泼赖’的精神就很少，更谈不到‘费厄’，惟有时所谓不肯‘下井投石’即带有此义。骂人的人却不可没有这一样条件，能驾人，也须能挨骂。且对于失败者不应再施攻击，因为我们所攻击的在于思想非在人，以今日之段祺瑞、章士钊为例，我们便不应再攻击其个人。”鲁迅不同意这种观点，在文章中主张痛打“落水狗”。他在《写在〈坟〉后面》里写道：“最末的论‘费厄泼赖’这一篇，也许可供参考罢，因为这虽然不是我的血所写，却是见了我的同辈和比我年幼的青年们的血而写的。”在《庆祝沪宁克复的那一边》中又写道：“前年，我作了一篇短文，主张‘落水狗’还是非打不可，就有老实人以为苛酷，太欠大度和宽容；况且我以此施之人，人又以报诸我，报施将永无了结的时候。……但便是中国，在事实上，到现在为止，凡有大度，宽容，慈悲，仁厚等等美名，也大抵是名实并用者失败，只用其名者成功的。”

中山先生逝世后一周年

中山先生逝世后无论几周年，本用不着什么纪念的文章。只要这先前未曾有的中华民国存在，就是他的丰碑，就是他的纪念。

凡是自承为民国的国民，谁有不记得创造民国的战士，而且是第一人的？但我们大多数的国民实在特别沉静，真是喜怒哀乐不形于色，而况吐露他们的热力和热情。因此就更应该纪念了；因此也更可见那时革命有怎样的艰难，更足以加增这纪念的意义。

记得去年逝世后不很久，甚至于就有几个论客说些风凉话。是憎恶中华民国呢，是所谓“责备贤者”呢，是卖弄自己的聪明呢，我不得而知。但无论如何，中山先生的一生历史具在，站出世间来就是革命，失败了还是革命；中华民国成立之后，也没有满足过，没有安逸过，仍然继续着进向近于完全的革命的工作。直到临终之际，他说道：革命尚未成功，同志仍须努力！

那时新闻上有一条琐载，不下于他一生革命事业地感动过我，据说当西医已经束手的时候，有人主张服中国药了；但中山先生不赞成，以为中国的药品固然也有有效的，诊断的知识却缺如。不能诊断，如何用药？毋须服。人当濒危之际，大抵是什么也肯尝试的，而他对于自己的生命，也仍有这样分明的理智和坚定的意志。

他是一个全体，永远的革命者。无论所做的那一件，全都是革命。无论后人如何吹求他，冷落他，他终于全都是革命。

为什么呢？托洛斯基曾经说明过什么是革命艺术。是：即使主题不谈革命，而有从革命所发生的新事物藏在里面的意识一贯着者是；否则，即使以革命为主题，也不是革命艺术。中山先生逝世已经一年了，“革命尚未成功”，仅在这样的环境中作一个纪念。然而这纪念所显示，也还是他终于永远带领着新的革命者前行，一同努力于进向近于完全的革命的工作。

三月十日晨。

题注：

本篇最初发表于1926年3月12日北京《国民新报》“孙中山先生逝世周年纪念特刊”。初未收集。

孙中山逝世后，一些政客为了反对日益高涨的革命运动，散布了种种污蔑他的言论。如1925年4月2日《晨报》刊载的署名“赤心”的《中山……》一文说：“孙文死后，什么‘中山省’‘中山县’‘中山公园’等等名称，闹得头昏脑痛……索性把‘中华民国’改为‘中山民国’……‘亚细亚洲’改称‘中山洲’……‘国民党’改称‘中山党’，最干脆，最切当。”1925年3月13日《晨报》所载梁启超答记者问《孙文之价值》一文中，也说孙中山“为目的而不择手段”，“无从判断他的真价值”。本文系为驳斥这些“说些风凉话”的政客而作。

记念刘和珍君

一

中华民国十五年三月二十五日，就是国立北京女子师范大学为十八日在段祺瑞执政府前遇害的刘和珍杨德群两君开追悼会的那一天，我独在礼堂外徘徊，遇见程君，前来问我道，“先生可曾为刘和珍写了一点什么没有？”我说“没有”。她就正告我，“先生还是写一点罢；刘和珍生前就很爱看先生的文章。”

这是我知道的，凡我所编辑的期刊，大概是因为往往有始无终之故罢，销行一向就甚为寥落，然而在这样的生活艰难中，毅然预定了《莽原》全年的就有她。我也早觉得有写一点东西的必要了，这虽然于死者毫不相干，但在生者，却大抵只能如此而已。倘使我能够相信真有所谓“在天之灵”，那自然可以得到更大的安慰，——但是，现在，却只能如此而已。

可是我实在无话可说。我只觉得所住的并非人间。四十多个青年的血，洋溢在我的周围，使我艰于呼吸视听，那里还能有什么言语？长歌当哭，是必须在痛定之后的。而此后几个所谓学者文人的阴险的论调，尤使我觉得悲哀。我已经出离愤怒了。我将深味这非人间的浓黑的悲凉；以我的最大哀痛显示于非人间，使它们快意于我的苦痛，就将这作为后死者的菲薄的祭品，奉献于逝者的灵前。

二

真的猛士，敢于直面惨淡的人生，敢于正视淋漓的鲜血。这是怎样的哀痛者和幸福者？然而造化又常常为庸人设计，以时间的流驶，来洗涤旧迹，仅使留下淡红的血色和微漠的悲哀。在这淡红的血色和微漠的悲哀中，又给人暂得偷生，维持着这似人非人的世界。我不知道这样的世界何时是一个尽头！

我们还在这样的世上活着；我也早觉得有写一点东西的必要了。离三月十八日也已有两星期，忘却的救主快要降临了罢，我正有写一点东西的必要了。

三

在四十余被害的青年之中，刘和珍君是我的学生。学生云者，我向来这样想，这样说，现在却觉得有些踌躇了，我应该对她奉献我的悲哀与尊敬。她不是“苟活到现在的我”的学生，是为了中国而死的中国的青年。

她的姓名第一次为我所见，是在去年夏初杨荫榆女士做女子师范大学校长，开除校中六个学生自治会职员的时候。其中的一个就是她；但是我不认识。直到后来，也许已经是刘百昭率领男女武将，强拖出校之后了，才有人指着一个学生告诉我，说：这就是刘和珍。其时我才能将姓名和实体联合起来，心中却暗自诧异。我平素想，能够不为势利所屈，反抗一广有羽翼的校长的学生，无论如何，总该是有些桀骜锋利的，但她却常常微笑着，态度很温和。待到偏安于宗帽胡同，赁屋授课之后，她才始来听我的讲义，于是见面的回数就较多了，也还是始终微笑着，态度很温和。待到学校恢复旧观，往日的教职员以为责任已尽，准备陆续引退的时候，我才见她虑及母校前途，黯然至于泣下。此后似乎就不相见。总之，在我的记忆上，那一次就是永别了。

四

我在十八日早晨，才知道上午有群众向执政府请愿的事；下午便得到噩耗，说卫队居然开枪，死伤至数百人，而刘和珍君即在遇害者之列。但我对于这些传说，竟至于颇为怀疑。我向来是不惮以最坏的恶意，来推测中国人的，然而我还不料，也不信竟会下劣凶残到这地步。况且始终微笑着的和蔼的刘和珍君，更何至于无端在府门前喋血呢？

然而即日证明是事实了，作证的便是她自己的尸骸。还有一具，是杨德群君的。而且又证明着这不但是杀害，简直是虐杀，因为身体上还有棍棒的伤痕。

但段政府就有令，说她们是“暴徒”！

但接着就有流言，说她们是受人利用的。

惨象，已使我目不忍视了；流言，尤使我耳不忍闻。我还有什么话可说呢？我懂得衰亡民族之所以默无声息的缘由了。沉默呵，沉默呵！不在沉默中爆发，就在沉默中灭亡。

五

但是，我还有要说的话。

我没有亲见；听说，她，刘和珍君，那时是欣然前往的。自然，请愿而已，稍有人心者，谁也不会料到有这样的罗网。但竟在执政府前中弹了，从背部入，斜穿心肺，已是致命的创伤，只是没有便死。同去的张静淑君想扶起她，中了四弹，其一是手枪，立仆；同去的杨德群君又想去扶起她，也被击，弹从左肩入，穿胸偏右出，也立仆。但她还能坐起来，一个兵在她头部及胸部猛击两棍，于是死掉了。

始终微笑的和蔼的刘和珍君确是死掉了，这是真的，有她自己的尸骸为证；沉勇而友爱的杨德群君也死掉了，有她自己的尸骸为证；只有一样沉勇而友爱的张静淑君还在医院里呻吟。当三个女子从容地转辗于文明人所发明的枪弹的攒射中的时候，这是怎样的一个惊心动魄的伟大呵！中国军人的屠戮妇婴的伟绩，八国联军的惩创学生的武功，不幸全被这几缕血痕抹杀了。

但是中外的杀人者却居然昂起头来，不知道个个脸上有着血污……。

六

时间永是流驶，街市依旧太平，有限的几个生命，在中国是不算什么的，至多，不过供无恶意的闲人以饭后的谈资，或者给有恶意的闲人作“流言”的种子。至于此外的深的意义，我总觉得很寥寥，因为这实在不过是徒手的请愿。人类的血战前行的历史，正如煤的形成，当时用大量的木材，结果却只是一小块，但请愿是不在其中的，更何况是徒手。

然而既然有了血痕了，当然不觉要扩大。至少，也当浸渍了亲族，师友，爱人的心，纵使时光流驶，洗成绯红，也会在微漠的悲哀中永存微笑的和蔼的旧影。陶潜说过，“亲戚或余悲，他人亦已歌，死去何所道，托体同山阿。”倘能如此，这也就够了。

七

我已经说过：我向来是不惮以最坏的恶意来推测中国人的。但这回却很有几点出于我的意外。一是当局者竟会这样地凶残，一是流言家竟至如此之下劣，一是中国的女性临难竟能如是之从容。

我目睹中国女子的办事，是始于去年的，虽然是少数，但看那干练坚决，百折不回的气概，曾经屡次为之感叹。至于这一回在弹雨中互相救助，虽殒身不恤的事实，则更足为中国女子的勇毅，虽遭阴谋秘计，压抑至数千年，而终于没有消亡的明证了。倘要寻求这一次死伤者对于将来的意义，意义就在此罢。

苟活者在淡红的血色中，会依稀看见微茫的希望；真的猛士，将更奋然而前行。

呜呼，我说不出话，但以此记念刘和珍君！

四月一日。

题注：

本篇最初发表于北京《语丝》周刊第七十四期（1926年4月12日）。收入《华盖集续编》。

刘和珍（1904—1926），江西南昌人，北京女子师范大学学生，

1925年5月9日杨荫榆以评议会的名义开除6个女师大学生自治会职员，其中就有刘和珍。1926年3月18日她和女师大学生杨德群、张静淑在三一八惨案中殉难。对青年学生的枉死，所谓的文人学者却诬蔑她们是暴徒，鲁迅在悲愤中写下此文，纪念刘和珍及在这次惨案中死去的几位勇敢的女性，指出“死伤者对于将来的意义”。

空谈

一

请愿的事，我一向就不以为然的，但并非因为怕有三月十八日那样的惨杀。那样的惨杀，我实在没有梦想到，虽然我向来常以“刀笔吏”的意思来窥测我们中国人。我只知道他们麻木，没有良心，不足与言，而况是请愿，而况又是徒手，却没有料到有这么阴毒与凶残。能逆料的，大概只有段祺瑞，贾德耀，章士钊和他们的同类罢。四十七个男女青年的生命，完全是被骗去的，简直是诱杀。

有些东西——我称之为什么呢，我想不出——说：群众领袖应负道义上的责任。这些东西仿佛就承认了对徒手群众应该开枪，执政府前原是“死地”，死者就如自投罗网一般。群众领袖本没有和段祺瑞等辈心心相印，也未曾互相钩通，怎么能够料到这阴险的辣手。这样的辣手，只要略有人气者，是万万豫想不到的。

我以为倘要锻炼群众领袖的错处，只有两点：一是还以请愿为有用；二是将对手看得太好了。

二

但以上也仍然是事后的话。我想，当这事实没有发生以前，恐怕谁也不会料到要演这般的惨剧，至多，也不过获得照例的徒劳罢了。只有有学问的聪明人能够先料到，承认凡请愿就是送死。

陈源教授的《闲话》说："我们要是劝告女志士们，以后少加入群众运动，她们一定要说我们轻视她们，所以我们也不敢来多嘴。可是对于未成年的男女孩童，我们不能不希望他们以后不再参加任何运动。"(《现代评论》六十八）为什么呢？因为参加各种运动，是甚至于像这次一样，要"冒枪林弹雨的险，受践踏死伤之苦"的。

这次用了四十七条性命，只购得一种见识：本国的执政府前是"枪林弹雨"的地方，要去送死，应该待到成年，出于自愿的才是。

我以为"女志士"和"未成年的男女孩童"，参加学校运动会，大概倒还不至于有很大的危险的。至于"枪林弹雨"中的请愿，则虽是成年的男志士们，也应该切切记住，从此罢休！

看现在竟如何。不过多了几篇诗文，多了若干谈助。几个名人和什么当局者在接洽葬地，由大请愿改为小请愿了。埋葬自然是最妥当的收场。然而很奇怪，仿佛这四十七个死者，是因为怕老来死后无处埋葬，特来挣一点官地似的。万生园多么近，而四烈士坟前还有三块墓碑不镌一字，更何况僻远如圆明园。

死者倘不埋在活人的心中，那就真真死掉了。

三

改革自然常不免于流血，但流血非即等于改革。血的应用，正如金钱一般，吝啬固然是不行的，浪费也大大的失算。我对于这回的牺牲者，非常觉得哀伤。

但愿这样的请愿，从此停止就好。

请愿虽然是无论那一国度里常有的事，不至于死的事，但我们已经知道中国是例外，除非你能将“枪林弹雨”消除。正规的战法，也必须对手是英雄才适用。汉末总算还是人心很古的时候罢，恕我引一个小说上的典故：许褚赤体上阵，也就很中了好几箭。而金圣叹还笑他道：“谁叫你赤膊？”

至于现在似的发明了许多火器的时代，交兵就都用壕堑战。这并非吝惜生命，乃是不肯虚掷生命，因为战士的生命是宝贵的。在战士不多的地方，这生命就愈宝贵。所谓宝贵者，并非“珍藏于家”，乃是要以小本钱换得极大的利息，至少，也必须卖买相当。以血的洪流淹死一个敌人，以同胞的尸体填满一个缺陷，已经是陈腐的话了。从最新的战术的眼光看起来，这是多么大的损失。

这回死者的遗给后来的功德，是在撕去了许多东西的人相，露出那出于意料之外的阴毒的心，教给继续战斗者以别种方法的战斗。

四月二日。

题注：

本篇最初发表于1926年4月10日北京《国民新报副刊》。收入《华盖集续编》。

三一八惨案发生后，研究系机关报《晨报》于1926年3月22日发表陈渊泉写的题为《群众领袖安在》的社论，诬蔑徐谦等“非迫群众至国务院不可、竟捏报府院卫队已解除武装，此行绝无危险，故一群青年始相率而往”，并说：“吾人在纠弹政府之余，又不能不诘问所谓‘群众领袖’之责任。”陈西滢在3月27日《现代评论》第三卷第六十八期评论三一八惨案的《闲话》中，也企图把这次惨案的责任推到“民众领袖”身上，指责青年学生不该到执政府前请愿，以此为段祺瑞政府开脱罪责。鲁迅对这些阴险的论调感到愤慨，同时也指出战士的生命是宝贵的，这样的请愿以后应该停止，应该以别的方法继续战斗。

如此“讨赤”

京津间许多次大小战争，战死了不知多少人，为“讨赤”也；执政府前开排枪，打死请愿者四十七，伤百余，通缉“率领暴徒”之徐谦等人五，为“讨赤”也；奉天飞机三临北京之空中，掷下炸弹，杀两妇人，伤一小黄狗，为“讨赤”也。

京津间战死之兵士和北京中被炸死之两妇人和被炸伤之一小黄狗，是否即“赤”，尚无“明令”，下民不得而知。至于府前枪杀之四十七人，则第一“明令”已云有“误伤”矣；京师地方检察厅公函又云“此次集会请愿宗旨尚属正当，又无不正之行为”矣；而国务院会议又将“从优拟恤”矣。然则徐谦们所率领的“暴徒”那里去了呢？他们都有符咒，能避枪炮的么？

总而言之：“讨”则“讨”矣了，而“赤”安在呢？

而“赤”安在，姑且勿论。归根结蒂，“烈士”落葬，徐谦们逃亡，两个俄款委员会委员出缺。六日《京报》云：“昨日九校教职员联席会议代表在法政大学开会，查良钊主席，先报告前日因俄款委员会改组事，与教长胡仁源接洽之情形；次某代表发言，略云，政府此次拟以外教财三部事务官接充委员，同人应绝对反对，并非反对该项人员人格，实因俄款数目甚大，中国教育界仰赖甚深……。"

又有一条新闻，题目是："五私大亦注意俄款委员会"云。

四十七人之死，有功于"中国教育界"良非浅尠也。"从优拟恤"，谁曰不宜！？

而今而后，庶几"中国教育界"中，不至于再称异己者为"卢布党"欤？

四月六日。

题注：

本篇最初发表于1926年4月10日北京《京报副刊》。收入《华盖集续编》。

当时奉系军阀称国民军为"赤化"，称他们对国民军的进攻为"讨赤"。段祺瑞执政府打死请愿者，也宣称是为了"讨赤"。鲁迅在这篇杂感中指出，把俄款委员会委员徐谦、李大钊等作为赤化分子驱逐后，北洋政府的教育部门正好借机争夺苏俄政府退还的庚子赔款，这才是真相。

大衍发微

三月十八日段祺瑞，贾德耀，章士钊们使卫兵枪杀民众，通缉五个所谓“暴徒首领”之后，报上还流传着一张他们想要第二批通缉的名单。对于这名单的编纂者，我现在并不想研究。但将这一批人的籍贯职务调查开列起来，却觉得取舍是颇为巧妙的。先开前六名，但所任的职务，因为我见闻有限，所以也许有遗漏：

一　徐谦（安徽）俄国退还庚子赔款委员会委员，中俄大学校长，广东外交团代表主席。

二　李大钊（直隶）国立北京大学教授，校长室秘书。

三　吴敬恒（江苏）清室善后委员会监理。

四　李煜瀛（直隶）俄款委员会委员长，清室善后委员会委员长，中法大学代理校长，北大教授。

五　易培基（湖南）前教育总长，现国立北京女子师范大学校长。

六　顾兆熊（直隶）俄款委员会委员，北大教务长，北京教育会会长。

四月九日《京报》云：“姓名上尚有圈点等符号，其意不明。……

徐李等五人名上各有三圈，吴稚晖虽列名第三，而仅一点。余或两圈一圈或一点，不记其详。”于是就有人推测，以为吴老先生之所以仅有一点者，因章士钊还想引以为重，以及别的原因云云。案此皆未经开列职务，以及未见陈源《闲话》之故也。只要一看上文，便知道圈点之别，不过表明“差缺”之是否“优美”。监理是点查物件的监督者，又没有什么薪水，所以只配一点；而别人之“差缺”则大矣，自然值得三圈。“不记其详”的余人，依此类推，大约即不至于有大错。将冠冕堂皇的“整顿学风”的盛举，只作如是观，虽然太煞风景，对不住“正人君子”们，然而我的眼光这样，也就无法可想。再写下去罢，计开：

七　陈友仁（广东）前《民报》英文记者，现《国民新报》英文记者。

八　陈启修（四川）中俄大学教务长，北大教授，女师大教授，《国民新报副刊》编辑。

九　朱家骅（浙江）北大教授。

十　蒋梦麟（浙江）北大教授，代理校长。

十一　马裕藻（浙江）北大国文系主任，师大教授，前女师大总务长现教授。

十二　许寿裳（浙江）教育部编审员，前女师大教务长现教授。

十三　沈兼士（浙江）北大国文系教授，清室善后委员会委员，女师大教授。

十四　陈垣（广东）前教育次长，现清室善后委员会委员，北大导师。

十五　马叙伦（浙江）前教育次长，教育特税督办，现国立师范大学教授，北大讲师。

十六　邵振青（浙江）《京报》总编辑。

十七　林玉堂（福建）北大英文系教授，女师大教务长，《国民新报》英文部编辑，《语丝》撰稿者。

十八　萧子升（湖南）前《民报》编辑，教育部秘书，《猛进》撰稿者。

十九　李玄伯（直隶）北大法文系教授，《猛进》撰稿者。

二十　徐炳昶（河南）北大哲学系教授，女师大教授，《猛进》撰稿者。

二十一　周树人（浙江）教育部佥事，女师大教授，北大国文系讲师，中国大学讲师，《国副》编辑，《莽原》编辑，《语丝》撰稿者。

二十二　周作人（浙江）北大国文系教授，女师大教授，燕京大学副教授，《语丝》撰稿者。

二十三　张凤举（江西）北大国文系教授，女师大讲师，《国副》编辑，《猛进》及《语丝》撰稿者。

二十四　陈大齐（浙江）北大哲学系教授，女师大教授。

二十五　丁维汾（山东）国民党。

二十六　王法勤（直隶）国民党，议员。

二十七　刘清扬（直隶）国民党妇女部长。

二十八　潘廷干

二十九　高鲁（福建）中央观象台长，北大讲师。

三十　谭熙鸿（江苏）北大教授，《猛进》撰稿者。

三十一　陈彬和（江苏）前平民中学教务长，前天津南开学校总务长，现中俄大学总务长。

三十二　孙伏园（浙江）北大讲师，《京报副刊》编辑。

三十三　高一涵（安徽）北大教授，中大教授，《现代评论》撰稿者。

三十四　李书华（直隶）北大教授,《猛进》撰稿者。

三十五　徐宝璜（江西）北大教授,《猛进》撰稿者。

三十六　李麟玉（直隶）北大教授,《猛进》撰稿者。

三十七　成平（湖南）《世界日报》及《晚报》总编辑，女师大讲师。

三十八　潘蕴巢（江苏）《益世报》记者。

三十九　罗敦伟（湖南）《国民晚报》记者。

四十　邓飞黄（湖南）《国民新报》总编辑。

四十一　彭齐群（吉林）中央观象台科长,《猛进》撰稿者。

四十二　徐巽（安徽）中俄大学校务委员会委员长。

四十三　高穰（福建）律师，曾担任女师大学生控告章士钊刘百昭事。

四十四　梁鼎

四十五　张平江（四川）女师大学生。

四十六　姜绍谟（浙江）前教育部秘书。

四十七　郭春涛（河南）北大学生。

四十八　纪人庆（云南）大中公学教员。

以上只有四十八人，五十缺二，不知是失抄，还是像九六的制钱似的，这就算是足串了。至于职务，除遗漏外，怕又有错误，并且有几位是为我所一时无从查考的。但即此已经足够了，早可以看出许多秘密来——

甲，改组两个机关：

1. 俄国退还庚子赔款委员会；

2. 清室善后委员会。

乙，“扫除”三个半学校：

1. 中俄大学；

2. 中法大学；

3. 女子师范大学；

4. 北京大学之一部分。

丙，扑灭四种报章：

1.《京报》；

2.《世界日报》及《晚报》；

3.《国民新报》；

4.《国民晚报》。

丁，“逼死”两种副刊：

1.《京报副刊》；

2.《国民新报副刊》。

戊，妨害三种期刊：

1.《猛进》；

2.《语丝》；

3.《莽原》。

“孤桐先生”是“正人君子”一流人，“党同伐异”怕是不至于的，“睚眦之怨”或者也未必报。但是赵子昂的画马，岂不是据说先对着镜子，摹仿形态的么？据上面的镜子，从我的眼睛，还可以看见一些额外的形态——

1. 连替女师大学生控告章士钊的律师都要获罪，上面已经说过了。

2. 陈源“流言”中的所谓“某籍”，有十二人，占全数四分之一。

3. 陈源“流言”中的所谓“某系”（案盖指北大国文系也），计有五人。

4. 曾经发表反章士钊宣言的北大评议员十七人，有十四人在内。

5. 曾经发表反杨荫榆宣言的女师大教员七人，有三人在内，皆“某籍”。

这通缉如果实行，我是想要逃到东交民巷或天津去的；能不能自然是别一问题。这种举动虽将为“正人君子”所冷笑，但我却不愿意为要博得这些东西的夸奖，便到“孤桐先生”的麾下去投案。但这且待后来再说，因为近几天是“孤桐先生”也如“政客，富人，和革命猛进者及民众的首领”一般，“安居在东交民巷里”了。

这一篇是一九二六年四月十三日作的，就登在那年四月的《京报副刊》上，名单即见于《京报》。用“唯饭史观”的眼光，来探究所以要提这凑成“大衍之数”的人们的原因，虽然并不出奇，但由今观之，还觉得“不为无见”。本来是要编入《华盖集续编》中的，继而一想，自己虽然走出北京了，但其中的许多人，却还在军阀势力之下，何必重印旧账，使叭儿狗们记得起来呢。于是就抽掉了。但现在情势，却已不同，虽然其中已有两人被杀，数人失踪，而下通缉令之权，则已非段章诸公所有，他们万一不慎，倒可以为先前的被缉者所缉了。先前的有几个被缉者的座前，现在也许倒要有人开单来献，请缉别人了。《现代评论》也不但不再豫料革命之不成功，且登广告云：“现在国民政府收复北平，本周刊又有销行的机会（谨案：妙极）了”了。而浙江省党务指导委员会宣字一二六号令，则将《语丝》“严行禁止”了。此之所以为革命欤。因见语堂的《翦拂集》内，提及此文，便从小箱子里寻出，附存于末，以为纪念。

一九二八年十月二十日，鲁迅记。

题注：

本篇最初发表于1926年4月16日北京《京报副刊》。原拟编在《华盖集续编》，但考虑到当时的形势而没有收入。1928年10月20日鲁迅将此文续写附记后，作为附录编入《而已集》。

1926年3月18日段祺瑞政府在北京枪杀爱国学生，酿成三一八惨案。稍后，北京继徐谦、李大钊、李煜瀛、易培基等被明令通缉，又披露了“还要通缉五十多人”。在写本篇之前，鲁迅曾进行调查。1926年4月9日鲁迅在致章廷谦信中说：“五十人案，今天京报上有名单，排列甚巧，不像谣言。”“我想调查五十人的籍贯和饭碗，有所议论，请你将所知者注入掷下，劳驾，劳驾！其实只有四十八人，未知是遗漏，还是仿九六足串大钱例……”文题“大衍”，语见《周易·系辞》：“大衍之数五十。”后人以五十之数称“大衍”。段祺瑞政府通缉的名单约为五十人，故以此名之。发微，意思为揭发其中的微妙。

厦门通信

H.M. 兄：

我到此快要一个月了，懒在一所三层楼上，对于各处都不大写信。这楼就在海边，日夜被海风呼呼地吹着。海滨很有些贝壳，检了几回，也没有什么特别的。四围的人家不多，我所知道的最近的店铺，只有一家，卖点罐头食物和糕饼，掌柜的是一个女人，看年纪大概可以比我长一辈。

风景一看倒不坏，有山有水。我初到时，一个同事便告诉我：山光海气，是春秋早暮都不同。还指给我石头看：这块像老虎，那块像癞虾蟆，那一块又像什么什么……。我忘记了，其实也不大相像。我对于自然美，自恨并无敏感，所以即使恭逢良辰美景，也不甚感动。但好几天，却忘不掉郑成功的遗迹。离我的住所不远就有一道城墙，据说便是他筑的。一想到除了台湾，这厦门乃是满人入关以后我们中国的最后亡的地方，委实觉得可悲可喜。台湾是直到一六八三年，即所谓“圣祖仁皇帝”二十二年才亡的，这一年，那“仁皇帝”们便修补“十三经”和“二十一史”的刻板。现在呢，有些国民巴不得读经；殿板“二十一史”也变成了宝贝，古董藏书家不惜重资，购藏于家，以贻子孙云。然而郑成功的城却很寂寞，听说城脚的沙，还被人盗运去卖给对面鼓浪屿的谁，快要危及城基了。有一天我清早望见许多小船，吃水很重，都张着帆驶向鼓浪屿去，大约便是那卖沙的同胞。

周围很静；近处买不到一种北京或上海的新的出版物，所以有时也觉得枯寂一些，但也看不见灰烟瘴气的《现代评论》。这不知是怎的，有那么许多正人君子，文人学者执笔，竟还不大风行。

这几天我想编我今年的杂感了。自从我写了这些东西，尤其是关于陈源的东西以后，就很有几个自称“中立”的君子给我忠告，说你再写下去，就要无聊了。我却并非因为忠告，只因环境的变迁，近来竟没有什么杂感，连结集旧作的事也忘却了。前几天的夜里，忽然听到梅兰芳“艺员”的歌声，自然是留在留声机里的，像粗糙而钝的针尖一般，刺得我耳膜很不舒服。于是我就想到我的杂感，大约也刺得佩服梅“艺员”的正人君子们不大舒服罢，所以要我不再做。然而我的杂感是印在纸上的，不会振动空气，不愿见，不翻他开来就完了，何必冒充了中立来哄骗我。我愿意我的东西躺在小摊上，被愿看的买去，却不愿意受正人君子赏识。世上爱牡丹的或者是最多，但也有喜欢曼陀罗花或无名小草的，朋其还将霸王鞭种在茶壶里当盆景哩。不过看看旧稿，很有些太不清楚了，你可以给我抄一点么？

此时又在发风，几乎日日这样，好像北京，可是其中很少灰土。我有时也偶然去散步，在丛葬中，这是 Borel 讲厦门的书上早就说过的：中国全国就是一个大墓场。墓碑文很多不通：有写先妣某而没有儿子的姓名的；有头上横写着地名的；还有刻着“敬惜字纸”四字的，不知道叫谁敬惜字纸。这些不通，就因为读了书之故。假如问一个不识字的人，坟里的人是谁，他道父亲；再问他什么名字，他说张二；再问他自己叫什么，他说张三。照直写下来，那就清清楚楚了。而写碑的人偏要舞文弄墨，所以反而越舞越胡涂，他不知道研究“金石例”的，从元朝到清朝就终于没有了局。

我还同先前一样；不过太静了，倒是什么也不想写。

鲁迅。九月二十三日。

题注：

本篇最初发表于厦门《波艇》月刊第一号，原刊未注明出版年月，当为1926年12月。收入《华盖集续编的续编》。

《华盖集续编》的续编共计6篇，鲁迅在编定时有一个小记：“在厦门岛的四个月，只做了几篇无聊文字，除去最无聊者，还剩六篇，称为《华盖集续编的续编》，总算一年中所作的杂感全有了。”1926年9月4日，鲁迅从北京抵达厦门，担任厦门大学国文系教授，兼国学研究院教授，“续编的续编”都是在厦门时期所写。这封信的收信人H.M.即许广平，H.M.是“害马”的罗马字拼音Haima的缩写。这是鲁迅对许广平的戏称，因她在女师大风潮中曾被杨荫榆称作“害群之马”。鲁迅在这封信中谈及对厦门的观感，并表示要继续与现代评论派作斗争。

黄花节的杂感

黄花节将近了，必须做一点所谓文章。但对于这一个题目的文章，教我做起来，实在近于先前的在考场里“对空策”。因为，——说出来自己也惭愧，——黄花节这三个字，我自然明白它是什么意思的；然而战死在黄花冈头的战士们呢，不但姓名，连人数也不知道。

为寻些材料，好发议论起见，只得查《辞源》。书里面有是有的，可不过是：

> “黄花冈。地名，在广东省城北门外白云山之麓。清宣统三年三月二十九日，革命党数十人，攻袭督署，不成而死，丛葬于此。”

轻描淡写，和我所知道的差不多，于我并不能有所裨益。

我又愿意知道一点十七年前的三月二十九日的情形，但一时也找不到目击耳闻的耆老。从别的地方——如北京，南京，我的故乡——的例子推想起来，当时大概有若干人痛惜，若干人快意，若干人没有什么意见，若干人当作酒后茶余的谈助的罢。接着便将被人们忘却。

久受压制的人们，被压制时只能忍苦，幸而解放了便只知道作乐，悲壮剧是不能久留在记忆里的。

但是三月二十九日的事却特别，当时虽然失败，十月就是武昌起义，第二年，中华民国便出现了。于是这些失败的战士，当时也就成为革命成功的先驱，悲壮剧刚要收场，又添上一个团圆剧的结束。这于我们是很可庆幸的，我想，在纪念黄花节的时候便可以看出。

我还没有亲自遇见过黄花节的纪念，因为久在北方。不过，中山先生的纪念日却遇见过了：在学校里，晚上来看演剧的特别多，连凳子也踏破了几条，非常热闹。用这例子来推断，那么，黄花节也一定该是极其热闹的罢。

当三月十二日那天的晚上，我在热闹场中，便深深地更感得革命家的伟大。我想，恋爱成功的时候，一个爱人死掉了，只能给生存的那一个以悲哀。然而革命成功的时候，革命家死掉了，却能每年给生存的大家以热闹，甚而至于欢欣鼓舞。惟独革命家，无论他生或死，都能给大家以幸福。同是爱，结果却有这样地不同，正无怪现在的青年，很有许多感到恋爱和革命的冲突的苦闷。

以上的所谓“革命成功”，是指暂时的事而言；其实是“革命尚未成功”的。革命无止境，倘使世上真有什么“止于至善”，这人间世便同时变了凝固的东西了。不过，中国经了许多战士的精神和血肉的培养，却的确长出了一点先前所没有的幸福的花果来，也还有逐渐生长的希望。倘若不像有，那是因为继续培养的人们少，而赏玩，攀折这花，摘食这果实的人们倒是太多的缘故。

我并非说，大家都须天天去痛哭流涕，以凭吊先烈的“在天之灵”，一年中有一天记起他们也就可以了。但就广东的现在而论，我却觉得大家对于节日的办法，还须改良一点。黄花节很热闹，热闹一天自然也好；热闹得疲劳了，回去就好好地睡一觉。然而第二天，元气恢复了，就该加工做一天自己该做的工作。这当然是劳苦的，但总比枪弹从致命的地方穿过去要好得远；何况这也算是在培养幸福的花果，为着后来的人们呢。

三月二十四日夜。

题注：

本篇最初发表于1927年3月29日广州中山大学政治训育部编印的《政治训育》第七期“黄花节特号”。收入《而已集》。

1911年4月27日（农历三月二十九日），同盟会领导成员黄兴等率敢死队攻打两广总督府，结果失败，牺牲百余人。事后将收集到的72具烈士遗骸，合葬于广州市郊黄花岗。民国政府成立后，将公历3月29日定为纪念日，通称黄花节。当时北伐革命迅猛发展，3月21日北伐军进入上海。一部分人沉醉于胜利，认为革命将获成功，这一年广州的黄花节纪念活动也格外热闹，但鲁迅却提出告诫：“革命没有止境”，热闹的纪念之后，仍要每天做该做的工作。

中山大学开学致语

中山先生一生致力于国民革命的结果，留下来的极大的纪念，是：中华民国。

但是，“革命尚未成功”。

为革命策源地的广州，现今却已在革命的后方了。设立在这里，如校史所说，将“以贯彻孙总理革命的精神”的中山大学，从此要开他的第一步。

那使命是很重大的，然而在后方。

中山先生却常在革命的前线。

但中山先生还有许多书。我想：中山大学与革命的关系，大概就等于许多书。但不是死书：他须有奋发革命的精神，增加革命的才绪，坚固革命的魄力的力量。

现在，四近没有炮火，没有鞭笞，没有压制，于是也就没有反抗，没有革命。所有的多是曾经革命，将要革命，或向往革命的青年，将在平静的空气中，度着探求学术的生活。但这平静的空气，必须为革命的精神所弥漫；这精神则如日光，永永放射，无远弗到。

否则，革命的后方便成为懒人享福的地方。

中山大学也还是无意义。

不过使国内多添了许多好看的头衔。

结末的祝词是：我先只希望中山大学中人虽然坐着工作而永远记得前线。

题注：

本篇最初发表于1927年3月广州出版的《国立中山大学开学纪念册》“论述栏”，署名周树人。初未收集。

鲁迅于1927年1月18日到达广州，任中山大学文学系主任兼教务主任。中山大学系1926年9月由原广东大学改名。10月，广东国民政府公布训令：“中山大学为中央最高学府……责成委员会努力前途，彻底改革。”新成立的中山大学据此进行整顿。鲁迅因此应邀而来中山大学任教，并在本文中对中大寄寓深切的希望。

庆祝沪宁克复的那一边

在广州，我觉得纪念和庆祝的盛典似乎特别多。这是当革命的进行和胜利中，一定要有的现象。沪宁的克复，在看见电报的那天，我已经一个人私自高兴过两回了。这“别人出力我高兴”的报应之一，是搜索枯肠，硬做文章的苦差使。其实，我于做这等事，是不大合宜的，因为动起笔来，总是离题有千里之远。即如现在，何尝不想写得切题一些呢，然而还是胡思乱想，像样点的好意思总像断线风筝似的收不回来。忽然想到昨天在黄埔看见的几个来投学生军的青年，才知道在前线上拚命的原来是这样的人；自己在讲堂上胡说了几句便骗得听众拍手，真是应该羞愧。忽而想到十六年前也曾克复过南京，还给捐躯的战士立了一块碑，民国二年后，便被张勋毁掉了，今年顷又可以重立。忽而又想到香港《循环日报》上所载李守常在北京被捕的消息，他的圆圆的脸和中国式的下垂的黑胡子便浮在眼前，不知道他现在怎么样。

黑暗的区域里，反革命者的工作也正在默默地进行，虽然留在后方的是呻吟，但也有一部分人们高兴。后方的呻吟与高兴固然大不相同，然而无裨于事是一样的。最后的胜利，不在高兴的人们的多少，而在永远进击的人们的多少，记得一种期刊上，曾经引有列宁的话：

> “第一要事是，不要因胜利而使脑筋昏乱，自高自满；第二要事是，要巩固我们的胜利，使他长久是属于我们的；第三要事是，准备消灭敌人，因为现在敌人只是被征服了，而距消灭的程度还远得很。”

俄国究竟是革命的世家，列宁究竟是革命的老手，不是深知道历来革命成败的原因，自己又积有许多经验，是说不出来的。先前，中国革命者的屡屡挫折，我以为就因为忽略了这一点。小有胜利，便陶醉在凯歌中，肌肉松懈，忘却进击了，于是敌人便又乘隙而起。

前年，我作了一篇短文，主张“落水狗”还是非打不可，就有老实人以为苛酷，太欠大度和宽容；况且我以此施之人，人又以报诸我，报施将永无了结的时候。但是，外国我不知，在中国，历来的胜利者，有谁不苛酷的呢。取近例，则如清初的几个皇帝，民国二年后的袁世凯，对于异己者何尝不赶尽杀绝。只是他嘴上却说着什么大度和宽容，还有什么慈悲和仁厚；也并不像列宁似的简单明了，列宁究竟是俄国人，怎么想便怎么说，比我们中国人直爽得多了。但便是中国，在事实上，到现在为止，凡有大度，宽容，慈悲，仁厚等等美名，也大抵是名实并用者失败，只用其名者成功的。然而竟瞒过了一群大傻子，还会相信他。

庆祝和革命没有什么相干，至多不过是一种点缀。庆祝，讴歌，陶醉着革命的人们多，好自然是好的，但有时也会使革命精神转成浮滑。革命的势力一扩大，革命的人们一定会多起来。统一以后，我恐怕研究系也要讲革命。去年年底，《现代评论》，不就变了论调了么？和“三一八惨案”时候的议论一比照，我真疑心他们都得了一种仙丹，忽然脱胎换骨。我对于佛教先有一种偏见，以为坚苦的小乘教倒是佛教，待到饮酒食肉的阔人富翁，只要吃一餐素，便可以称为居士，算作信徒，虽然美其名曰大乘，流播也更广远，然而这教却因为容易信奉，因而变为浮滑，或者竟等于零了。革命也如此的，坚苦的进击者向前进行，遗下广大的已经革命的地方，使我们可以放心歌呼，也显出革命者的色彩，其实是和革命毫不相干。这样的人们一多，革命的精神反而会从浮滑，稀薄，以至于消亡，再下去是复旧。

广东是革命的策源地，因此也先成为革命的后方，因此也先有上面所说的危机。

当盛大的庆典的这一天，我敢以这些杂乱无章的话献给在广州的革命民众，我深望不至于因这几句出轨的话而扫兴，因为将来可以补救的日子还很多。倘使因此扫兴了，那就是革命精神已经浮滑的证据。

四月十日。

题注：

本篇最初发表于1927年5月5日广州《国民新闻》副刊《新出路》第十一号。初未收集。

北伐军收复上海、南京的消息传到广州后，群情振奋。据1927年3月26日、28日、29日广州《民国日报》报道，“全国总工会广东办事处接到来电后，即发出紧急通告，并联合各界租赁汽车数十辆，燃炮遍游市面，以伸庆祝，颇形热闹”。广东各界163个团体还举行会议，筹备“广东各界庆祝北伐军克复沪宁大会”。在一片欢庆的锣鼓声中，鲁迅清醒地看到在北伐高潮中依然潜伏着失败的危机，因而作本文。

略谈香港

本年一月间我曾去过一回香港，因为跌伤的脚还未全好，不能到街上去闲走，演说一了，匆匆便归，印象淡薄得很，也早已忘却了香港了。今天看见《语丝》一三七期上辰江先生的通信，忽又记得起来，想说几句话来凑热闹。

我去讲演的时候，主持其事的人大约很受了许多困难，但我都不大清楚。单知道先是颇遭干涉，中途又有反对者派人索取入场券，收藏起来，使别人不能去听；后来又不许将讲稿登报，经交涉的结果，是削去和改窜了许多。

然而我的讲演，真是“老生常谈”，而且还是七八年前的“常谈”。

从广州往香港时，在船上还亲自遇见一桩笑话。有一个船员，不知怎地，是知道我的名字的，他给我十分担心。他以为我的赴港，说不定会遭谋害；我遥遥地跑到广东来教书，而无端横死，他——广东人之一——也觉得抱歉。于是他忙了一路，替我计画，禁止上陆时如何脱身，到埠捕拿时如何避免。到埠后，既不禁止，也不捕拿，而他还不放心，临别时再三叮嘱，说倘有危险，可以避到什么地方去。

我虽然觉得可笑，但我从真心里十分感谢他的好心，记得他的认真的脸相。

三天之后，平安地出了香港了，不过因为攻击国粹，得罪了若干人。现在回想起来，像我们似的人，大危险是大概没有的。不过香港总是一个畏途。这用小事情便可以证明。即如今天的香港《循环日报》上，有这样两条琐事：

> ▲陈国被控窃去芜湖街一百五十七号地下布裤一条，昨由史司判笞十二藤云。
>
> ▲昨晚夜深，石塘嘴有两西装男子，……遇一英警上前执行搜身。该西装男子用英语对之。该英警不理会，且警以□□□。于是双方缠上警署。……

第一条我们一目了然，知道中国人还在那里被抽藤条。“司”当是“藩司”“臬司”之“司”，是官名；史者，姓也，英国人的。港报上所谓“政府”，“警司”之类，往往是指英国的而言，不看惯的很容易误解，不如上海称为“捕房”之分明。

第二条是“搜身”的纠葛，在香港屡见不鲜。但三个方围不知道是甚么。何以要避忌？恐怕不是好的事情。这□□□似乎是因为西装和英语而得的；英警嫌恶这两件：这是主人的言语和服装。颜之推以为学鲜卑语，弹琵琶便可以生存的时代，早已过去了。

在香港时遇见一位某君，是受了高等教育的人。他自述曾因受屈，向英官申辩，英官无话可说了，但他还是输。那最末是得到严厉的训斥，道：“总之是你错的：因为我说你错！”

带着书籍的人也困难，因为一不小心，会被指为“危险文件”

的。这“危险”的界说，我不知其详。总之一有嫌疑，便麻烦了。人先关起来，书去译成英文，译好之后，这才审判。而这“译成英文”的事先就可怕。我记得蒙古人“入主中夏”时，裁判就用翻译。一个和尚去告状追债，而债户商同通事，将他的状子改成自愿焚身了。官说道好；于是这和尚便被推入烈火中。我去讲演的时候也偶然提起元朝，听说颇为“X司”所不悦，他们是的确在研究中国的经史的。

但讲讲元朝，不但为“政府”的“X司”所不悦，且亦为有些“同胞”所不欢。我早知道不稳当，总要受些报应的。果然，我因为谨避“学者”，搬出中山大学之后，那边的《工商报》上登出来了，说是因为“清党”，已经逃走。后来，则在《循环日报》上，以讲文学为名，提起我的事，说我原是“《晨报副刊》特约撰述员”，现在则“到了汉口”。我知道这种宣传有点危险，意在说我先是研究系的好友，现是共产党的同道，虽不至于“枪终路寝”，益处大概总不会有的，晦气点还可以因此被关起来。便写了一封信去更正：

> “在六月十日十一日两天的《循环世界》里，看见徐丹甫先生的一篇《北京文艺界之分门别户》。各人各有他的眼光，心思，手段。他要他的，我不想来多嘴。但其中有关于我的三点，我自己比较的清楚些，可以请为更正，即：
>
> “一，我从来没有做过《晨报副刊》的‘特约撰述员’。
>
> “二，陈大悲被攻击后，我并未停止投稿。
>
> “三，我现仍在广州，并没有‘到了汉口’。”

从发信之日到今天，算来恰恰一个月，不见登出来。“总之你是这样的：因为我说你是这样”罢。幸而还有内地的《语丝》；否则，

“十二藤”，“□□□”，那里去诉苦！

我现在还有时记起那一位船上的广东朋友，虽然神经过敏，但怕未必是无病呻吟。他经验多。

若夫“香江”（案：盖香港之雅称）之于国粹，则确是正在大振兴而特振兴。如六月二十五日《循环日报》“昨日下午督宪府茶会”条下，就说：

> “（上略）赖济熙太史即席演说，略谓大学堂汉文专科异常重要，中国旧道德与乎国粹所关，皆不容缓视，若不贯彻进行，深为可惜，（中略）周寿臣爵士亦演说汉文之宜见重于当世，及汉文科学之重要，关系国家与个人之荣辱等语，后督宪以华语演说，略谓华人若不通汉文为第一可惜，若以华人而中英文皆通达，此后中英感情必更融洽，故大学汉文一科，非常重要，未可以等闲视之云云。（下略）”

我又记得还在报上见过一篇“金制军”的关于国粹的演说，用的是广东话，看起来颇费力；又以为这“金制军”是前清遗老，遗老的议论是千篇一律的，便不去理会它了。现在看了辰江先生的通信，才知道这“金制军”原来就是“港督”金文泰，大英国人也。大惊失色，赶紧跳起来去翻旧报。运气，在六月二十八日这张《循环日报》上寻到了。因为这是中国国粹不可不振兴的铁证，也是将来“中国国学振兴史”的贵重史料，所以毫不删节，并请广东朋友校正误字（但末尾的四句集《文选》句，因为不能悬揣“金制军”究竟如何说法，所以不敢妄改），剪贴于下，加以略注，希《语丝》记者以国学前途为重，予以排印，至纫公谊：

▲六月二十四号督辕茶会金制军演说词

列位先生，提高中文学业，周爵绅，赖太史，今日已经发挥尽致，毋庸我详细再讲咯，我对于呢件事，觉得有三种不能不办嘅原因，而家想同列位谈谈，(第一)系中国人要顾全自己祖国学问呀，香港地方，华人居民，最占多数，香港大学学生，华人子弟，亦系至多，如果在呢间大学，徒然侧重外国科学文字，对于中国历代相传嘅大道宏经，反转当作等闲，视为无足轻重嘅学业，岂唔系一件大憾事吗，所以为香港中国居民打算，为大学中国学生打算，呢一科实在不能不办，(第二)系中国人应该整理国故呀，中国事物文章，原本有极可宝贵嘅价值，不过因为文字过于艰深，所以除晓书香家子弟，同埋天分极高嘅人以外，能够领略其中奥义嘅，实在很少，为呢个原故，近年中国学者，对于(整理国故)嘅声调已经越唱越高，香港地方，同中国大陆相离，仅仅隔一衣带水，如果今日所提倡嘅中国学科，能够设立完全，将来集合一班大学问嘅人，将向来所有困难，一一加以整理，为后生学者，开条轻便嘅路途，岂唔系极安慰嘅事咩，所以为中国发扬国光计，呢一科更不能不办，(第三)就系令中国道德学问，普及世界呀，中国通商以来，华人学习语言文字，成通材嘅，虽然项背相望，但系外国人精通汉学，同埋中国人精通外国科学，能够用中国言语文字翻译介绍各国高深学术嘅，仍然系好少，呢的岂系因外国人，同中国外洋留学生，唔愿学华国文章，不过因中国文字语言，未曾用科学方法整理完备，令到呢两班人，抱一类(可望而不可即)之叹喏，如果港大(华文学系)得到成立健全，就从前所有困难，都可以由呢处逐渐解免，个时中外求学之士，一定多列门墙，争自濯磨，中外感情，自然更加浓浃，唔哙有乜野隔膜咯，所以为中国学问及世界打算，呢一科亦不能不办，列位先生，我记得十几年前有一班中国外洋留学生，因为想研精中国学问，也曾出过一份（汉风杂志），个份杂志，书面题辞，有四句集文选句，十分动人嘅，我愿借嚟贡献过列位，而且望列位实行个四句题辞嘅意思，对于（香港大学文科，华文系）赞襄尽力，务底于成，个四句题辞话，（怀旧之蓄念，发思古之幽情，光祖宗之玄灵，大汉之发天声，）

略注：

这里的括弧，间亦以代曲钩之用。爵绅盖有爵的绅士，不知其详。呢＝这。而家＝而今。嘅＝的。系＝是。唔＝无，不。哓＝了。同埋＝和。咩＝呢。啫＝呵。唔哙有乜野＝不会有什么。嚟＝来。过＝给。话＝说。

注毕不免又要发感慨了。《汉风杂志》我没有拜读过；但我记得一点旧事。前清光绪末年，我在日本东京留学，亲自看见的。那时的留学生中，很有一部分人抱着革命的思想，而所谓革命者，其实是种族革命，要将土地从异族的手里取得，归还旧主人。除实行的之外，有些人是办报，有些人是钞旧书。所钞的大抵是中国所没有的禁书，所讲的大概是明末清初的情形，可以使青年猛省的。久之印成了一本书，因为是《湖北学生界》的特刊，所以名曰《汉声》，那封面上就题着四句古语：摅怀旧之蓄念，发思古之幽情，光祖宗之玄灵，振大汉之天声！

这是明明白白，叫我们想想汉族繁荣时代，和现状比较一下，看是如何，——必须“光复旧物”。说得露骨些，就是“排满”；推而广之，就是“排外”。不料二十年后，竟变成在香港大学保存国粹，而使“中外感情，自然更加浓浃”的标语了。我实在想不到这四句“集《文选》句”，竟也会被外国人所引用。

这样的感慨，在现今的中国，发起来是可以发不完的。还不如讲点有趣的事做收梢，算是“余兴”。从予先生在《一般》杂志（目录上说是独逸）上批评我的小说道：“作者的笔锋……并且颇多诙谐的意味，所以有许多小说，人家看了，只觉得发松可笑。换言之，即因为此故，至少是使读者减却了不少对人生的认识。”悲夫，这“只觉得”也！但我也确有这种的毛病，什么事都不能正正经经。便是感慨，也不肯一直发到底。只是我也自有我的苦衷。因为整年的发感慨，倘是假的，岂非无聊？倘真，则我早已感愤而死了，那里还有议论。我想，活着而想称“烈士”，究竟是不容易的。

我以为有趣，想要介绍的也不过是一个广告。港报上颇多特别的广告，而这一个最奇。我第一天看《循环日报》，便在第一版上看见的了，此后每天必见，我每见必要想一想，而直到今天终于想不通是怎么一回事：

> 香港城余蕙卖文
> 人和旅店余蕙屏联榜幅发售
> 香港对联　香港七律
> 香港七绝　青山七律
> 荻海对联　荻海七绝
> 花地七绝　花地七律
> 日本七绝　圣经五绝
> 英皇七绝　英太子诗
> 戏子七绝　广昌对联
> 三金六十员
> 五金五十员
> 七金四十员
> 屏条加倍
> 人和旅店主人谨启
> 小店在香港上环海傍门牌一百一十八号

七月十一日，于广州东堤。

题注：

本篇最初发表于1927年8月13日北京《语丝》第一四四期。收入《而已集》。

1927年2月18日鲁迅前往香港演讲，20日即返回广州。在香港仅逗留短短两三天，但他耳闻目睹了殖民地的黑暗现象，通过香港报刊了解到香港复古保守的文化氛围。作为新文化运动的先驱者，对港英当局与中国内地守旧势力相呼应，在港宣扬“国粹”、主张尊孔读经这些做法，感触尤其深，在本文中引用了多篇香港《循环日报》的相关报道和文字，以揭示香港的殖民文化。

谈“激烈”

带了书籍杂志过“香江”，有被视为“危险文字”而尝“铁窗斧钺风味”之险，我在《略谈香港》里已经说过了。但因为不知道怎样的是“危险文字”，所以时常耿耿于心。为什么呢？倒也并非如上海保安会所言，怕“中国元气太损”，乃是自私自利，怕自己也许要经过香港，须得留神些。

今年似乎是青年特别容易死掉的年头。“千里不同风，百里不同俗。”这里以为平常的，那边就算过激，滚油煎指头。今天正是正当的，明天就变犯罪，藤条打屁股。倘是年青人，初从乡间来，一定要被煎得莫明其妙，以为现在是时行这样的制度了罢。至于我呢，前年已经四十五岁了，而且早已“身心交病”，似乎无须这么宝贵生命，思患豫防。但这是别人的意见，若夫我自己，还是不愿意吃苦的。敢乞“新时代的青年”们鉴原为幸。

所以，留神而又留神。果然，“天助自助者”，今天竟在《循环日报》上遇到一点参考资料了。事情是一个广州执信学校的学生，路过（！）香港，“在尖沙嘴码头，被一五七号华差截搜行李，在其木杠（谨案：箱也）之内，搜获激烈文字书籍七本。计开：执信学校印行之《宣传大纲》六本，又《侵夺中国史》一本。此种激烈文字，业经华民署翻译员择译完竣，昨日午乃解由连司提讯，控以怀有激烈文字书籍之罪。……”抄报太麻烦，说个大略罢，是：“择译”时期，押银五百元出外；后来因为被告供称书系朋友托带，所以“姑判从轻罚银二十五元，书籍没收焚毁”云。

执信学校是广州的平正的学校，既是“清党”之后，则《宣传大纲》不外三民主义可知，但一到“尖沙嘴”，可就“激烈”了；可怕。惟独对于友邦，竟敢用“侵夺”字样，则确也未免“激烈”一点，因为忘了他们正在替我们“保存国粹”之恩故也。但“侵夺”上也许还有字，记者不敢写出来。

我曾经提起过几回元朝，今夜思之，还不很确。元朝之于中文书籍，未尝如此留心。这一著倒要推清朝做模范。他不但兴过几回“文字狱”，大杀叛徒，且于宋朝人所做的“激烈文字”，也曾细心加以删改。同胞之热心“复古”及友邦之赞助“复古”者，似当奉为师法者也。

清朝人改宋人书，我曾经举出过《茅亭客话》。但这书在《琳琅秘室丛书》里，现在时价每部要四十元，倘非小阔人，那能得之哉？近来却另有一部了，是商务印书馆印的《鸡肋编》，宋庄季裕著，每本只要五角，我们可以看见清朝的文澜阁本和元钞本有如何不同。今摘数条如下：

“燕地……女子……冬月以栝蒌涂面，……至春暖方涤去，久不为风日所侵，故洁白如玉也。今使中国妇女，尽污于殊俗，汉唐和亲之计，盖未为屈也。”（清人将“今使中国”以下二十二字，改作“其异于南方如此”七字。）

“自古兵乱，郡邑被焚毁者有之，虽盗贼残暴，必赖室庐以处，故须有存者。靖康之后，金虏侵凌中国，露居异俗，凡所经过，尽皆焚爇。如曲阜先圣旧宅，自鲁共王之后，但有增葺。莽卓巢温之徒，犹假崇儒，未尝敢犯。至金寇，遂为烟尘。指其像而诟曰‘尔是言夷狄之有君者！’中原之祸，自书契以来，未之有也。”（清朝的改本，可大不同了，是“孔子宅在今僊源故鲁城中归德门内阙里之中。……遭汉中微，盗贼奔突，自西京未央建章之殿，皆见隳坏，而灵光岿然独存。今其遗址，不复可见。而先圣旧宅，近日亦遭兵燹之厄，可叹也夫。”）

抄书也太麻烦，还是不抄下去了。但我们看第二条，就很可以悟出上海保安会所切望的“循规蹈矩”之道。即：原文带些愤激，是“激烈”，改本不过“可叹也夫”，是“循规蹈矩”的。何以故呢？愤激便有揭竿而起的可能，而“可叹也夫”则瘟头瘟脑，即使全国一同叹气，其结果也不过是叹气，于“治安”毫无妨碍的。

但我还要给青年们一个警告：勿以为我们以后只做“可叹也夫”的文章，便可以安全了。新例我还未研究好，单看清朝的老例，则准其叹气，乃是对于古人的优待，不适用于今人的。因为奴才都叹气，虽无大害，主人看了究竟不舒服。必须要如罗素所称赞的杭州的轿夫一样，常是笑嘻嘻。

但我还要给自己解释几句：我虽然对于“笑嘻嘻”仿佛有点微词，但我并非意在鼓吹“阶级斗争”，因为我知道我的这一篇，杭州轿夫是不会看见的。况且“讨赤”诸君子，都不肯笑嘻嘻的去抬轿，足见以抬轿为苦境，也不独“乱党”为然。而况我的议论，其实也不过“可叹也夫”乎哉！

现在的书籍往往“激烈”，古人的书籍也不免有违碍之处。那么，为中国“保存国粹”者，怎么办呢？我还不大明白。仅知道澳门是正在“征诗”，共收卷七千八百五十六本，经“江霞公太史（孔殷）评阅”，取录二百名。第一名的诗是：

南中多乐日高会ººº　　良时厚意愿得常ººº
陵松万章发文彩ººº　　百年贵寿齐辉光ººº

这是从香港报上照抄下来的，一连三圈，也原本如此，我想大概是密圈之意。这诗大约还有一种“格”，如“嵌字格”之类，但我是外行，只好不谈。所给我益处的，是我居然从此悟出了将来的“国粹”，当以诗词骈文为正宗。史学等等，恐怕未必发达。即要研究，也必先由老师宿儒，先加一番改定工夫。唯独诗词骈文，可以少有流弊。故骈文入神的饶汉祥一死，日本人也不禁为之慨叹，而“狂徒”又须挨骂了。

日本人拜服骈文于北京，“金制军”“整理国故”于香港，其爱护中国，恐其沦亡，可谓至矣。然而裁厘加税，大家都不赞成者何哉？盖厘金乃国粹，而关税非国粹也。“可叹也夫”！

今是中秋，璧月澄澈，叹气既完，还不想睡。重吟“征诗”，莫名其妙，稿有余纸，因录“江霞公太史”评语，俾读者咸知好处，但圈点是我僭加的——

“以谢启为题，寥寥二十八字。既用古诗十九首中字，复嵌全限内字。首二句是赋，三句是兴，末句是兴而比。步骤井然，举重若轻，绝不吃力。虚室生白，吉祥止止。洵属巧中生巧，难上加难。至其胎息之高古，意义之纯粹，格调之老苍，非寝馈汉魏古诗有年，未易臻斯境界。”

九月十一日，广州。

题注：

本篇最初发表于北京《语丝》第一五二期（1927 年 10 月 8 日）。收入《而已集》。

1927 年 9 月香港《循环日报》载，一个广州学生因行李中被搜出宣传三民主义的《宣传大纲》和《侵夺中国史》，被“控以怀有激烈文字书籍之罪”。鲁迅由此想到元、清两朝为了统治汉人所采取的举措，揭露殖民者提倡复古、鼓吹“保存国粹”，都是为了维护对异族的统治。

可恶罪

这是一种新的“世故”。

我以为法律上的许多罪名，都是花言巧语，只消以一语包括之，曰：可恶罪。

譬如，有人觉得一个人可恶，要给他吃点苦罢，就有这样的法子。倘在广州而又是“清党”之前，则可以暗暗地宣传他是无政府主义者。那么，共产青年自然会说他“反革命”，有罪。若在“清党”之后呢，要说他是 CP 或 CY，没有证据，则可以指为“亲共派”。那么，清党委员会自然会说他“反革命”，有罪。再不得已，则只好寻些别的事由，诉诸法律了。但这比较地麻烦。

我先前总以为人是有罪，所以枪毙或坐监的。现在才知道其中的许多，是先因为被人认为“可恶”，这才终于犯了罪。

许多罪人，应该称为“可恶的人”。

九，十四。

题注：

本篇最初发表于1927年10月22日北京《语丝》第一五四期。收入《而已集》。CP，即共产党；CY，即共产主义青年团。1927年4月12日国民党右派在上海发动“清党”，同年5月成立清党委员会，在全国范围内大肆屠杀共产党人和革命者，许多无辜青年被杀害或坐牢。鲁迅对这种横加罪名滥杀无辜的做法感到愤怒。

扣丝杂感

以下这些话，是因为见了《语丝》（一四七期）的《随感录》（二八）而写的。

这半年来，凡我所看的期刊，除《北新》外，没有一种完全的：《莽原》,《新生》,《沉钟》。甚至于日本文的《斯文》，里面所讲的都是汉学，末尾附有《西游记传奇》，我想和演义来比较一下，所以很切用，但第二本即缺少，第四本起便杳然了。至于《语丝》，我所没有收到的统共有六期，后来多从市上的书铺里补得，惟有一二六和一四三终于买不到，至今还不知道内容究竟是怎样。

这些收不到的期刊，是遗失，还是没收的呢？我以为两者都有。没收的地方，是北京，天津，还是上海，广州呢？我以为大约也各处都有。至于没收的缘故，那可是不得而知了。

我所确切知道的，有这样几件事。是《莽原》也被扣留过一期，不过这还可以说，因为里面有俄国作品的翻译。那时只要一个“俄”字，已够惊心动魄，自然无暇顾及时代和内容。但韦丛芜的《君山》，也被扣留。这一本诗，不但说不到“赤”，并且也说不到“白”，正和作者的年纪一样，是“青”的，而竟被禁锢在邮局里。黎锦明先生早有来信，说送我《烈火集》，一本是托书局寄的，怕他们忘记，自己又寄了一本。但至今已将半年，一本也没有到。我想，十之九都被没收了，因为火色既“赤”，而况又“烈”乎，当然通不过的。

《语丝》一三二期寄到我这里的时候是出版后约六星期，封皮上写着两个绿色大字道：“扣留”，另外还有检查机关的印记和封条。打开看时，里面是《猓猓人的创世记》,《无题》,《寂寞札记》,《撒园荽》,《苏曼殊及其友人》，都不像会犯禁。我便看《来函照登》，是讲“情死”“情杀”的，不要紧，目下还不管这些事。只有《闲话拾遗》了。这一期特别少，共只两条。一是讲日本的，大约也还不至于犯禁。一是说来信告诉“清党”的残暴手段的,《语丝》此刻不想登。莫非因为这一条么？但不登何以又不行呢？莫明其妙。然而何以“扣留”而又放行了呢？也莫明其妙。

这莫明其妙的根源，我以为在于检查的人员。

中国近来一有事，首先就检查邮电。这检查的人员，有的是团长或区长，关于论文诗歌之类，我觉得我们不必和他多谈。但即使是读书人，其实还是一样的说不明白，尤其是在所谓革命的地方。直截痛快的革命训练弄惯了，将所有革命精神提起，如油的浮在水面一般，然而顾不及增加营养。所以，先前是刊物的封面上画一个工人，手捏铁铲或鹤嘴锹，文中有“革命！革命！”“打倒！打倒！”者，一帆风顺，算是好的。现在是要画一个少年军人拿旗骑在马上，里面“严办！严办！”这才庶几免于罪戾。至于什么“讽刺”，“幽默”，“反语”，“闲谈”等类，实在还是格不相入。从格不相入，而成为视之懵然，结果即不免有些弄得乱七八糟，谁也莫明其妙。

还有一层，是终日检查刊物，不久就会头昏眼花，于是讨厌，于是生气，于是觉得刊物大抵可恶——尤其是不容易了然的——而非严办不可。我记得书籍不切边，我也是作俑者之一，当时实在是没有什么恶意的。后来看见方传宗先生的通信（见本《丝》一二九），竟说得要毛边装订的人有如此可恶，不觉满肚子冤屈。但仔细一想，方先生似乎是图书馆员，那么，要他老是裁那并不感到兴趣的毛边书，终于不免生气而大骂毛边党，正是毫不足怪的事。检查员也同此例，久而久之，就要发火，开初或者看得详细点，但后来总不免《烈火集》也可怕，《君山》也可疑，——只剩了一条最稳当的路：扣留。

两个月前罢，看见报上记着某邮局因为扣下的刊物太多，无处存放了，一律焚毁。我那时实在感到心痛，仿佛内中很有几本是我的东西似的。呜呼哀哉！我的《烈火集》呵。我的《西游记传奇》呵。我的……。

附带还要说几句关于毛边的牢骚。我先前在北京参与印书的时候，自己暗暗地定下了三样无关紧要的小改革，来试一试。一，是首页的书名和著者的题字，打破对称式；二，是每篇的第一行之前，留下几行空白；三，就是毛边。现在的结果，第一件已经有恢复香炉烛台式的了；第二件有时无论怎样叮嘱，而临印的时候，工人终于将第一行的字移到纸边，用“迅雷不及掩耳的手段”，使你无可挽救；第三件被攻击最早，不久我便有条件的降伏了。与李老板约：别的不管，只是我的译著，必须坚持毛边到底！但是，今竟如何？老板送给我的五部或十部，至今还确是毛边。不过在书铺里，我却发见了毫无“毛”气，四面光滑的《彷徨》之类。归根结蒂，他们都将彻底的胜利。所以说我想改革社会，或者和改革社会有关，那是完全冤枉的，我早已瘟头瘟脑，躺在板床上吸烟卷——彩凤牌——了。

言归正传。刊物的暂时要碰钉子，也不但遇到检查员，我恐怕便是读书的青年，也还是一样。先已说过，革命地方的文字，是要直截痛快，“革命！革命！”的，这才是“革命文学”。我曾经看见一种期刊上登载一篇文章，后有作者的附白，说这一篇没有谈及革命，对不起读者，对不起对不起。但自从“清党”以后，这“直截痛快”以外，却又增添了一种神经过敏。“命”自然还是要革的，然而又不宜太革，太革便近于过激，过激便近于共产党，变了“反革命”了。所以现在的“革命文学”，是在顽固这一种反革命和共产党这一种反革命之间。

于是又发生了问题，便是“革命文学”站在这两种危险物之间，如何保持她的纯正——正宗。这势必至于必须防止近于赤化的思想和文字，以及将来有趋于赤化之虑的思想和文字。例如，攻击礼教和白话，即有趋于赤化之忧。因为共产派无视一切旧物，而白话则始于《新青年》，而《新青年》乃独秀所办。今天看见北京教育部禁止白话的消息，我逆料《语丝》必将有几句感慨，但我实在是无动于中。我觉得连思想文字，也到处都将窒息，几句白话黑话，已经没有什么大关系了。

那么，谈谈风月，讲讲女人，怎样呢？也不行。这是“不革命”。“不革命”虽然无罪，然而是不对的！

现在在南边，只剩了一条“革命文学”的独木小桥，所以外来的许多刊物，便通不过，扑通！扑通！都掉下去了。

但这直捷痛快和神经过敏的状态，其实大半也还是视指挥刀的指挥而转移的。而此时刀尖的挥动，还是横七竖八。方向有个一定之后，或者可以好些罢。然而也不过是“好些”，内中的骨子，恐怕还不外乎窒息，因为这是先天性的遗传。

先前偶然看见一种报上骂郁达夫先生，说他《洪水》上的一篇文章，是不怀好意，恭维汉口。我就去买《洪水》来看，则无非说旧式的崇拜一个英雄，已和现代潮流不合，倒也看不出什么恶意来。这就证明着眼光的钝锐，我和现在的青年文学家已很不同了。所以《语丝》的莫明其妙的失踪，大约也许只是我们自己莫明其妙，而上面的检查员云云，倒是假设的恕词。

至于一四五期以后，这里是全都收到的，大约惟在上海者被押。假如真的被押，我却以为大约也与吴老先生无关。"打倒……打倒……严办……严办……"，固然是他老先生亲笔的话，未免有些责任，但有许多动作却并非他的手脚了。在中国，凡是猛人（这是广州常用的话，其中可以包括名人，能人，阔人三种），都有这种的运命。

无论是何等样人，一成为猛人，则不问其"猛"之大小，我觉得他的身边便总有几个包围的人们，围得水泄不透。那结果，在内，是使该猛人逐渐变成昏庸，有近乎傀儡的趋势。在外，是使别人所看见的并非该猛人的本相，而是经过了包围者的曲折而显现的幻形。至于幻得怎样，则当视包围者是三棱镜呢，还是凸面或凹面而异。假如我们能有一种机会，偶然走到一个猛人的近旁，便可以看见这时包围者的脸面和言动，和对付别的人们的时候有怎样地不同。我们在外面看见一个猛人的亲信，谬妄骄恣，很容易以为该猛人所爱的是这样的人物。殊不知其实是大谬不然的。猛人所看见的他是娇嫩老实，非常可爱，简直说话会口吃，谈天要脸红。老实说一句罢，虽是"世故的老人"如不佞者，有时从旁看来也觉得倒也并不坏。

但同时也就发生了胡乱的矫诏和过度的巴结，而晦气的人物呀，刊物呀，植物呀，矿物呀，则于是乎遭灾。但猛人大抵是不知道的。凡知道一点北京掌故的，该还记得袁世凯做皇帝时候的事罢。要看日报，包围者连报纸都会特印了给他看，民意全部拥戴，舆论一致赞成。直要待到蔡松坡云南起义，这才阿呀一声，连一连吃了二十多个馒头都自己不知道。但这一出戏也就闭幕，袁公的龙驭上宾于天了。

包围者便离开了这一株已倒的大树，去寻求别一个新猛人。

我曾经想做过一篇《包围新论》，先述包围之方法，次论中国之所以永是走老路，原因即在包围，因为猛人虽有起仆兴亡，而包围者永是这一伙。次更论猛人倘能脱离包围，中国就有五成得救。结末是包围脱离法。——然而终于想不出好的方法来，所以这新论也还没有敢动笔。

爱国志士和革命青年幸勿以我为懒于筹画，只开目录而没有文章。我思索是也在思索的，曾经想到了两样法子，但反复一想，都无用。一，是猛人自己出去看看外面的情形，不要先“清道”。然而虽不“清道”，大家一遇猛人，大抵也会先就改变了本然的情形，再也看不出真模样。二，是广接各样的人物，不为一定的若干人所包围。然而久而久之，也终于有一群制胜，而这最后胜利者的包围力则最强大，归根结蒂，也还是古已有之的运命：龙驭上宾于天。

世事也还是像螺旋。但《语丝》今年特别碰钉子于南方，仿佛得了新境遇，这又是什么缘故呢？这一点，我自以为是容易解答的。

“革命尚未成功”，是这里常见的标语。但由我看来，这仿佛已经成了一句谦虚话，在后方的一大部分的人们的心里，是“革命已经成功”或“将近成功”了。既然已经成功或将近成功，自己又是革命家，也就是中国的主人翁，则对于一切，当然有管理的权利和义务。刊物虽小事，自然也在看管之列。有近于赤化之虑者无论矣，而要说不吉利话，即可以说是颇有近于“反革命”的气息了，至少，也很令人不欢。而《语丝》，是每有不肯凑趣的坏脾气的，则其不免于有时失踪也，盖犹其小焉者耳。

九月十五日。

题注：

本篇最初发表于1927年10月22日北京《语丝》第一五四期。收入《而已集》。

文题“扣丝杂感”，即因《语丝》杂志被扣而引起的杂感。《语丝》第一四七期的《随感录二十八》是岂明（周作人）的《光荣》，文中提到，《语丝》第一四一期发表的《吴公如何》是指斥吴稚晖提议“清党”，残杀异己的，因而从那期起《语丝》在南方都被查禁扣留了。

鲁迅联系自己经常收不到北方寄来的刊物的经历，揭露了国民党清党后，各地推行邮政检查制度，实行文化专制的现象。

再谈香港

我经过我所视为“畏途”的香港，算起来九月二十八日是第三回。

第一回带着一点行李，但并没有遇见什么事。第二回是单身往来，那情状，已经写过一点了。这回却比前两次仿佛先就感到不安，因为曾在《创造月刊》上王独清先生的通信中，见过英国雇用的中国同胞上船“查关”的威武：非骂则打，或者要几块钱。而我是有十只书箱在统舱里，六只书箱和衣箱在房舱里的。

看看挂英旗的同胞的手腕，自然也可说是一种经历，但我又想，这代价未免太大了，这些行李翻动之后，单是重行整理捆扎，就须大半天；要实验，最好只有一两件。然而已经如此，也就随他如此罢。只是给钱呢，还是听他逐件查验呢？倘查验，我一个人一时怎么收拾呢？

船是二十八日到香港的，当日无事。第二天午后，茶房匆匆跑来了，在房外用手招我道：

“查关！开箱子去！”

我拿了钥匙，走进统舱，果然看见两位穿深绿色制服的英属同胞，手执铁签，在箱堆旁站着。我告诉他这里面是旧书，他似乎不懂，嘴里只有三个字：

“打开来！”

“这是对的，”我想，“他怎能相信漠不相识的我的话呢。”自然打开来，于是靠了两个茶房的帮助，打开来了。

他一动手，我立刻觉得香港和广州的查关的不同。我出广州，也曾受过检查。但那边的检查员，脸上是有血色的，也懂得我的话。每一包纸或一部书，抽出来看后，便放在原地方，所以毫不凌乱。的确是检查。而在这“英人的乐园”的香港可大两样了。检查员的脸是青色的，也似乎不懂我的话。他只将箱子的内容倒出，翻搅一通，倘是一个纸包，便将包纸撕破，于是一箱书籍，经他搅松之后，便高出箱面有六七寸了。

“打开来！”

其次是第二箱。我想，试一试罢。

“可以不看么？”我低声说。

“给我十块钱。”他也低声说。他懂得我的话的。

“两块。”我原也肯多给几块的，因为这检查法委实可怕，十箱书收拾妥帖，至少要五点钟。可惜我一元的钞票只有两张了，此外是十元的整票，我一时还不肯献出去。

“打开来！”

两个茶房将第二箱抬到舱面上，他如法泡制，一箱书又变了一箱半，还撕碎了几个厚纸包。一面“查关”，一面磋商，我添到五元，他减到七元，即不肯再减。其时已经开到第五箱，四面围满了一群看热闹的旁观者。

箱子已经开了一半了，索性由他看去罢，我想着，便停止了商议，只是“打开来”。但我的两位同胞也仿佛有些厌倦了似的，渐渐不像先前一般翻箱倒箧，每箱只抽出二三十本书，抛在箱面上，便画了查讫的记号了。其中有一束旧信札，似乎颇惹起他们的兴味，振了一振精神，但看过四五封之后，也就放下了。此后大抵又开了一箱罢，他们便离开了乱书堆：这就是终结。

我仔细一看，已经打开的是八箱，两箱丝毫未动。而这两个硕果，却全是伏园的书箱，由我替他带回上海来的。至于我自己的东西，是全部乱七八糟。

“吉人自有天相，伏园真福将也！而我的华盖运却还没有走完，噫吁唏……”我想着，蹲下去随手去拾乱书。拾不几本，茶房又在舱口大声叫我了：

“你的房里查关，开箱子去！”

我将收拾书箱的事托了统舱的茶房，跑回房舱去。果然，两位英属同胞早在那里等我了。床上的铺盖已经掀得稀乱，一个凳子躺在被服上。我一进门，他们便搜我身上的皮夹。我以为意在看看名刺，可以知道姓名。然而并不看名刺，只将里面的两张十元钞票一看，便交还我了。还嘱咐我好好拿着，仿佛很怕我遗失似的。

其次是开提包，里面都是衣服，只抖开了十来件，乱堆在床铺上。其次是看提篮，有一个包着七元大洋的纸包，打开来数了一回，默然无话。还有一包十元的在底里，却不被发见，漏网了。其次是看长椅子上的手提包，内有角子一包十元，散的四五元，铜子数十枚，看完之后，也默然无话。其次是开衣箱。这回可有些可怕了。我取锁匙略迟，同胞已经捏着铁签作将要毁坏铰链之势，幸而钥匙已到，始庆安全。里面也是衣服，自然还是照例的抖乱，不在话下。

“你给我们十块钱，我们不搜查你了。”一个同胞一面搜衣箱，一面说。

我就抓起手巾包里的散角子来，要交给他。但他不接受，回过头去再“查关”。

话分两头。当这一位同胞在查提包和衣箱时，那一位同胞是在查网篮。但那检查法，和在统舱里查书箱的时候又两样了。那时还不过捣乱，这回却变了毁坏。他先将鱼肝油的纸匣撕碎，掷在地板上，还用铁签在蒋径三君送我的装着含有荔枝香味的茶叶的瓶上钻了一个洞。一面钻，一面四顾，在桌上见了一把小刀。这是在北京时用十几个铜子从白塔寺买来，带到广州，这回削过杨桃的。事后一量，连柄长华尺五寸三分。然而据说是犯了罪了。

“这是凶器，你犯罪的。”他拿起小刀来，指着向我说。

我不答话，他便放下小刀，将盐煮花生的纸包用指头挖了一个洞。接着又拿起一盒蚊烟香。

“这是什么？”

“蚊烟香。盒子上不写着么？”我说。

“不是。这有些古怪。”

他于是抽出一枝来，嗅着。后来不知如何，因为这一位同胞已经搜完衣箱，我须去开第二只了。这时却使我非常为难，那第二只里并不是衣服或书籍，是极其零碎的东西：照片，钞本，自己的译稿，别人的文稿，剪存的报章，研究的资料……。我想，倘一毁坏或搅乱，那损失可太大了。而同胞这时忽又去看了一回手巾包。我于是大悟，决心拿起手巾包里十元整封的角子，给他看了一看。他回头向门外一望，然后伸手接过去，在第二只箱上画了一个查讫的记号，走向那一位同胞去。大约打了一个暗号罢，——然而奇怪，他并不将钱带走，却塞在我的枕头下，自己出去了。

这时那一位同胞正在用他的铁签，恶狠狠地刺入一个装着饼类的坛子的封口去。我以为他一听到暗号，就要中止了。而孰知不然。他仍然继续工作，挖开封口，将盖着的一片木板摔在地板上，碎为两片，然后取出一个饼，捏了一捏，掷入坛中，这才也扬长而去了。

天下太平。我坐在烟尘陡乱，乱七八糟的小房里，悟出我的两位同胞开手的捣乱，倒并不是恶意。即使议价，也须在小小乱七八糟之后，这是所以"掩人耳目"的，犹言如此凌乱，可见已经检查过。王独清先生不云乎？同胞之外，是还有一位高鼻子，白皮肤的主人翁的。当收款之际，先看门外者大约就为此。但我一直没有看见这一位主人翁。

后来的毁坏，却很有一点恶意了。然而也许倒要怪我自己不肯拿出钞票去，只给银角子。银角子放在制服的口袋里，沉垫垫地，确是易为主人翁所发见的，所以只得暂且放在枕头下。我想，他大概须待公事办毕，这才再来收账罢。

皮鞋声橐橐地自远而近，停在我的房外了，我看时，是一个白人，颇胖，大概便是两位同胞的主人翁了。

"查过了？"他笑嘻嘻地问我。

的确是的，主人翁的口吻。但是，一目了然，何必问呢？或者因为看见我的行李特别乱七八糟，在慰安我，或在嘲弄我罢。

他从房外拾起一张《大陆报》附送的图画，本来包着什物，由同胞撕下来摔出去的，倚在壁上看了一回，就又慢慢地走过去了。

我想，主人翁已经走过，"查关"该已收场了，于是先将第一只衣箱整理，捆好。

不料还是不行。一个同胞又来了，叫我"打开来"，他要查。接着是这样的问答——

“他已经看过了。”我说。

“没有看过。没有打开过。打开来！”

“我刚刚捆好的。”

“我不信。打开来！”

“这里不画着查过的符号么？”

“那么，你给了钱了罢？你用贿赂……”

“…………”

“你给了多少钱？”

“你去问你的一伙去。”

他去了。不久，那一个又忙忙走来，从枕头下取了钱，此后便不再看见，——真正天下太平。

我才又慢慢地收拾那行李。只见桌子上聚集着几件东西，是我的一把剪刀，一个开罐头的家伙，还有一把木柄的小刀。大约倘没有那十元小洋，便还要指这为“凶器”，加上“古怪”的香，来恐吓我的罢。但那一枝香却不在桌子上。

船一走动，全船反显得更闲静了，茶房和我闲谈，却将这翻箱倒箧的事，归咎于我自己。

“你生得太瘦了，他疑心你是贩雅片的。”他说。

我实在有些愕然。真是人寿有限，“世故”无穷。我一向以为和人们抢饭碗要碰钉子，不要饭碗是无妨的。去年在厦门，才知道吃饭固难，不吃亦殊为“学者”所不悦，得了不守本分的批评。胡须的形状，有国粹和欧式之别，不易处置，我是早经明白的。今年到广州，才又知道虽颜色也难以自由，有人在日报上警告我，叫我的胡子不要变灰色，又不要变红色。至于为人不可太瘦，则到香港才省悟，先前是梦里也未曾想到的。

的确，监督着同胞“查关”的一个西洋人，实在吃得很肥胖。

香港虽只一岛，却活画着中国许多地方现在和将来的小照：中央几位洋主子，手下是若干颂德的“高等华人”和一伙作伥的奴气同胞。此外即全是默默吃苦的“土人”，能耐的死在洋场上，耐不住的逃入深山中，苗瑶是我们的前辈。

九月二十九之夜。海上。

题注：

本篇最初发表于1927年11月19日北京《语丝》第一五五期。收入《而已集》。

1927年9月27日，鲁迅从广州乘“山东”轮去上海，经香港时受到港英当局无理“查关”。鲁迅在船上写下这篇杂感，记录了殖民统治下中国人的遭遇，担忧着中国的前途和命运。

《丙和甲》按语

编者谨案：这是去年的稿子，不知怎地昨天寄到了。作者现在才寄出欤，抑在路上邮了一年欤？不得而知。据愚见，学者是不会错的，盖“烈士死时，应是十一岁”无疑。谓予不信，则今年“正法”的乱党，不有十二三岁者乎？但确否亦不得而知，一切仍当于“甲寅暮春”，伫聆研究院教授之明教也。中华民国十六年即丁卯暮冬，中拉附识。

【备考】：

丙和甲

季廉

学生会刊行的韦烈士三一八死难之一的《韦杰三纪念集》到了，我打开一看，见有梁任公拿“陆放翁送芮司业诗借题韦烈士纪念集”几行字。旁边还有“甲寅暮春启超”六个小字。我很奇怪，今年（民国十五年）不是丙寅年吗？还恐不是。翻阅日历，的确不是甲寅，而是丙寅。我自己推算，韦烈士死时，二十三岁（见《纪念集》陈云豹《韦烈士行述》)。甲寅在烈士死前十二年。现在若无公历一九二六年同民国十五年来证明烈士是死在丙寅年，我们一定要说烈士是死在章士钊创办《甲寅》杂志那一年了。这样一算，烈士死时，应是十一岁。我们还可以说章士钊创办《甲寅》杂志的那年，同时在段执政手下作教育总长，或司法总长。——这个考证，也只好请研究系首领，研究院教授来作吧。大人先生，学者博士们呵，天干地支是国粹之一，要保存不妨保存，可是有那闹笑话，不如不保存吧。文明的二十世纪，有公历一九二八或民国十八来纪年，用不着那些古董玩意了。

民国十五年十一月。

题注：

本篇最初发表于《语丝》周刊第四卷第三期（1927年12月31日）“随感录”栏。排在季廉文章之后。初未收集。

《“行路难”》按语

鲁迅案：从去年以来，相类的事情我听得还很多；一位广东朋友还对我说道：“你的《略谈香港》之类真应该发表发表；但这于英国人是丝毫无损的。”我深信他的话的真实。今年到上海，在一所大桥上也被搜过一次了，但不及香港似的严厉。听说内地有几处比租界还要严，在旅馆里，巡警也会半夜进来的，倘若写东西，便都要研究。我的一个同乡在旅馆里写一张节略，想保他在被通缉的哥哥，节略还未写完，自己倒被捉去了。至于报纸，何尝不检查，删去的处所有几处还不准留空白，因为一留空白便可以看出他们的压制来。香港还留空白，我不能不说英国人有时还不及同胞的细密。所以要别人承认是人，总须在自己本国里先争得人格。否则此后是洋人和军阀联合的吸吮，各处将都和香港一样，或更甚的。

旧历除夕，于上海远近爆竹声中书。

【备考】:

“行路难”

鲁迅先生:

几次想给你写信,但总是为了许多困难,把它搁下。今天因为在平坦的道路上碰了几回钉子,几乎头破血流,这个使我再不能容忍了。回到寓所来,上着电灯,拾着笔,喘着气,无论如何,决计非写成寄出不可了。

你是知道的了:我们南国一个风光佳丽,商业繁盛的小岛,就是现在多蒙英洋大人代为管理维持的香港,你从广州回上海经过此地时,我们几个可怜的同胞,也还会向洋大人奏准了些恩赐给你。你过意不去,在《语丝》上致谢不尽。自然我也同样,要借《语丝》一点空篇幅,来致谢我们在香港的一些可怜的同胞!

我从汕头来到香港仅有两个满月,在这短短的时期内,心头竟感着如失恋一般的酸痛。因为有一天,偶然从街道上买回一份《新中国报》,阅到副刊时,文中竟横排着许多大字道:“被检去。”我起初还莫明其妙,以后略为翻阅:才知道文中所论,是有点关碍于社会经济问题,和女子贞操问题的。我也实在大胆,竟做了一篇《中国近代文艺与恋爱问题》寄到《大光报》的副刊《大觉》去。没有两天,该报的记者答复我一信,说我那篇文被检查员检去四页,无法揭载;并谓:“几经交涉,总不发还。”我气得话都说不出来,这真是蹂躏我心血的魔头了。我因向朋友询问,得知这个检查工作都是我们同胞(即高等华人)担任。并且有这样的事情:就是检查时,报社能给这检查员几块谢金，或每月说定酬金，那便对于检查上很有斟酌的余地。这不能不算是高等华人我们的同胞的好处啊！

真的，也许我今年碰着和你一样的华盖运。倘不然，便不会这样了：和两个友人从弯仔的地方跑来香港的马路上，即是皇后码头的近处，意外地给三四个我们的同胞纠缠住了。他们向我们详细询问了几回，又用手从我们肩膀摸到大腿，又沿着裤带拉了一下，几乎使我的裤脱了下来。我们不得已，只好向他们诚恳地说道："请不要这样搜寻，我们都是读书人咯！"

"吓！那正怕，共产党多是读书人呢。"于是他们把我手中拾着的几卷文稿，疑心地拿过去看了一看，问我道："这是宣言么？"

"有什么宣言，这是我友人的文稿。"我这样回答。然而他们终于不信，用手一撕，稿纸便破了几页，字迹也跟着碎裂。我一时气得捏着拳，很想捶他们的鼻尖，可是转眼望着他们屁股上的恶狠狠的洋炮，却只教我呆着做个无抵抗主义的麻木东西了。事情牵延到二三十分钟，方始默准了我们开步走。

这样的事情，一连碰了几次，到这最末一次，他们竟然要拉我上大馆（即警厅一样）去审问了。他们说我袋里带着一枝小刀子（这是我时常剖书剖纸用的），并且有一本日记簿，中间写着几个友人的姓名及通信地址，怕我是秘密党会的领袖，结果只得跟着他们跑了。五六里路程来到大馆，只有一个着西装的我们的高等同胞，站在我面前对问了一回，这才把我放出去。我这时哭也不成，笑也不成，回到寓里，躺上床去，对着帐顶凝神，刺骨的，痛苦一阵，便忍着心，给你写下这封信，并愿将这信展布，以告国人。

李白只叹：“蜀道之难，难于上青天。”然而现在这样平平坦坦的香港的大马道，也是如此地难行，亦可谓奇矣！我今后而不离香港，便决定不行那难行的大路了，你觉得好么？

陈仙泉。一月十二日香港。

题注：

本篇最初发表于《语丝》周刊第四卷第七期（1928年1月28日）“通信”栏，排在《“行路难”》之后。初未收集。

《禁止标点符号》按语

编者按：这虽只一点记事，但于我是觉得有意义的：中国此后，将以英语来禁用白话及标点符号，但这便是“保存国粹”。在有一部分同胞的心中，虽疾白话如仇，而“国粹”和“英文”的界限却已经没有了。除夕，楮冠附记。

【备考】：

禁止标点符号

昨天为教育部甄别考试。当主考委员出了题后，某科长即刻到场训诲，他说：“你们不应用标点符号，因为标点符号是写白话文时用的。然而中国文的 phrase and clause（他说英文时特别呈出严厉的面孔）是很复杂，若使没有句读，那么读的人未免有‘望文生义’的困难；不过你当加句读，勿用 colon, semicolon, question mark, and so on and so forth 就是了。”

某科长之意以为中国文当用标点符号，可惜它已被写白话文的学匪先用了，为避免亵渎起见，所以还用四千年祖传的句读吧！

十六，十二，廿四，（考完后第二天）钱泽民写于北京。

题注：

本篇最初发表于《语丝》周刊第四卷第七期（1928年1月28日）“随感录”栏，排在《禁止标点符号》之后。

季廉来信按语

我们叨在上海，什么“考试情节”，“法立然后知恩”之类，在报上倒不大见的。不过偶然有些传说，如“嫌疑情节”，“大学招考，凡做白话文者皆不取”等等。然而真假却不得而知，所以连我四周是“漆黑”还是“雪白”，也无从奉告了。近来声说这里有“革命文学家”因为“语丝派”中人，在北京醉生梦死，不出来“革命”，恨不用大炮打掉北京。那么，这里大约是好得很罢？要不然，他们为什么这样威武呢？

旅沪一记者。新春。

【备考】：

通信

我生二十五岁了。从民国元年改用西历起，到现在已经过了十七个新年了，——不，三十四个新年了。因为过了阳历新年，还照例要过旧历新年的，若按过一个新年算添一岁的话，我现在应是三十九岁了。那么“人生七十古来稀”，在民国却并不“稀”了。今日又是阴历除夕，天涯沦落，颇有点身世之感。为的要排遣我的怅惘，顺手将案头的旧报拿来解闷，可是却发见了不少的好材料。今谨分类抄粘，深盼记者先生将它公诸国人，“以期仰副大元帅昌明礼教之至意”，且表彰刘教长整顿学风之苦心云尔。

（一）关于礼制的

▲礼制馆成立　潘复等有演说　京讯：礼制馆于昨日下午二时行成立礼，阁议散后，潘及各阁员，均往参加。首由总裁潘复，副总裁沈瑞麟致词，教长刘哲，亦有演说，次总纂江瀚答词。至三时许始散。兹分录潘沈江等演词如下：

（一）总裁致词：中国以礼教立国，经世宰物，修己治人之道，莫重于礼。大而天地民物，小而视听言动，一以礼为依归，自礼教寖废，而后法治始兴。然法者所以佐治之具，而非制治之本原也。民国肇建十有余载，礼制废置不讲，诚为一大阙憾。历年变乱不息，未始不由于此。举其著者：如婚丧祭葬之仪，公私冠服之制，曾未明白规定，人民多无率从，何以肃观瞻而定民志？况于古圣经邦体国之精义乎！今大元帅有鉴于此，兢兢以礼制为亟，开馆延宾，罗致一时名宿，共议礼乐制度，造端宏大，规画深远。诸君子皆鸿儒硕彦，于古今礼俗之宜，研求有素，必能本所夙蓄，详加稽考，发抒伟议，导扬国光。鄙人躬与盛会，曷胜欣幸之至！

（二）副总裁致词：顷闻潘总裁所论，极为正大，鄙人不胜钦佩。缘古圣王制礼，所以范围民物，故曰礼者，正人心定风俗明上下者也。后世礼教不明，而大乱因之以起，今日议礼订乐，浅见者，几以为笑谈，不知根本之图，乌可弃而不讲？果使人人有正本清源之志，则离经畔道之说，何至而生？又何虑赤党之滋蔓乎？惟礼与时为变通，当斟酌时俗所宜，定为通行之制，使耳目不至惊骇，而精意已寓乎其间。曾文正所谓用今日冠服之常，而悉符古昔仁义等杀之精是也。鄙人学识固陋，幸得与诸君子聚首一堂，敢贡其一得之愚，尚希大雅赐以教督为幸。

（三）总纂答词：顷闻总裁副总裁教育刘总长同抒高论，钦佩无极。共和建国以来，议订礼制，已有四次：第一次为民国三年政事堂所设立，亦名礼制馆，于五年停办；第二次于六年夏间，由内务部礼俗司继续编订；第三次为九年秋间，国务院内务部会同设立之修订礼制处，于十年冬因费绌裁撤；第四次为十四年，内务部呈准设立之礼制编纂会，至本馆奉令设立后，亦告结束。计前后纂订之案，不下十余种，有业经公布者，有未及公布者，亦有属稿将竣而以政变，未及呈送者。譬诸大辂，椎轮已具，依次孟晋，易观厥成。记曰，人有礼则安，无礼则危。今大元帅思深虑远，殷殷以议礼定乐为陶淑人心，挽回气运之急务。遐迩闻之，孰不兴感？在事同人，拟先将前纂各稿共同研究，如有疏漏，加以增改，集群策群力，务于半载之内，竟此全功，以期仰副大元帅昌明礼教之至意。所有未尽事宜，尚望总裁副总裁与诸君子随时指导为幸。（见十六年十一月十八日《大公报》。）

▲北京孔教会昨日祀天　礼毕，陈焕章张廷健张廷桂等大讲经书。（见十二月二十四日《大公报》。）

（二）关于考试的，其题目见逐日报端。依次列举如下：

▲教育部昨日考试民国大学，国文试题为“法立然后知恩说”。

▲教部昨考平民大学，国文题为“与国人交止于信说”。

▲教部昨考中国大学，国文题为“孟子以邪说横行，与洪水猛兽

并列，试申言其害之所在说”。

▲教部昨甄别通才商专学校，题为“通商惠工”。

▲教部昨甄试中央大学，题为“礼义廉耻国之四维论”。

经过这样的考试后，圣道就发达了，斯文就不丧了，邪说也就辟了，人心也就古了，尧舜禹汤之世，也就行见于今日了。……在“辇毂之下”的小民，沐德真是无涯了。

（三）学生与考试

▲朝阳大学前被捕去男生孙浩潭李菊天等，业已释出四人，惟女生李芙蓉乐毅因审查情节较重，一时不易释放云。（十六年十一月三十日《大公报》。）

▲朝阳大学前次被军警捕去男女学生李菊天乐毅李芙蓉等十余人，因考试情节不关重要，均已先后释出。（十二月二十日《大公报》。）

事实很明白的告诉我们，李菊天乐毅李芙蓉一干人被军警捕去，监禁了二十天。罪名是“因考试情节”。整顿学风，原来如此整顿法。我生也晚，实在少见少闻。记者先生，听说什么地方有保障人权宣言，不知是否也只是讲着玩的？

天涯岁暮，触景生悲，感着我生二十五岁已过了三十九个新年了，感着生命的微弱，感着我四周的漆黑一团。感着……

季廉。除夕。

题注：

本篇最初发表于《语丝》周刊第四卷第十二期（1928年3月19日）“通信”栏，排在季廉信之后。初未收集。

《剪报一斑》拾遗

庐山荆棘丛中，竟有同志在剪广告，真是不胜雀跃矣。何也？因为我亦是爱看广告者也。但从敝眼光看来，盈同志所搜集发表的材料中，还有一种缺点，就是他尚未将所剪的报名注明是也。自然，在剪广告专家，当然知道紧要广告，大抵来登“申新二报”，但在初学，未能周知。

这篇一发表，我的剪存材料，可以废去不少，唯有一篇，不忍听其湮没，爰附录于后，作为拾遗云——

寻人赏格

于六月十二日下午八时半潜逃妓女一名陈梅英系崇明人氏现年十八岁中等身材头发剪落操上海口音身穿印花带黄麻纱衫下穿元色印度绸裙足穿姜色高跟皮鞋白丝袜逃出无踪倘有知风报信者赏洋五十元拿获人送到者谢洋一百元储洋以待决不食言住法租界黄河路益润里第一家一号

本主人谨启

右见中华民国十七年八月一日《新闻报》第三张“紧要分类”中之“征求类”。妓院主人也可以悬赏拿人，至少，可以使我们知道所住的是怎样的国度，或不知道是怎样的国度者也。

八月二十日，识于上海华界留声机戏
和打牌声中的玻璃窗下绍酒坛后。

【备考】:

剪报一斑

盈昂

报纸的文章多：东方路透，时评要电，经济教育，国内海外，以及《自由谈》或《快活林》；——这些都使阅报的人，目不暇接，美不胜收。其初，我自然是不看报，后来晓得看报，喜欢看《自由谈》。好多人说，要多看些专电和新闻，多知道一点“国情”。不晓得是人底脾胃反常了还是怎样，看了一些时的“国情”便死也不肯再用心多看了。反而喜欢起来了要看广告。看广告还不说，并且要剪广告。剪下的广告，不时翻阅，越看越有味。“天下为公”，不敢自私，谨将原报贴起来，借《语丝》底几页地位，翻印出来，大家兴赏兴赏。

为便利附说几句话，勉强分类了一下。

至于分类分得不伦不类，那是小子底学识不到，还得大雅指正指正呢。

这次文章大体乃系翻印，有偷窃版权嫌疑，但不知国民政府国法，把不把广告也一并作版权？若不是，则幸甚矣。

闲话休题，言归正传，下面是剪报。

一　律师生意

（甲）吴迈律师受任江西龙虎山张天师常年法律顾问

顷准江西龙虎山张天师函开径启者恩溥素仰贵律师法学湛深经验宏富既崇道德复爱和平甚为鄙人所钦佩兹特函聘台端为常年顾问以后关于一切法律事件尚希随赐指示并予保障为荷嗣汉六十三代天师张恩溥印等因准此本律师除接受聘任以备谘询外倘有对于聘任人加以不法侵犯者当依法尽维护之责再天师现在上海各处有事晤商请向本事务所接洽可也此布

事务所英租界同孚路大中里四三六号

电话西六二五六号

（乙）刘世芳律师代表创造社及创造社出版部重要启事

据敝委任人创造社及出版部声称本社纯系新文艺的集合本出版部亦纯系发行文艺书报的机关与任何政治团体从未发生任何关系其曾从事政治运动之旧社员如郭沫若等久与本社脱离关系此事早经一再声明（见旧年十一月十九号申报及同日民国日报）社会想已洞悉在此青天白日旗下文艺团体当无触法之虞此吾人从事文艺事业之同志所极端相信者乃日来谣诼繁兴竟至有某种刊物伪造空气淆乱听闻果长此以往诚恐以讹传讹多滋误会除去函更正特再登报郑重声明此后如有诬毁本社及本出版部者决依法起诉以受法律之正当保障云云嘱为代表通告此后如有毁坏该社名誉者本律师当依法尽保障之责

事务所北京路一百号

律师底生意听说和医生一样，很赚钱。人病了，非找医生吃药不可，打官司来也非找律师不可。就是不打官司罢，为预防打官司起见，找个律师代表在报纸上登个启事，这事如今也已很盛行了。张天师，受命于天，传位也已六十三代了，平安地住在江西龙虎山上也已六十三代了。身为天师，哪个不怕天打雷烧的敢惹他。然而时代已非，世风日下，革命起来了，革命军打到了江西。一帮死命亡魂的革命党人竟胆敢来参天师底行了。据说曾有取消天师之议，如此不法侵犯，岂能容其长此以往呢？找个律师，常年顾问，依法维护，则平安矣。

纯系新文艺的集合团体与任何政治团体并未发生过关系的创造社也一再请律师代表启事者，怕律师底生意不好耳。你知我知，不必多讲罢。

二　承蒙各界纷纷赐顾和颇受社会人士之欢迎

（甲）寓沪富绅巨商公鉴

本行经售之保险钢甲御弹玻璃等早已名驰遐迩承蒙各界纷纷赐顾无任感荷兹本行为寓沪富绅巨商之安全起见特重金聘请欧战时著名工程司执有国家荣耀证书者来沪专装无畏保险汽车并代军界装置军用火车等如蒙　惠顾请驾临仁记路廿五号本行面洽可也

茂丰洋行启

（乙）无条件的赠送马振华哀史

本社自出版马振华哀史以来颇受社会人士之欢迎读者皆来函称许编制得体印刷精良内容丰富较诸他家所编者完备多多兹本社特为优待阅者起见又再版一万部为限无论中外埠如附邮票六分附下列赠券直寄本社总代售处上海时事新报馆即可得价值大洋两角之马振华哀史一部自登报日起该券有效期间以十五天为限过期作废

总发行所上海三友图书公司

赠（新）券	奉上邮票六分请即寄下马振华哀史一部 姓名 住址

孟子曰性善，托尔斯泰讲和平，茂丰洋行为寓沪富绅巨商之安全起见，特重金聘请欧战时著名工程司来沪专装无畏保险汽车。洋人先生，坐在数万里外，心想中国上海富绅巨商多么危险，心不忍人受危险，替他们装起保险汽车，托尔斯泰矣。

记得阎瑞生谋死了王莲英，如今还留下李吉瑞老板底《阎瑞生》。今年上海发生了马振华投江一事，则大世界小世界都有《马振华》文明戏了，某影片公司也做起影戏来，这不消说也是颇受社会欢迎的。《马振华哀史》也应运而生了，并再版一万部作无条件的赠送，只要邮票六分耳。中国人喜看死人出丧，喜看杀头剜肉，哀史自然也喜看了。《马振华哀史》出版以来，颇受社会欢迎者宜也。

三　一句成语

欢送旧校长欢迎新校长游艺大会

沪江大学暨附中全体学生欢送前校长魏馥兰博士归国并庆祝华校长刘湛恩博士就职游艺大会定于今晚（二月廿五号）六时半在杨树浦本校举行如蒙各界人士　惠临参观不胜欢迎

沪江大学暨附中学生自治会启

送旧迎新，督军去，督办来，督办去，督理来，几曾为之，大家都记得的，何必多言。回子死了要脱毛，干净来，干净去；张作霖这次受炸之前出京，也是照来时途铺黄土的，他说，皇帝来，皇帝去。(皇帝脚应踏黄地，皇帝哲学之一也。)

沪江大学欢送旧洋校长顺便也欢迎华新校长，一箭双雕；惠临参观，也不胜欢迎也，更是一举而三得。

四　特别启事

南洋兄弟烟草公司特别启事

本公司出品十支装大联珠纸壳托由商务印书馆印刷者该馆于内层纸壳之上印有C.P.两字其中由中华书局印刷者印有C.H.两字此种字样皆系承印者标注其商业符号C.P.为Commercial Press之缩写即商务印书馆之名C.H.为Chung Hwa之缩写即中华书局之名别无其他意义乃外间有谓烟壳上印有此样者可以掉换赠品等传说实属出于悬测且此项烟壳刻已用罄已嘱承印者不必再加符号以免误会特此登报声明

凡事可做，共党莫为。打倒共党，就是革命底成功。只要不是共党，一切都可来。新国家主义者也好，旧国家主义者也好，西山派主义者也好，无政府主义者也好。今日之中国，包罗万象，但C.P.Being the Exception，莫说C.P.该死，C.P.的本身就是一个炸弹，危险危险，商务印书馆也危险呢。南洋兄弟烟草公司也危险呢。烟盒纸壳内层里，印有C.P.两字是多么危险啊！登报声明以免误会，实不容再缓矣。再不快一点，刀架到头上来了。

五　一篇妙文

前序：这是一个尾巴，“语多兴趣”，不必再加什么油盐了。但请外国人莫看，因为不收外国人也。然而我高兴，斯人爱国如斯，斯诚难能而可贵矣。

一篇求婚的妙文（真相）

扬州城里，忽来一自称朱姓，名□□者。谈笑自如，容貌不俗，语涉疯狂，形如名士，近忽于《扬州日报》封面，刊登“朱某求婚广告”一则，语多兴趣，阅者靡不解颐。爰录原文，寄《快活林》，以资读者一粲。

（原文）径启者。鄙人本有妻室。丁卯秋病殁。守鳏以来。颇以为苦。按查人体之构造。人各一片。惟合之乃成圆形。故男女夫妇合之则乐。而离之则苦。此自然之体势也。吾二十一岁。方始读书。二十六岁。曾捧卷于康门。十年之间。上承大学之正宗。俯窥百家之传记。竖穷三界。横贯地球。对于宗教学，性命学，道德学，政治学，法律学，兵机学，内而心性之微妙。外而乾坤之粗肥。其间昆虫草木。人物鸟兽。原始要终。穷无极有。愈晋愈精。愈精愈奇。几不知人我天地。然太上忘情。谁能遣此。寡人好色。心窃慕之。都凡香阁娇娃。学林才女。或及正之娼妓。失志之英雄。皆可入格。请按下列地址。惠以半身照片。并附意见书一通。从邮寄。待鄙人检阅后。自有相当之酬答。幸有缘姊妹。有以语我来。惟外国人不收。此启。

一九二八，八，四日。

写于庐山荆棘丛中的蔷薇路上。

题注：

本篇最初发表于《语丝》周刊第四卷第三十七期（1928年9月10日），未署名。初未收集。

《我也来谈谈复旦大学》文后附白

为了一个学校，《语丝》原不想费许多篇幅的。但已经“谈”开了，就也不妨“谈”下去。这一篇既是近于对前一文的辩正，而且看那口吻，可知作者和复旦大学是很关切，有作为的。所以毫不删略，登在这里，以便读者并看。

八月二十八日，记者附白。

【备考】:

我也来谈谈复旦大学

潘楚基

在没有谈到本文以前，我有两个声明：

第一：我也是一个已经脱离了复旦的学生。我做这篇东西，绝不参一点主观见解替复旦无谓吹牛。

第二：冯珧君的名字虽然遍找同学录都找不出；然而我决不因为作者没有署真名，因此轻视了他的言论。

冯珧君在本刊四卷三十二期，做了一篇《谈谈复旦大学》的文章。内中他列举复旦腐败的事实，总括起来，有：

（一）学校物质设备的不周到：如住室及阅书室的拥挤，饭馆的污秽，参考图书的不充足。

（二）教授的没有本领：如胖得不好走路的某文学教授，乡音夹英语，北京话夹上海腔的某教授，上课考试马马虎虎的某教授。

（三）学校对学生的括削：如图书费的两重征收，新宿舍的多缴宿费，膳费的必缴银行，学分补考的包定及格。

（四）学生的不肯读书：如上课时每人手小说一本，杂志一本，小报一张，做成绩报告时的请人代替，考试时的要求减少页数，和作弊偷看书。

（五）学生的强横：如对好教授的“十大罪状”，“誓驱此贼”。

（六）学生的浪漫：如“左边先帝爷下南阳”，“右边妹妹我爱你”，“楼板上跳舞”，“大部人脸上满涂白玉霜”，“量制服停课三天”之类。

（七）学生的懦弱：如对小店的索帐，无抵抗如羔羊。

因为上面这几点，所以冯君（？）的结论就说“复旦大学已经一落千丈！”就说“量不到它这样容易衰老颓败！”

我以为冯君所讲的有些是事实。但是“纣之不善，不如是之甚也！”而且在整个中国教育并未上轨道的情形之下，若是我们对这几十年前有光荣产生的历史，与现在有法子可以救药的复旦，全然抹杀它的优良点。仅仅列举一二事实为图文笔的生辣可喜，放大起来，以定它全部的罪状，使得它受一个永远的猛烈的创伤，间接给萌芽的中国教育之一部以一个致命打击。我想：这不是冯君的原意。因此，我愿意把我所晓得的复旦大学，全凭着客观的事实来谈一谈：

讲到物质设备，复旦因为负债十余万，最近几年学校竭全力在休养生息，偿清旧债（现在每年可还三万），所以完美的设备，实在不能跟随着学生人数的发达而增加。可是这一点并不是不注意。今年暑假中的加辟阅书室，和添建将近可容二百人的新宿舍，就是事实。我希望今后同学不致于再住在乡村的小屋里，终日奔走风雨烈日尘沙中。讲到伙食，我一方面希望学校和学生会能够尽力整顿校内的厨房，一方面希望同学不要再在学校能力所不及的校外污秽饭馆里去吃价钱较昂贵的饭。

讲到饭桶教授，在几十个教授当中，有几个确实是如冯君所讲。我因为听了同学的批评，在去年放假时曾一再要求学校当局彻底破除情面，一面驱逐这些无能力或不负责的教授；一面加聘确有学问的学者。可是学校当局的答复是：教授订聘都是一年，在任期未终了而多数学生并未有明显表示时，不能解雇。至于加聘薪水特大的著名学者，则在最近的学校经济情形之下，实在难于实行。下期新聘的教授怎么样我不得知，可是在冯君那篇文章没有发表之前，冯君所举的那几个著名饭桶教授，业已决定辞退，则是事实。

讲到学校的剥削学生，学生在总图书费之外，因各科另设图书室，而别征图书费那是事实。但是我在文科记得只交图书费一元。我想牺牲一块钱能够看到若干书，这个牺牲是有价值的。因此，我所注意的，不在图书费的本身，而在图书费的处置得当。我去年极力主张同学组织图书委员会，就是这个意思（本来学校有一个师生合作的图书委员会）。讲到新宿舍宿费的多征三元，据闻是因为设备比其他宿舍特别好，学校想弥补经济上损失的原故。讲到膳费的必缴银行，这是因为学校与银行借款时合同上注明“全缴”“透支”的原故，假若在三年内把银行债款还清，这个不平等条约当然可以取消。讲到学分补考的包定及格，则第一，补考并非给教授；第二，补考不一定可以及格，我有一个同学就是重读的一人；第三，学校每届假期，平均要开除几十个成绩不好的学生，足以证明学校并非唯利是视。至于同乡会是自由加入的机关，募捐处则并没有这个名义。

讲到学生的不肯读书，上课时每人都看小说或小报，那全不是事实。复旦因交通关系，小报销买极少，在课堂上则我在复旦时，从没有看见人挪起过，就是小说杂志也是极少，血滴子，红玫瑰的名字，我还没有听见过。冯君下一个“每人”都看小说杂志或小报的肯定语，不知何所据而云然，我要替复旦同学叫屈！讲到成绩报告请人代做，这是在各校都可能的事，但是我相信肯代做的人很少，因为大家忙于预备自己的考试，专门牺牲自己来做人家的工具，世界上不会有这样的阿木林。讲到考试时要求减少页数和作弊看书，我想这在那少数的饭桶教授面前是容易办到，而在多数的肯负责的教授面前是绝对不可行，这是我很久观察的事实，自问没有多大错误（我去年曾建议排定讲堂座位，不久或可实行）；而且我还有一种观察：觉得复旦虽滥收了许多非以读书为目的的公子少爷，然而勤奋读书的同学，却一天一天的加多，拿过去一个阅书室尽够应用，现在七八个阅书室的尚形拥挤，及过去成绩超过B者不过数十人，现在成绩超过B者竟超过两百的事实一看，就可以作个证明。

讲到学生的强横，随便对教授，发十大罪状，誓驱此贼，据我的观察，实得其反。我以为复旦同学只有在课后对教授作消极的零碎的闲谈式的批评，绝没有把自己的态度积极地具体地有条理地向学校当局表示过。我记得去冬我根据舆论去要求当局撤退那几个饭桶教授时，因为没有旁的同学响应我，当局竟怀疑我对他们有私人恶感，结果，对我的话不信任，这里就足以证明同学负责任的对教授“发十大罪状，誓驱此贼”，是不会有的事了！

讲到学生的浪漫，那些“先帝爷下南阳”“妹妹我爱你”普遍着全上海的靡靡之音，在每晚七时自修以前的复旦，确是到处可闻的。可是“楼板上跳舞”“大部人脸上满涂白玉霜”则不是事实。讲到假期太多，则我也确实认为春季假期太多。但是冯君所说“量制服停课三天”则不尽然，因为那是在五三后全上海各学校为着游行演讲等事而起的一致行动，而不是复旦单独为量制服而起的行动。

讲到放假时学生受小店逼迫，懦如羔羊，这件事我也看不过眼。不过我以为如果禁止赊账，则同学必感不便，如果禁止讨账，则小店又要骂我们强横，所以确实没有想到一个好的法子。

讲到复旦为什么还能存在，冯君以为由于已往出了几个商人，及做了很多广告和闪金的年鉴。我想这也不尽然，我也是一个看不惯大马路商人气的样子因而从商科转到文科的人。但是我又想在今日中国，无论甚么东西，都是需要人读的，上海为全国商业中心，商科自然有特殊的发展。但是说复旦之存在全靠几个商人，那却不是事实。至于讲到广告和年鉴，据我所知复旦发的广告并不异于其他各学校，特别有吸引能力；年鉴则已经停办了两年，更不足以眩耀人了。我以为复旦的不仅能存在，而且近年学生陡增，有下列几个原因：

（一）它是中国第一个反抗宗教教育的学校，它的产生，富有革命意味，因此，在时代潮流中这一点光荣历史，受了青年的崇拜。

（二）它有六科，六科的课程，总计超过了两百，这样多的课程，据我所知，在上海没有人与它一样。我是从S教会大学转学复旦的人，我尝说如果那个人要被动地受极少数课程——如英文，圣经，——的严格训练（intensive reading），则不如到S大学；如果他想要由自由意志选择很多种类的东西，作extensive reading，那还是来复旦好，我想不甘读呆板板几本书，也是学生进复旦的原因。

（三）它既不如官立学校有政治上的派别，也不如教会学校，有特殊的使命；它又不是那一个私人办的，有造成学阀之可能。因此学生在复旦，思想言论行动，都有比较的自由。我以为只要在小学与中学受过严格的训练，大学自由一点，也无妨害，这里许多同学的心理，恐怕也如此。

（四）在已往发展的过程中，它不仅出了几个商人，而且各科都有举业的同学，在社会上能得相当的信任。

（五）在校学生的社会活动力（如参加政治活动的，与专门的运动家，我并不是赞成那种出风头的特殊阶级，但我以为这也是普遍现象，不仅复旦如此），引起社会的注意。

（六）在过去与现在的复旦，虽然因为没有政府的津贴，教会的年金，资本家的捐款，感受着严重的经济压迫，以致进步很慢；但是这种压迫，一天一天的减轻，只要大家多努力一点，复旦的发扬光大，就在最近的将来，所以有许多青年仍旧愿意进去共同努力。

以上所讲，把冯君对复旦的批评更正了若干，但是我并不是一个满意复旦的人，我对整个复旦的批评是：

（一）在精神方面，学校当局对教育没有甚么主义，他们的目的只在传授学生以书本上的智识，而许多学生进去，也急急于猎取文凭，但是金钱与文凭的交换，实是今日中国整个教育的一个根本问题，而不是复旦的单独现象，所以我以为要纠正复旦美国化商业化的趋势，最要紧的还在确立全中国的教育方针。

（二）在物质方面，设备太不够用了。因想要还清债务，不得不多收学生（据我所知，今秋招收学生，比去年严格得多了），学生增加，而住室图书等不能比例地增加，在别校住惯了舒服房子和看惯了充量图书等的同学，当然极感痛苦。不过在负债过钜，元气大伤之后，学校只能一步一步改良而不能突飞猛进，却也有其苦衷。

总之，我拿着复旦廿几年的历史看一看，我觉得复旦仍旧是在进化，不过这种进化，是比较的缓慢，并未达到它应当进化的地位，假使学校当局与同学肯一心一德的大家负起责任，拚命地努力地干，我相信复旦的发展一定不止于此。至于冯君说“复旦已经一落千丈”，“量不到它这样容易衰老颓败”，我根本就看不出过去甚么是复旦的黄金时代，甚么是复旦的青春时期，冯君在复旦的真正历史外，臆造出一个理想时代，未免有点带主观，质之冯君以为何如?

最后我还是讲一句话：复旦仍旧是在曲线般进化的，假若学校当局和同学肯特别负责加倍努力，它的进化，一定不止这样，望复旦当局和同学们注意。尤其望引用冯君那篇愤慨话，作今后革新的龟鉴，须知这是逆耳的忠言。

题注：

本篇最初发表于《语丝》周刊第四卷第三十七期（1928 年 9 月 10 日）。初未收集。

“革命军马前卒”和“落伍者”

西湖博览会上要设先烈博物馆了，在征求遗物。这是不可少的盛举，没有先烈，现在还拖着辫子也说不定的，更那能如此自在。

但所征求的，末后又有“落伍者的丑史”，却有些古怪了。仿佛要令人于饮水思源以后，再喝一口脏水，历亲芳烈之余，添嗅一下臭气似的。

而所征求的“落伍者的丑史”的目录中，又有“邹容的事实”，那可更加有些古怪了。如果印本没有错而邹容不是别一人，那么，据我所知道，大概是这样的——

他在满清时，做了一本《革命军》，鼓吹排满，所以自署曰“革命军马前卒邹容”。后来从日本回国，在上海被捕，死在西牢里了，其时盖在一九〇二年。自然，他所主张的不过是民族革命，未曾想到共和，自然更不知道三民主义，当然也不知道共产主义。但这是大家应该原谅他的，因为他死得太早了，他死了的明年，同盟会才成立。

听说中山先生的自叙上就提起他的，开目录的诸公，何妨于公余之暇，去查一查呢?

后烈实在前进得快，二十五年前的事，就已经茫然了，可谓美史也已。

二月十七日。

题注：

本篇最初发表于上海《语丝》周刊第五卷第二期（1929 年 3 月 18 日）。收入《三闲集》。

1929 年 6 月 6 日浙江省政府建设厅主办的西湖展览会开幕，内设“革命纪念馆”。展览会曾在报纸上刊登“征集革命纪念品”的广告，在征集的目录中将旧民主主义时期牺牲的革命烈士邹容的事迹列入“落伍者的丑史”之中。鲁迅特意撰写本文，回顾了邹容的英勇历史。

《吾国征俄战史之一页》

大家都说要打俄国，或者“愿为前驱”，或者“愿作后盾”，连中国文学所赖以不坠的新月书店，也登广告出卖关于俄国的书籍两种，则举国之同仇敌忾也可知矣。自然，大势如此，执笔者也应当做点应时的东西，庶几不至于落伍。我于是在七月廿六日《新闻报》的《快活林》里，遇见一篇题作《吾国征俄战史之一页》的叙述详细而昏不可当的文章，可惜限于篇幅，只能摘抄：

“……乃尝读史至元成吉思汗。起自蒙古。入主中夏。开国以后。奄有钦察阿速诸部。命速不台征蔑里吉。复引兵绕宽田吉思海。转战至太和岭。洎太宗七年。又命速不台为前驱。随诸王拔都。皇子贵由。皇侄哥等伐西域。十年乃大举征俄。直逼耶烈赞城。而陷莫斯科。太祖长子术赤遂于其地即汗位。可谓破前古未有之纪载矣。夫一代之英主。开创之际。战胜攻取。用其兵威。不难统一区宇。史册所叙。纵极铺张。要不过禹域以内。讫无西至流沙。举朔北辽绝之地而空之。不特唯是。犹复鼓其余勇。进逼欧洲内地。而有欧亚混一之势者。谓非吾国战史上最有光彩最有荣誉之一页得乎……”

那结论是：

“……质言之。元时之兵锋。不仅足以扼欧亚之吭。而有席卷包举之气象。有足以壮吾国后人之勇气者。固自有在。余故备述之。以告应付时局而固边圉者。”

这只有作者“清癯”先生是蒙古人，倒还说得过去。否则，成吉思汗“入主中夏”，术赤在墨斯科“即可汗位”，那时咱们中俄两国的境遇正一样，就是都被蒙古人征服的。为什么中国人现在竟来硬霸“元人”为自己的先人，仿佛满脸光彩似的，去骄傲同受压迫的斯拉夫种的呢？

倘照这样的论法，俄国人就也可以作“吾国征华史之一页”，说他们在元代奄有中国的版图。

倘照这样的论法，则即使俄人此刻“入主中夏”，也就有“欧亚混一之势”，“有足以壮吾国后人”之后人“之勇气者”矣。

嗟乎，赤俄未征，白痴已出，殊“非吾国战史上最有光彩最有荣誉之一页”也！

七月二十八日。

题注：

本篇最初发表于《语丝》周刊第五卷第二十二期（1929年8月5日）。收入《三闲集》。

1929年，南京政府以武力接管中苏合建的中东铁路，双方发生冲突，国民党借此掀起了“反俄运动”。新月派文人为配合“反俄运动”，曾再版了署名世界室主人的《苏俄评论》和徐志摩的《自剖》(第三辑为《游俄》)，刊登宣传广告，鲁迅有感而发写此文。

流氓的变迁

孔墨都不满于现状，要加以改革，但那第一步，是在说动人主，而那用以压服人主的家伙，则都是“天”。

孔子之徒为儒，墨子之徒为侠。“儒者，柔也”，当然不会危险的。惟侠老实，所以墨者的末流，至于以“死”为终极的目的。到后来，真老实的逐渐死完，止留下取巧的侠，汉的大侠，就已和公侯权贵相馈赠，以备危急时来作护符之用了。

司马迁说：“儒以文乱法，而侠以武犯禁”，“乱”之和“犯”，决不是“叛”，不过闹点小乱子而已，而况有权贵如“五侯”者在。

“侠”字渐消，强盗起了，但也是侠之流，他们的旗帜是“替天行道”。他们所反对的是奸臣，不是天子，他们所打劫的是平民，不是将相。李逵劫法场时，抡起板斧来排头砍去，而所砍的是看客。一部《水浒》，说得很分明：因为不反对天子，所以大军一到，便受招安，替国家打别的强盗——不“替天行道”的强盗去了。终于是奴才。

满洲入关，中国渐被压服了，连有“侠气”的人，也不敢再起盗心，不敢指斥奸臣，不敢直接为天子效力，于是跟一个好官员或钦差大臣，给他保镳，替他捕盗，一部《施公案》，也说得很分明，还有

《彭公案》,《七侠五义》之流，至今没有穷尽。他们出身清白，连先前也并无坏处，虽在钦差之下，究居平民之上，对一方面固然必须听命，对别方面还是大可逞雄，安全之度增多了，奴性也跟着加足。

然而为盗要被官兵所打，捕盗也要被强盗所打，要十分安全的侠客，是觉得都不妥当的，于是有流氓。和尚喝酒他来打，男女通奸他来捉，私娼私贩他来凌辱，为的是维持风化；乡下人不懂租界章程他来欺侮，为的是看不起无知；剪发女人他来嘲骂，社会改革者他来憎恶，为的是宝爱秩序。但后面是传统的靠山，对手又都非浩荡的强敌，他就在其间横行过去。现在的小说，还没有写出这一种典型的书，惟《九尾龟》中的章秋谷，以为他给妓女吃苦，是因为她要敲人们竹杠，所以给以惩罚之类的叙述，约略近之。

由现状再降下去，大概这一流人将成为文艺书中的主角了，我在等候“革命文学家”张资平“氏”的近作。

题注：

本篇最初发表于上海《萌芽月刊》第一卷第一期（1930年1月1日）。收入《三闲集》。

本文讲述了中国传统历史上从“侠”到“流氓”的变迁过程，揭示政府御用的流氓文人赖以产生的社会历史根源及其奴才本质。1931年4月17日鲁迅曾“往同文书院讲演一小时，题为《流氓与文学》”（据鲁迅日记）。该演讲没有留下讲稿，据几位听讲者回忆，这次演讲内容即《流氓的变迁》一文的主要内容。当日陪同鲁迅前往演讲的增田涉还在《流氓的变迁》译后附记中说：“我认为这是在上海‘同文书院’的演讲后自己写下的概要，因此文章简略……”又考，鲁迅此文写于讲演前一年多。

答文艺新闻社问

——日本占领东三省的意义

这在一面，是日本帝国主义在“膺惩”他的仆役——中国军阀，也就是“膺惩”中国民众，因为中国民众又是军阀的奴隶；在另一面，是进攻苏联的开头，是要使世界的劳苦群众，永受奴隶的苦楚的方针的第一步。

题注：

本篇首次发表于《文艺新闻》第二十九期（1931年9月28日）。1931年“九一八”事变发生后，该刊编辑部向文化界一些知名人士征询对这一事件的看法，本文就是鲁迅对此的答复。当时刊登在《日本占领东三省屠杀中国民众！！！文化界的观察与意见》一栏，同栏还登载了陈望道、胡愈之、郁达夫等人的文章。本文的副标题“日本占领东三省的意义”是鲁迅编《二心集》时加上的。

唐朝的钉梢

上海的摩登少爷要勾搭摩登小姐，首先第一步，是追随不舍，术语谓之“钉梢”。“钉”者，坚附而不可拔也，“梢”者，末也，后也，译成文言，大约可以说是“追蹑”。据钉梢专家说，那第二步便是“扳谈”；即使骂，也就大有希望，因为一骂便可有言语来往，所以也就是“扳谈”的开头。我一向以为这是现在的洋场上才有的，今看《花间集》，乃知道唐朝就已经有了这样的事，那里面有张泌的《浣溪纱》调十首，其九云：

晚逐香车入凤城，东风斜揭绣帘轻，慢回娇眼笑盈盈。消息未通何计是，便须佯醉且随行，依稀闻道“太狂生”。

这分明和现代的钉梢法是一致的。倘要译成白话诗，大概可以是这样：

夜赶洋车路上飞，
东风吹起印度绸衫子，显出腿儿肥，

乱丢俏眼笑迷迷。
　难以扳谈有什么法子呢？
只能带着油腔滑调且钉梢，
好像听得骂道“杀千刀！”

但恐怕在古书上，更早的也还能够发见，我极希望博学者见教，因为这是对于研究“钉梢史”的人，极有用处的。

题注：

本篇首次发表于《北斗》第一卷第二期（1931年10月20日），署名长庚。收入《二心集》。当时社会上有洋场恶少盯梢“摩登小姐”的坏风气，一些小报上也经常有文人登才子加流氓的庸俗无聊作品。鲁迅在看了《花间集》后，颇有感触，遂作本文，嘲讽这些社会现象。《花间集》系晚唐五代的词选，共10卷，后蜀赵崇祚编，其中第4卷收有张泌的词23首。鲁迅在本文中引用了《浣溪纱》中的一首。

答中学生杂志社问

“假如先生面前站着一个中学生，处此内忧外患交迫的非常时代，将对他讲怎样的话，作努力的方针？”

编辑先生：

请先生也许我回问你一句，就是：我们现在有言论的自由么？假如先生说“不”，那么我知道一定也不会怪我不作声的。假如先生竟以“面前站着一个中学生”之名，一定要逼我说一点，那么，我说：第一步要努力争取言论的自由。

题注：

本篇作于1931年11月27日，最初发表于《中学生》新年号（1932年1月1日），署名鲁迅。收入《二心集》。《中学生》杂志，是1930年由叶圣陶、夏丏尊等人编辑，上海开明书店出版的面向学生的综合性刊物。“九一八”事变发生后不久的元旦前夕，《中学生》编辑就中学生“处此内忧外患交迫的非常时代”该作怎样的努力等问题，向鲁迅征询答案。

“友邦惊诧”论

只要略有知觉的人就都知道：这回学生的请愿，是因为日本占据了辽吉，南京政府束手无策，单会去哀求国联，而国联却正和日本是一伙。读书呀，读书呀，不错，学生是应该读书的，但一面也要大人老爷们不至于葬送土地，这才能够安心读书。报上不是说过，东北大学逃散，冯庸大学逃散，日本兵看见学生模样的就枪毙吗？放下书包来请愿，真是已经可怜之至。不道国民党政府却在十二月十八日通电各地军政当局文里，又加上他们“捣毁机关，阻断交通，殴伤中委，拦劫汽车，攒击路人及公务人员，私逮刑讯，社会秩序，悉被破坏”的罪名，而且指出结果，说是“友邦人士，莫名惊诧，长此以往，国将不国”了！

好个“友邦人士”！日本帝国主义的兵队强占了辽吉，炮轰机关，他们不惊诧；阻断铁路，追炸客车，捕禁官吏，枪毙人民，他们不惊诧。中国国民党治下的连年内战，空前水灾，卖儿救穷，砍头示众，秘密杀戮，电刑逼供，他们也不惊诧。在学生的请愿中有一点纷扰，他们就惊诧了！

好个国民党政府的“友邦人士”！是些什么东西！

即使所举的罪状是真的罢，但这些事情，是无论那一个“友邦”也都有的，他们的维持他们的“秩序”的监狱，就撕掉了他们的“文明”的面具。摆什么“惊诧”的臭脸孔呢？

可是“友邦人士”一惊诧，我们的国府就怕了，“长此以往，国将不国”了，好像失了东三省，党国倒愈像一个国，失了东三省谁也不响，党国倒愈像一个国，失了东三省只有几个学生上几篇“呈文”，党国倒愈像一个国，可以博得“友邦人士”的夸奖，永远“国”下去一样。

几句电文，说得明白极了：怎样的党国，怎样的“友邦”。“友邦”要我们人民身受宰割，寂然无声，略有“越轨”，便加屠戮；党国是要我们遵从这“友邦人士”的希望，否则，他就要“通电各地军政当局”，“即予紧急处置，不得于事后借口无法劝阻，敷衍塞责”了！

因为“友邦人士”是知道的：日兵“无法劝阻”，学生们怎会“无法劝阻”？每月一千八百万的军费，四百万的政费，作什么用的呀，“军政当局”呀？

写此文后刚一天，就见二十一日《申报》登载南京专电云：“考试院部员张以宽，盛传前日为学生架去重伤。兹据张自述，当时因车夫误会，为群众引至中大，旋出校回寓，并无受伤之事。至行政院某秘书被拉到中大，亦当时出来，更无失踪之事。”而“教育消息”栏内，又记本埠一小部分学校赴京请愿学生死伤的确数，则云：“中公死二人，伤三十人，复旦伤二人，复旦附中伤十人，东亚失踪一人（系女性），上中失踪一人，伤三人，文生氏死一人，伤五人……”可见学生并未如国府通电所说，将“社会秩序，破坏无余”，而国府则不但依然能够镇压，而且依然能够诬陷，杀戮。“友邦人士”，从此可以不必“惊诧莫名”，只请放心来瓜分就是了。

题注：

本篇最初发表于《十字街头》第二期（1931 年 12 月 25 日），署名明瑟。收入《二心集》。“九一八”事变后，蒋介石政府采取不抵抗政策，激起了全国人民的强烈反对，各地学生纷纷到南京国民政府请愿，要求出兵抗日，而国民党政府却认为学生运动引起了“友邦”不安和“惊诧”，竟逮捕和枪杀请愿学生，并发表通电，称学生破坏社会秩序。鲁迅即写本文，意在揭露“友邦”的险恶用心及政府的屈辱行径，对爱国学生运动给予了有力的声援。

水灾即“建国”

《建国月刊》第六卷第二期出版了，上海各大报上都登着广告。首先是光辉灿烂的“本刊宗旨”：

（一）阐扬三民主义的理论与实际；

（二）整理本党光荣之革命历史；

（三）讨论实际建设问题；

（四）整理本国学术介绍世界学术思潮。

好极了！那么，看内容罢。首先是光辉灿烂的“插图”：水灾摄影（四幅）！

好极了……这叫作一句话说尽了“建国”的本色。

题注：

本篇最初发表于上海《十字街头》旬刊第三期（1932年1月5日），署名遐观。初未收集。《建国月刊》是国民党办的政治性期刊。该刊第六卷第二期刊有1931年长江、淮河流域水灾摄影4幅，鲁迅撰文予以讽刺。

中华民国的新“堂·吉诃德”们

十六世纪末尾的时候，西班牙的文人西万提斯做了一大部小说叫作《堂·吉诃德》，说这位吉先生，看武侠小说看呆了，硬要去学古代的游侠，穿一身破甲，骑一匹瘦马，带一个跟丁，游来游去，想斩妖服怪，除暴安良。谁知当时已不是那么古气盎然的时候了，因此只落得闹了许多笑话，吃了许多苦头，终于上个大当，受了重伤，狼狈回来，死在家里，临死才知道自己不过一个平常人，并不是什么大侠客。

这一个古典，去年在中国曾经很被引用了一回，受到这个谥法的名人，似乎还有点很不高兴的样子。其实是，这种书呆子，乃是西班牙书呆子，向来爱讲“中庸”的中国，是不会有的。西班牙人讲恋爱，就天天到女人窗下去唱歌，信旧教，就烧杀异端，一革命，就捣烂教堂，踢出皇帝。然而我们中国的文人学子，不是总说女人先来引诱他，诸教同源，保存庙产，宣统在革命之后，还许他许多年在宫里做皇帝吗？

记得先前的报章上，发表过几个店家的小伙计，看剑侠小说入了迷，忽然要到武当山去学道的事，这倒很和“堂·吉诃德”相像的。但此后便看不见一点后文，不知道是也做出了许多奇迹，还是不久就又回到家里去了？以“中庸”的老例推测起来，大约以回了家为合式。

这以后的中国式的“堂·吉诃德”的出现，是“青年援马团”。不是兵，他们偏要上战场；政府要诉诸国联，他们偏要自己动手；政府不准去，他们偏要去；中国现在总算有一点铁路了，他们偏要一步一步的走过去；北方是冷的，他们偏只穿件夹袄；打仗的时候，兵器是顶要紧的，他们偏只着重精神。这一切等等，确是十分“堂·吉诃德”的了。然而究竟是中国的“堂·吉诃德”，所以他只一个，他们是一团；送他的是嘲笑，送他们的是欢呼；迎他的是诧异，而迎他们的也是欢呼；他驻扎在深山中，他们驻扎在真茹镇；他在磨坊里打风磨，他们在常州玩梳篦，又见美女，何幸如之（见十二月《申报·自由谈》）。其苦乐之不同，有如此者，呜呼！

不错，中外古今的小说太多了，里面有“舆榇”，有“截指”，有“哭秦庭”，有“对天立誓”。耳濡目染，诚然也不免来抬棺材，砍指头，哭孙陵，宣誓出发的。然而五四运动时胡适之博士讲文学革命的时候，就已经要“不用古典”，现在在行为上，似乎更可以不用了。

讲二十世纪战事的小说，旧一点的有雷马克的《西线无战事》，棱的《战争》，新一点的有绥拉菲摩维支的《铁流》，法捷耶夫的《毁灭》，里面都没有这样的“青年团”，所以他们都实在打了仗。

题注：

本篇最初发表于《北斗》第二卷第一期（1932年1月20日），署名不堂。收入《二心集》。“九一八”事变过后不久，日军进攻黑龙江省时，遇到了黑龙江省代理主席马占山部队的抵抗，全国人民热烈支持马占山部队，上海的一部分青年组织了一个“青年援马团”，要求开赴东北参加抗日战争，但由于他们那种犹如堂吉诃德式的只重精神、缺乏经验，只有幻想、不重实际的行为，再加上当局的阻挠和破坏，使得队伍不久就解散了。鲁迅感触颇深，故作此文。

林克多《苏联见闻录》序

大约总归是十年以前罢，我因为生了病，到一个外国医院去请诊治，在那待诊室里放着的一本德国《星期报》(Die Woche)上，看见了一幅关于俄国十月革命的漫画，画着法官，教师，连医生和看护妇，也都横眉怒目，捏着手枪。这是我最先看见的关于十月革命的讽刺画，但也不过心里想，有这样凶暴么，觉得好笑罢了。后来看了几个西洋人的旅行记，有的说是怎样好，有的又说是怎样坏，这才莫名其妙起来。但到底也是自己断定：这革命恐怕对于穷人有了好处，那么对于阔人就一定是坏的，有些旅行者为穷人设想，所以觉得好，倘若替阔人打算，那自然就都是坏处了。

但后来又看见一幅讽刺画，是英文的，画着用纸版剪成的工厂，学校，育儿院等等，竖在道路的两边，使参观者坐着摩托车，从中间驶过。这是针对着做旅行记述说苏联的好处的作者们而发的，犹言参观的时候，受了他们的欺骗。政治和经济的事，我是外行，但看去年苏联煤油和麦子的输出，竟弄得资本主义文明国的人们那么骇怕的事实，却将我多年的疑团消释了。我想：假装面子的国度和专会杀人的人民，是决不会有这么巨大的生产力的，可见那些讽刺画倒是无耻的欺骗。

不过我们中国人实在有一点小毛病，就是不大爱听别国的好处，尤其是清党之后，提起那日有建设的苏联。一提到罢，不是说你意在宣传，就是说你得了卢布。而且宣传这两个字，在中国实在是被糟蹋得太不成样子了，人们看惯了什么阔人的通电，什么会议的宣言，什么名人的谈话，发表之后，立刻无影无踪，还不如一个屁的臭得长久，于是渐以为凡有讲述远处或将来的优点的文字，都是欺人之谈，所谓宣传，只是一个为了自利，而漫天说谎的雅号。

自然，在目前的中国，这一类的东西是常有的，靠了钦定或官许的力量，到处推销无阻，可是读的人们却不多，因为宣传的事，是必须在现在或到后来有事实来证明的，这才可以叫作宣传。而中国现行的所谓宣传，则不但后来只有证明这“宣传”确凿就是说谎的事实而已，还有一种坏结果，是令人对于凡有记述文字逐渐起了疑心，临末弄得索性不看。即如我自己就受了这影响，报章上说的什么新旧三都的伟观，南北两京的新气，固然只要看见标题就觉得肉麻了，而且连讲外国的游记，也竟至于不大想去翻动它。

但这一年内，也遇到了两部不必用心戒备，居然看完了的书，一是胡愈之先生的《莫斯科印象记》，一就是这《苏联闻见录》。因为我的辨认草字的力量太小的缘故，看下去很费力，但为了想看看这自说“为了吃饭问题，不得不去做工”的工人作者的见闻，到底看下去了。虽然中间遇到好像讲解统计表一般的地方，在我自己，未免觉得枯燥，但好在并不多，到底也看下去了。那原因，就在作者仿佛对朋友谈天似的，不用美丽的字眼，不用巧妙的做法，平铺直叙，说了下去，作者是平常的人，文章是平常的文章，所见所闻的苏联，是平平常常的地方，那人民，也是平平常常的人物，所设施的正是合于人情，生活也不过像了人样，并没有什么希奇古怪。倘要从中猎艳搜奇，自然免不了会失望，然而要知道一些不搽粉墨的真相，却是很好的。

而且由此也可以明白一点世界上的资本主义文明国之定要进攻苏联的原因。工农都像了人样，于资本家和地主是极不利的，所以一定先要歼灭了这工农大众的模范。苏联愈平常，他们就愈害怕。前五六年，北京盛传广东的裸体游行，后来南京上海又盛传汉口的裸体游行，就是但愿敌方的不平常的证据。据这书里面的记述，苏联实在使他们失望了。为什么呢？因为不但共妻，杀父，裸体游行等类的“不平常的事”，确然没有而已，倒是有了许多极平常的事实，那就是将“宗教，家庭，财产，祖国，礼教……一切神圣不可侵犯”的东西，都像粪一般抛掉，而一个簇新的，真正空前的社会制度从地狱底里涌现而出，几万万的群众自已做了支配自己命运的人。这种极平常的事情，是只有“匪徒”才干得出来的。该杀者，“匪徒”也。

但作者的到苏联，已在十月革命后十年，所以只将他们之“能坚苦，耐劳，勇敢与牺牲”告诉我们，而怎样苦斗，才能够得到现在的结果，那些故事，却讲得很少。这自然是别种著作的任务，不能责成作者全都负担起来，但读者是万不可忽略这一点的，否则，就如印度的《譬喻经》所说，要造高楼，而反对在地上立柱，据说是因为他要造的，是离地的高楼一样。

我不加戒备的将这读完了，即因为上文所说的原因。而我相信这书所说的苏联的好处的，也还有一个原因，那就是十来年前，说过苏联怎么不行怎么无望的所谓文明国人，去年已在苏联的煤油和麦子面前发抖。而且我看见确凿的事实：他们是在吸中国的膏血，夺中国的土地，杀中国的人民。他们是大骗子，他们说苏联坏，要进攻苏联，就可见苏联是好的了。这一部书，正也转过来是我的意见的实证。

一九三二年四月二十日，鲁迅于上海闸北寓楼记。

题注：

本文最初发表于上海《文学月报》第一卷第一号（1932年6月10日），原题《“苏联闻见录”序》。收入《南腔北调集》。林克多，原名李平，浙江黄岩人，1918年赴法国务工，1930年转赴苏联做五金工人。所著《苏联闻见录》一书，经鲁迅作序，于1932年11月由上海光华书局出版。此序由柔石同乡王育和转请鲁迅所作。王育和因营救柔石及抚恤其子女事宜而结识鲁迅。1932年4月7日鲁迅收到王育和交来的文稿，于16日开始校阅，于20日写作本文。《苏联闻见录》记载了当时苏联的社会经济文化的一些状况，使鲁迅对苏联的发展非常感兴趣。

我们不再受骗了

帝国主义是一定要进攻苏联的。苏联愈弄得好，它们愈急于要进攻，因为它们愈要趋于灭亡。

我们被帝国主义及其侍从们真是骗得长久了。十月革命之后，它们总是说苏联怎么穷下去，怎么凶恶，怎么破坏文化。但现在的事实怎样？小麦和石油的输出，不是使世界吃惊了么？正面之敌的实业党的首领，不是也只判了十年的监禁么？列宁格勒，墨斯科的图书馆和博物馆，不是都没有被炸掉么？文学家如绥拉菲摩维支，法捷耶夫，革拉特珂夫，绥甫林娜，唆罗诃夫等，不是西欧东亚，无不赞美他们的作品么？关于艺术的事我不大知道，但据乌曼斯基（K.Umansky）说，一九一九年中，在墨斯科的艺术展览会就有二十次，列宁格勒两次（《Neue Kunst in Russland》），则现在的旺盛，更是可想而知了。

然而谣言家是极无耻而且巧妙的，一到事实证明了他的话是撒谎时，他就躲下，另外又来一批。

新近我看见一本小册子，是说美国的财政有复兴的希望的，序上说，苏联的购领物品，必须排成长串，现在也无异于从前，仿佛他很为排成长串的人们抱不平，发慈悲一样。

这一事，我是相信的，因为苏联内是正在建设的途中，外是受着帝国主义的压迫，许多物品，当然不能充足。但我们也听到别国的失业者，排着长串向饥寒进行；中国的人民，在内战，在外侮，在水灾，在榨取的大罗网之下，排着长串而进向死亡去。

然而帝国主义及其奴才们，还来对我们说苏联怎样不好，好像它倒愿意苏联一下子就变成天堂，人们个个享福。现在竟这样子，它失望了，不舒服了。——这真是恶鬼的眼泪。

一睁开眼，就露出恶鬼的本相来的，——它要去惩办了。

它一面去惩办，一面来诳骗。正义，人道，公理之类的话，又要满天飞舞了。但我们记得，欧洲大战时候，飞舞过一回的，骗得我们的许多苦工，到前线去替它们死，接着是在北京的中央公园里竖了一块无耻的，愚不可及的“公理战胜”的牌坊（但后来又改掉了）。现在怎样？“公理”在那里？这事还不过十六年，我们记得的。

帝国主义和我们，除了它的奴才之外，那一样利害不和我们正相反？我们的痈疽，是它们的宝贝，那么，它们的敌人，当然是我们的朋友了。它们自身正在崩溃下去，无法支持，为挽救自己的末运，便憎恶苏联的向上。谣诼，诅咒，怨恨，无所不至，没有效，终于只得准备动手去打了，一定要灭掉它才睡得着。但我们干什么呢？我们还会再被骗么？

“苏联是无产阶级专政的，智识阶级就要饿死。”——一位有名的记者曾经这样警告我。是的，这倒恐怕要使我也有些睡不着了。但无产阶级专政，不是为了将来的无阶级社会么？只要你不去谋害它，自然成功就早，阶级的消灭也就早，那时就谁也不会“饿死”了。不消说，排长串是一时难免的，但到底会快起来。

帝国主义的奴才们要去打，自己（！）跟着它的主人去打去就是。我们人民和它们是利害完全相反的。我们反对进攻苏联。我们倒要打倒进攻苏联的恶鬼，无论它说着怎样甜腻的话头，装着怎样公正的面孔。

这才也是我们自己的生路！

五月六日。

题注：

本文最初发表于上海《北斗》月刊第二卷第二期（1932 年 5 月 20 日）。收入《南腔北调集》。本文系鲁迅读林克多《苏联闻见录》后的第二篇感想。1930 年，苏联“实业党”被破获，主要首领拉姆仁等被判刑。乌曼斯基是当时苏联外交人民委员会新闻司司长，所著《俄国的新艺术，1914—1919》，鲁迅于 1929 年 11 月 29 日托人从德国购来，系 1920 年波茨坦基彭霍伊尔出版社和慕尼黑戈茨出版社出版的德文本。鲁迅文中所说帝国主义在第一次世界大战时欺骗中国许多苦工去替他们死，指当时英、法两国先后招募华工 15 万人前往法国前线从事军中苦役，在战争中伤亡极大。

听说梦

做梦，是自由的，说梦，就不自由。做梦，是做真梦的，说梦，就难免说谎。

大年初一，就得到一本《东方杂志》新年特大号，临末有“新年的梦想”，问的是“梦想中的未来中国”和“个人生活”，答的有一百四十多人。记者的苦心，我是明白的，想必以为言论不自由，不如来说梦，而且与其说所谓真话之假，不如来谈谈梦话之真，我高兴的翻了一下，知道记者先生却大大的失败了。

当我还未得到这本特大号之前，就遇到过一位投稿者，他比我先看见印本，自说他的答案已被资本家删改了，他所说的梦其实并不如此。这可见资本家虽然还没法禁止人们做梦，而说了出来，倘为权力所及，却要干涉的，决不给你自由。这一点，已是记者的大失败。

但我们且不去管这改梦案子，只来看写着的梦境罢，诚如记者所说，来答复的几乎全部是智识分子。首先，是谁也觉得生活不安定，其次，是许多人梦想着将来的好社会，“各尽所能”呀，“大同世界”呀，很有些“越轨”气息了（末三句是我添的，记者并没有说）。

但他后来就有点“痴”起来，他不知从那里拾来了一种学说，将一百多个梦分为两大类，说那些梦想好社会的都是“载道”之梦，是“异端”，正宗的梦应该是“言志”的，硬把“志”弄成一个空洞无物的东西。然而，孔子曰，“盍各言尔志”，而终于赞成曾点者，就因为其“志”合于孔子之“道”的缘故也。

其实是记者的所以为“载道”的梦，那里面少得很。文章是醒着的时候写的，问题又近于“心理测验”，遂致对答者不能不做出各各适宜于目下自己的职业，地位，身分的梦来（已被删改者自然不在此例），即使看去好像怎样“载道”，但为将来的好社会“宣传”的意思，是没有的。所以，虽然梦“大家有饭吃”者有人，梦“无阶级社会”者有人，梦“大同世界”者有人，而很少有人梦见建设这样社会以前的阶级斗争，白色恐怖，轰炸，虐杀，鼻子里灌辣椒水，电刑……倘不梦见这些，好社会是不会来的，无论怎么写得光明，终究是一个梦，空头的梦，说了出来，也无非教人都进这空头的梦境里面去。

然而要实现这“梦”境的人们是有的，他们不是说，而是做，梦着将来，而致力于达到这一种将来的现在。因为有这事实，这才使许多智识分子不能不说好像“载道”的梦，但其实并非“载道”，乃是给“道”载了一下，倘要简洁，应该说是“道载”的。

为什么会给“道载”呢？曰：为目前和将来的吃饭问题而已。

我们还受着旧思想的束缚，一说到吃，就觉得近乎鄙俗。但我是毫没有轻视对答者诸公的意思的。《东方杂志》记者在《读后感》里，也曾引佛洛伊特的意见，以为“正宗”的梦，是“表现各人的心底的秘密而不带着社会作用的”。但佛洛伊特以被压抑为梦的根柢——人为什么被压抑的呢？这就和社会制度，习惯之类连结了起来，单是做梦不打紧，一说，一问，一分析，可就不妥当了。记者没有想到这一层，于是就一头撞在资本家的朱笔上。但引“压抑说”来释梦，我想，大家必已经不以为忤了罢。

不过，佛洛伊特恐怕是有几文钱，吃得饱饱的罢，所以没有感到吃饭之难，只注意于性欲。有许多人正和他在同一境遇上，就也轰然的拍起手来。诚然，他也告诉过我们，女儿多爱父亲，儿子多爱母亲，即因为异性的缘故。然而婴孩出生不多久，无论男女，就尖起嘴唇，将头转来转去。莫非它想和异性接吻么？不，谁都知道：是要吃东西！

食欲的根柢，实在比性欲还要深，在目下开口爱人，闭口情书，并不以为肉麻的时候，我们也大可以不必讳言要吃饭。因为是醒着做的梦，所以不免有些不真，因为题目究竟是“梦想”，而且如记者先生所说，我们是“物质的需要远过于精神的追求”了，所以乘着Censors（也引用佛洛伊特语）的监护好像解除了之际，便公开了一部分。其实也是在“梦中贴标语，喊口号”，不过不是积极的罢了，而且有些也许倒和表面的“标语”正相反。

时代是这么变化，饭碗是这样艰难，想想现在和将来，有些人也只能如此说梦，同是小资产阶级（虽然也有人定我为“封建余孽”或“土著资产阶级”，但我自己姑且定为属于这阶级），很能够彼此心照，然而也无须秘而不宣的。

至于另有些梦为隐士，梦为渔樵，和本相全不相同的名人，其实也只是豫感饭碗之脆，而却想将吃饭范围扩大起来，从朝廷而至园林，由洋场及于山泽，比上面说过的那些志向要大得远，不过这里不来多说了。

一月一日。

题注：

本文最初发表于北平《文学杂志》第一号（1933 年 4 月 15 日）。收入《南腔北调集》。1933 年 1 月 1 日《东方杂志 》第三十卷第一期（新年特大号）出版，卷末特辟“新年的梦想”专栏，又刊登“记者”的《读后感》，其中说：“近来有些批评家把文学分为‘载道’的文学和‘言志’的文学这两类。我们的‘梦’也可以同样的方法来分类：就是‘载道’的梦和‘言志’的梦。”又说：“‘载道’的梦只是‘异端’，而‘言志’的梦才是梦的‘正宗’，因为我们相信‘梦’是个人的，而不是社会的。依据佛洛伊特的解释，梦只是白天受遏抑的意识，于睡眠，解放出来。……只有个人的梦，表现个人心底的秘密而不带着社会作用的，那才是正宗的梦。”这里所说的“近来有些文学家”指周作人，他在《中国新文学的源流》一书中，把中国文学分为“载道文学”和“言志文学”两大派别。在“说梦”的人们中不乏当时的名流。如铁道部次长曾仲鸣说，“何处是修竹、吾庐三径”，中国银行副总裁俞寰澄说,“我只想做一个略具知识的自耕农，我最酷爱田园生活”等等。

论“赴难”和“逃难”

——寄《涛声》编辑的一封信

编辑先生：

我常常看《涛声》，也常常叫“快哉！”但这回见了周木斋先生那篇《骂人与自骂》，其中说北平的大学生“即使不能赴难，最低最低的限度也应不逃难”，而致慨于五四运动时代式锋芒之销尽，却使我如骨鲠在喉，不能不说几句话。因为我是和周先生的主张正相反，以为“倘不能赴难，就应该逃难”，属于“逃难党”的。

周先生在文章的末尾，“疑心是北京改为北平的应验”，我想，一半是对的。那时的北京，还挂着“共和”的假面，学生嚷嚷还不妨事；那时的执政，是昨天上海市十八团体为他开了“上海各界欢迎段公芝老大会”的段祺瑞先生，他虽然是武人，却还没有看过《莫索理尼传》。然而，你瞧，来了呀。有一回，对着请愿的学生毕毕剥剥的开枪了，兵们最爱瞄准的是女学生，这用精神分析学来解释，是说得过去的，尤其是剪发的女学生，这用整顿风俗的学说来解说，也是说得过去的。总之是死了一些“莘莘学子”。然而还可以开追悼会；还可以游行过执政府之门，大叫“打倒段祺瑞”。为什么呢？因为这时又还挂着“共和”的假面。然而，你瞧，又来了呀。现为党国大教授的陈源先生，在《现代评论》上哀悼死掉的学生，说可惜他们为几个卢布送了性命；《语丝》反对了几句，现为党国要人的唐有壬先生在《晶报》上发表一封信，说这些言动是受墨斯科的命令的。这实在已经有了北平气味了。

后来，北伐成功了，北京属于党国，学生们就都到了进研究室的时代，五四式是不对了。为什么呢？因为这是很容易为"反动派"所利用的。为了矫正这种坏脾气，我们的政府，军人，学者，文豪，警察，侦探，实在费了不少的苦心。用诰谕，用刀枪，用书报，用煅炼，用逮捕，用拷问，直到去年请愿之徒，死的都是"自行失足落水"，连追悼会也不开的时候为止，这才显出了新教育的效果。

倘使日本人不再攻榆关，我想，天下是太平了的，"必先安内而后可以攘外"。但可恨的是外患来得太快一点，太繁一点，日本人太不为中国诸公设想之故也，而且也因此引起了周先生的责难。

看周先生的主张，似乎最好是"赴难"。不过，这是难的。倘使早先有了组织，经过训练，前线的军人力战之后，人员缺少了，副司令下令召集，那自然应该去的。无奈据去年的事实，则连火车也不能白坐，而况平日所学的又是债权论，土耳其文学史，最小公倍数之类。去打日本，一定打不过的。大学生们曾经和中国的兵警打过架，但是"自行失足落水"了，现在中国的兵警尚且不抵抗，大学生能抵抗么？我们虽然也看见过许多慷慨激昂的诗，什么用死尸堵住敌人的炮口呀，用热血胶住倭奴的刀枪呀，但是，先生，这是"诗"呵！事实并不这样的，死得比蚂蚁还不如，炮口也堵不住，刀枪也胶不住。孔子曰："以不教民战，是谓弃之。"我并不全拜服孔老夫子，不过觉得这话是对的，我也正是反对大学生"赴难"的一个。

那么，"不逃难"怎样呢？我也是完全反对。自然，现在是"敌人未到”的，但假使一到，大学生们将赤手空拳，骂贼而死呢，还是躲在屋里，以图幸免呢？我想，还是前一着堂皇些，将来也可以有一本烈士传。不过于大局依然无补，无论是一个或十万个，至多，也只能又向“国联”报告一声罢了。去年十九路军的某某英雄怎样杀敌，大家说得眉飞色舞，因此忘却了全线退出一百里的大事情，可是中国其实还是输了的。而况大学生们连武器也没有。现在中国的新闻上大登“满洲国”的虐政，说是不准私藏军器，但我们大中华民国人民来藏一件护身的东西试试看，也会家破人亡，——先生，这是很容易“为反动派所利用”的呵。

施以狮虎式的教育，他们就能用爪牙，施以牛羊式的教育，他们到万分危急时还会用一对可怜的角。然而我们所施的是什么式的教育呢，连小小的角也不能有，则大难临头，惟有兔子似的逃跑而已。自然，就是逃也不见得安稳，谁都说不出那里是安稳之处来，因为到处繁殖了猎狗，诗曰：“趯趯毚兔，遇犬获之”，此之谓也。然则三十六计，固仍以“走”为上计耳。

总之，我的意见是：我们不可看得大学生太高，也不可责备他们太重，中国是不能专靠大学生的；大学生逃了之后，却应该想想此后怎样才可以不至于单是逃，脱出诗境，踏上实地去。

但不知先生以为何如？能给在《涛声》上发表，以备一说否？谨听裁择，并请
文安。

罗怃顿首。一月二十八夜。

再：顷闻十来天之前，北平有学生五十多人因开会被捕，可见不逃的还有，然而罪名是“借口抗日，意图反动”，又可见虽

“敌人未到”，也大以“逃难”为是也。

二十九日补记。

题注：

本文最初以《三十六计，走为上计》为题发表于上海《涛声》周刊第二卷第五期（1933年2月11日）。署名罗怃。收入《南腔北调集》。1933年1月21日《涛声》第二卷第四期发表周木斋的杂文《骂人与自骂》，批评北平的大学生对抗战的态度：“最近日军侵占榆关，北平的大学生竟至要求提前放假，所愿未遂，于是纷纷自动离校。敌人未到，闻风远逸，这是绝顶离奇的了。……即使不能赴难，最低最低的限度也不应逃难。”并说：“写到这里，陡然的想起五四时期北京学生的锋芒，转眼之间，学风民气，两俱丕变，我要疑心是‘北京’改为‘北平’的应验了。”鲁迅由此产生感想并写了本文。文中所说的五四时代学生的锋芒指有“火烧赵家楼”等举动。1926年段祺瑞执政府在“三一八”中枪杀学生，北京学生为此举行追悼大会，并到执政府门前游行示威。当时陈源在《现代评论》发表《闲话》一文，诬蔑学生是被人利用，自蹈死地，并指“宣传赤化”的人为“直接或间接用苏俄金钱”。《语丝》第七十六期揭露《现代评论》得到段祺瑞政府津贴，“现代评论派”成员唐有壬（后为国民政府外交部次长）5月18日致信上海《晶报》辩解，并说：“《现代评论》被收买的消息，起源于俄国莫斯科。”“九一八”事变后，各地学生到南京政府前请愿，抗议“不抵抗主义”，与军警发生冲突，后死伤学生又被诬为“自行失足落水”。可参看鲁迅《学生与玉佛》。

学生和玉佛

一月二十八日《申报》号外载二十七日北平专电曰："故宫古物即起运，北宁平汉两路已奉令备车，团城白玉佛亦将南运。"

二十九日号外又载二十八日中央社电传教育部电平各大学，略曰："据各报载榆关告紧之际，北平各大学中颇有逃考及提前放假等情，均经调查确实。查大学生为国民中坚份子，讵容妄自惊扰，败坏校规，学校当局迄无呈报，迹近宽纵，亦属非是。仰该校等迅将学生逃考及提前放假情形，详报核办，并将下学期上课日期，并报为要。"

三十日，"堕落文人"周动轩先生见之，有诗叹曰：

寂寞空城在，仓皇古董迁，
头儿夸大口，面子靠中坚。
惊扰讵云妄？奔逃只自怜：
所嗟非玉佛，不值一文钱。

题注：

本文最初发表于上海《论语》第十一期（1933 年 2 月 16 日），署名动轩。收入《南腔北调集》。本文系因《申报》的两条消息有感而发。这两条消息都与学生的“逃难”有关：因日军逼近榆关，政府安排古物南迁，而学生逃难却不被允许。“堕落文人”是国民党浙江省党部呈请政府通缉鲁迅时加给鲁迅的罪名。笔名“动轩”是针对周木斋的。

电的利弊

日本幕府时代，曾大杀基督教徒，刑罚很凶，但不准发表，世无知者。到近几年，乃出版当时的文献不少。曾见《切利支丹殉教记》，其中记有拷问教徒的情形，或牵到温泉旁边，用热汤浇身；或周围生火，慢慢的烤炙，这本是“火刑”，但主管者却将火移远，改死刑为虐杀了。

中国还有更残酷的。唐人说部中曾有记载，一县官拷问犯人，四周用火遥焙，口渴，就给他喝酱醋，这是比日本更进一步的办法。现在官厅拷问嫌疑犯，有用辣椒煎汁灌入鼻孔去的，似乎就是唐朝遗下的方法，或则是古今英雄，所见略同。曾见一个囚在反省院里的青年的信，说先前身受此刑，苦痛不堪，辣汁流入肺脏和心，已成不治之症，即释放亦不免于死云云。此人是陆军学生，不明内脏构造，其实倒挂灌鼻，可以由气管流入肺中，引起致死之病，却不能进入心中，大约当时因在苦楚中，知觉瞀乱，遂疑为已到心脏了。

但现在之所谓文明人所造的刑具，惨酷又超出于此种方法万万。上海有电刑，一上，即遍身痛楚欲裂，遂昏去，少顷又醒，则又受刑。闻曾有连受七八次者，即幸而免死，亦从此牙齿皆摇动，神经亦变钝，不能复原。前年纪念爱迪生，许多人赞颂电报电话之有利于人，却没有想到同是一电，而有人得到这样的大害，福人用电气疗病，美容，而被压迫者却以此受苦，丧命也。

外国用火药制造子弹御敌，中国却用它做爆竹敬神；外国用罗盘针航海，中国却用它看风水；外国用鸦片医病，中国却拿来当饭吃。同是一种东西，而中外用法之不同有如此，盖不但电气而已。

一月三十一日。

题注：

本篇最初发表于1933年2月16日《申报·自由谈》，署名何家干。收入《伪自由书》。1185—1867年是日本幕府统治时期，当时掌管日本独裁大权的征夷大将军的官署称幕府，故谓幕府政治。1603—1867年是江户幕府时代，幕府统治者为维持他们在日本的专制统治，严禁基督教的传播，残酷迫害基督教徒。日本作家松崎实撰写的《切利支丹殉教记》于1922年出版。书中记述了16世纪以来基督教在日本的传播过程，以及日本江户幕府对基督教徒的迫害和屠杀情况。来俊臣，雍州万年（今西安）人，唐朝武则天时期的酷吏。历任侍御史、左御史中丞，因告密深得武则天的信任。来俊臣与党羽共撰《罗织经》，作为告密的典范。他捏造罪名，大兴冤 狱，每审讯囚犯，不论轻重，多以醋灌鼻，或将囚犯置于瓮内，用火环绕烧炙，或用铁圈束头部再加楔，以至脑裂髓出，种种酷刑，备极苦毒。

航空救国三愿

现在各色人们大喊着各种的救国，好像大家突然爱国了似的。其实不然，本来就是这样，在这样地救国的，不过现在喊了出来罢了。

所以银行家说贮蓄救国，卖稿子的说文学救国，画画儿的说艺术救国，爱跳舞的说寓救国于娱乐之中，还有，据烟草公司说，则就是吸吸马占山将军牌香烟，也未始非救国之一道云。

这各种救国，是像先前原已实行过来一样，此后也要实行下去的，决不至于五分钟。

只有航空救国较为别致，是应该刮目相看的，那将来也很难预测，原因是在主张的人们自己大抵不是飞行家。

那么，我们不妨预先说出一点愿望来。

看过去年此时的上海报的人们恐怕还记得，苏州不是有一队飞机来打仗的么？后来别的都在中途“迷失”了，只剩下领队的洋烈士的那一架，双拳不敌四手，终于给日本飞机打落，累得他母亲从美洲路远迢迢的跑来，痛哭一场，带了几个花圈而去。听说广州也有一队出发的，闺秀们还将诗词绣在小衫上，赠战士以壮行色。然而，可惜得很，好像至今还没有到。

所以我们应该在防空队尚未成立之前，陈明两种愿望——

一，路要认清；

二，飞得快些。

还有更要紧的一层，是我们正由“不抵抗”以至“长期抵抗”而入于“心理抵抗”的时候，实际上恐怕一时未必和外国打仗，那时战士技痒了，而又苦于英雄无用武之地，不知道会不会炸弹倒落到手无寸铁的人民头上来的？

所以还得战战兢兢的陈明一种愿望，是——

三，莫杀人民！

二月三日。

题注：

本篇最初发表于1933年2月5日《申报·自由谈》，署名何家干。收入《伪自由书》。1933年1月，国民政府先后通过“发行航空公路建设奖券及奖券条例”“举办航空救国飞机捐”等决议，组织中华航空救国会（后改名为中国航空协会），打出“航空救国”的旗号。1月23—28日又举办“航空救国宣传周”，宣称要“集合全国民众力量，辅助政府，努力航空事业”。稍后，成立了代理行政院长宋子文等组成的“全国航空建设会”，在全国发行航空奖券，强行募捐。“一·二八”事变爆发后，由于民众希望空军能出击助战，国民政府就几次在报上假造飞机出击的消息，欺骗民众。1932年2月，上海盖尔公司职员、美国人肖特为国民党航空署试验新购飞机性能，由上海驾机飞往南京，在苏州上空遇到日机，被击落身亡。官方通讯社和报纸趁机编造“空战”消息，大肆宣传。

为了忘却的记念

一

我早已想写一点文字，来记念几个青年的作家。这并非为了别的，只因为两年以来，悲愤总时时来袭击我的心，至今没有停止，我很想借此算是竦身一摇，将悲哀摆脱，给自己轻松一下，照直说，就是我倒要将他们忘却了。

两年前的此时，即一九三一年的二月七日夜或八日晨，是我们的五个青年作家同时遇害的时候。当时上海的报章都不敢载这件事，或者也许是不愿，或不屑载这件事，只在《文艺新闻》上有一点隐约其辞的文章。那第十一期（五月二十五日）里，有一篇林莽先生作的《白莽印象记》，中间说：

> “他做了好些诗，又译过匈牙利诗人彼得斐的几首诗，当时的《奔流》的编辑者鲁迅接到了他的投稿，便来信要和他会面，但他却是不愿见名人的人，结果是鲁迅自己跑来找他，竭力鼓励他作文学的工作，但他终于不能坐在亭子间里写，又去跑他的路

了。不久，他又一次的被了捕。……”

这里所说的我们的事情其实是不确的。白莽并没有这么高慢，他曾经到过我的寓所来，但也不是因为我要求和他会面；我也没有这么高慢，对于一位素不相识的投稿者，会轻率的写信去叫他。我们相见的原因很平常，那时他所投的是从德文译出的《彼得斐传》，我就发信去讨原文，原文是载在诗集前面的，邮寄不便，他就亲自送来了。看去是一个二十多岁的青年，面貌很端正，颜色是黑黑的，当时的谈话我已经忘却，只记得他自说姓徐，象山人；我问他为什么代你收信的女士是这么一个怪名字（怎么怪法，现在也忘却了），他说她就喜欢起得这么怪，罗曼谛克，自己也有些和她不大对劲了。就只剩了这一点。

夜里，我将译文和原文粗粗的对了一遍，知道除几处误译之外，还有一个故意的曲译。他像是不喜欢“国民诗人”这个字的，都改成“民众诗人”了。第二天又接到他一封来信，说很悔和我相见，他的话多，我的话少，又冷，好像受了一种威压似的。我便写一封回信去解释，说初次相会，说话不多，也是人之常情，并且告诉他不应该由自己的爱憎，将原文改变。因为他的原书留在我这里了，就将我所藏的两本集子送给他，问他可能再译几首诗，以供读者的参看。他果然译了几首，自己拿来了，我们就谈得比第一回多一些。这传和诗，后来就都登在《奔流》第二卷第五本，即最末的一本里。

我们第三次相见，我记得是在一个热天。有人打门了，我去开门时，来的就是白莽，却穿着一件厚棉袍，汗流满面，彼此都不禁失笑。这时他才告诉我他是一个革命者，刚由被捕而释出，衣服和书籍全被没收了，连我送他的那两本；身上的袍子是从朋友那里借来的，没有夹衫，而必须穿长衣，所以只好这么出汗。我想，这大约就是林莽先生说的“又一次的被了捕”的那一次了。

我很欣幸他的得释，就赶紧付给稿费，使他可以买一件夹衫，但一面又很为我的那两本书痛惜：落在捕房的手里，真是明珠投暗了。那两本书，原是极平常的，一本散文，一本诗集，据德文译者说，这是他搜集起来的，虽在匈牙利本国，也还没有这么完全的本子，然而印在《莱克朗氏万有文库》（Reclam's Universal-Bibliothek）中，倘在德国，就随处可得，也值不到一元钱。不过在我是一种宝贝，因为这是三十年前，正当我热爱彼得斐的时候，特地托丸善书店从德国去买来的，那时还恐怕因为书极便宜，店员不肯经手，开口时非常惴惴。后来大抵带在身边，只是情随事迁，已没有翻译的意思了，这回便决计送给这也如我的那时一样，热爱彼得斐的诗的青年，算是给它寻得了一个好着落。所以还郑重其事，托柔石亲自送去的。谁料竟会落在“三道头”之类的手里的呢，这岂不冤枉！

二

我的决不邀投稿者相见，其实也并不完全因为谦虚，其中含着省事的分子也不少。由于历来的经验，我知道青年们，尤其是文学青年们，十之九是感觉很敏，自尊心也很旺盛的，一不小心，极容易得到误解，所以倒是故意回避的时候多。见面尚且怕，更不必说敢有托付了。但那时我在上海，也有一个惟一的不但敢于随便谈笑，而且还敢于托他办点私事的人，那就是送书去给白莽的柔石。

我和柔石最初的相见，不知道是何时，在那里。他仿佛说过，曾在北京听过我的讲义，那么，当在八九年之前了。我也忘记了在上海怎么来往起来，总之，他那时住在景云里，离我的寓所不过四五家门面，不知怎么一来，就来往起来了。大约最初的一回他就告诉我是姓赵，名平复。但他又曾谈起他家乡的豪绅的气焰之盛，说是有一个绅士，以为他的名字好，要给儿子用，叫他不要用这名字了。所以我疑心他的原名是“平福”，平稳而有福，才正中乡绅的意，对于“复”字却未必有这么热心。他的家乡，是台州的宁海，这只要一看他那台州式的硬气就知道，而且颇有点迂，有时会令我忽而想到方孝孺，觉得好像也有些这模样的。

他躲在寓里弄文学，也创作，也翻译，我们往来了许多日，说得投合起来了，于是另外约定了几个同意的青年，设立朝华社。目的是在绍介东欧和北欧的文学，输入外国的版画，因为我们都以为应该来扶植一点刚健质朴的文艺。接着就印《朝花旬刊》，印《近代世界短篇小说集》，印《艺苑朝华》，算都在循着这条线，只有其中的一本《蕗谷虹儿画选》，是为了扫荡上海滩上的“艺术家”，即戳穿叶灵凤这纸老虎而印的。

然而柔石自己没有钱，他借了二百多块钱来做印本。除买纸之外，大部分的稿子和杂务都是归他做，如跑印刷局，制图，校字之类。可是往往不如意，说起来皱着眉头。看他旧作品，都很有悲观的气息，但实际上并不然，他相信人们是好的。我有时谈到人会怎样的骗人，怎样的卖友，怎样的吮血，他就前额亮晶晶的，惊疑地圆睁了近视的眼睛，抗议道，“会这样的么？——不至于此罢？……”

不过朝花社不久就倒闭了，我也不想说清其中的原因，总之是柔石的理想的头，先碰了一个大钉子，力气固然白化，此外还得去借一百块钱来付纸账。后来他对于我那“人心惟危”说的怀疑减少了，有时也叹息道，“真会这样的么？……”但是，他仍然相信人们是好的。

他于是一面将自己所应得的朝花社的残书送到明日书店和光华书局去，希望还能够收回几文钱，一面就拚命的译书，准备还借款，这就是卖给商务印书馆的《丹麦短篇小说集》和戈理基作的长篇小说《阿尔泰莫诺夫之事业》。但我想，这些译稿，也许去年已被兵火烧掉了。

他的迂渐渐的改变起来，终于也敢和女性的同乡或朋友一同去走路了，但那距离，却至少总有三四尺的。这方法很不好，有时我在路上遇见他，只要在相距三四尺前后或左右有一个年青漂亮的女人，我便会疑心就是他的朋友。但他和我一同走路的时候，可就走得近了，简直是扶住我，因为怕我被汽车或电车撞死；我这面也为他近视而又要照顾别人担心，大家都仓皇失措的愁一路，所以倘不是万不得已，我是不大和他一同出去的，我实在看得他吃力，因而自己也吃力。

无论从旧道德，从新道德，只要是损己利人的，他就挑选上，自己背起来。

他终于决定地改变了，有一回，曾经明白的告诉我，此后应该转换作品的内容和形式。我说：这怕难罢，譬如使惯了刀的，这回要他耍棍，怎么能行呢？他简洁的答道：只要学起来！

他说的并不是空话，真也在从新学起来了，其时他曾经带了一个朋友来访我，那就是冯铿女士。谈了一些天，我对于她终于很隔膜，我疑心她有点罗曼谛克，急于事功；我又疑心柔石的近来要做大部的小说，是发源于她的主张的。但我又疑心我自己，也许是柔石的先前的斩钉截铁的回答，正中了我那其实是偷懒的主张的伤疤，所以不自觉地迁怒到她身上去了。——我其实也并不比我所怕见的神经过敏而自尊的文学青年高明。

她的体质是弱的，也并不美丽。

三

直到左翼作家联盟成立之后，我才知道我所认识的白莽，就是在《拓荒者》上做诗的殷夫。有一次大会时，我便带了一本德译的，一个美国的新闻记者所做的中国游记去送他，这不过以为他可以由此练习德文，另外并无深意。然而他没有来。我只得又托了柔石。

但不久，他们竟一同被捕，我的那一本书，又被没收，落在“三道头”之类的手里了。

四

明日书店要出一种期刊，请柔石去做编辑，他答应了；书店还想印我的译著，托他来问版税的办法，我便将我和北新书局所订的合同，抄了一份交给他，他向衣袋里一塞，匆匆的走了。其时是一九三一年一月十六日的夜间，而不料这一去，竟就是我和他相见的末一回，竟就是我们的永诀。

第二天，他就在一个会场上被捕了，衣袋里还藏着我那印书的合同，听说官厅因此正在找寻我。印书的合同，是明明白白的，但我不愿意到那些不明不白的地方去辩解。记得《说岳全传》里讲过一个高僧，当追捕的差役刚到寺门之前，他就“坐化”了，还留下什么“何立从东来，我向西方走”的偈子。这是奴隶所幻想的脱离苦海的惟一的好方法，“剑侠”盼不到，最自在的惟此而已。我不是高僧，没有涅槃的自由，却还有生之留恋，我于是就逃走。

这一夜，我烧掉了朋友们的旧信札，就和女人抱着孩子走在一个客栈里。不几天，即听得外面纷纷传我被捕，或是被杀了，柔石的消息却很少。有的说，他曾经被巡捕带到明日书店里，问是否是编辑；有的说，他曾经被巡捕带往北新书局去，问是否是柔石，手上上了铐，可见案情是重的。但怎样的案情，却谁也不明白。

他在囚系中，我见过两次他写给同乡的信，第一回是这样的——

"我与三十五位同犯（七个女的）于昨日到龙华。并于昨夜上了镣，开政治犯从未上镣之纪录。此案累及太大，我一时恐难出狱，书店事望兄为我代办之。现亦好，且跟殷夫兄学德文，此事可告周先生；望周先生勿念，我等未受刑。捕房和公安局，几次问周先生地址，但我那里知道。请望勿念。祝好！

赵少雄 一月二十四日。"

以上正面。

"洋铁饭碗，要二三只
如不能见面，可将东西
望转交赵少雄"

以上背面。

他的心情并未改变，想学德文，更加努力；也仍在记念我，像在马路上行走时候一般。但他信里有些话是错误的，政治犯而上镣，并非从他们开始，但他向来看得官场还太高，以为文明至今，到他们才开始了严酷。其实是不然的。果然，第二封信就很不同，措词非常惨苦，且说冯女士的面目都浮肿了，可惜我没有抄下这封信。其时传说也更加纷繁，说他可以赎出的也有，说他已经解往南京的也有，毫无确信；而用函电来探问我的消息的也多起来，连母亲在北京也急得生病了，我只得一一发信去更正，这样的大约有二十天。

天气愈冷了，我不知道柔石在那里有被褥不？我们是有的。洋铁碗可曾收到了没有？……但忽然得到一个可靠的消息，说柔石和其他二十三人，已于二月七日夜或八日晨，在龙华警备司令部被枪毙了，他的身上中了十弹。

原来如此！……

在一个深夜里，我站在客栈的院子中，周围是堆着的破烂的什物；人们都睡觉了，连我的女人和孩子。我沉重的感到我失掉了很好的朋友，中国失掉了很好的青年，我在悲愤中沉静下去了，然而积习却从沉静中抬起头来，凑成了这样的几句：

惯于长夜过春时，挈妇将雏鬓有丝。
梦里依稀慈母泪，城头变幻大王旗。
忍看朋辈成新鬼，怒向刀丛觅小诗。
吟罢低眉无写处，月光如水照缁衣。

但末二句，后来不确了，我终于将这写给了一个日本的歌人。

可是在中国，那时是确无写处的，禁锢得比罐头还严密。我记得柔石在年底曾回故乡，住了好些时，到上海后很受朋友的责备。他悲愤的对我说，他的母亲双眼已经失明了，要他多住几天，他怎么能够就走呢？我知道这失明的母亲的眷眷的心，柔石的拳拳的心。当《北斗》创刊时，我就想写一点关于柔石的文章，然而不能够，只得选了一幅珂勒惠支（Kthe Kollwitz）夫人的木刻，名曰《牺牲》，是一个母亲悲哀地献出她的儿子去的，算是只有我一个人心里知道的柔石的记念。

同时被难的四个青年文学家之中，李伟森我没有会见过，胡也频在上海也只见过一次面，谈了几句天。较熟的要算白莽，即殷夫了，他曾经和我通过信，投过稿，但现在寻起来，一无所得，想必是十七那夜统统烧掉了，那时我还没有知道被捕的也有白莽。然而那本《彼得斐诗集》却在的，翻了一遍，也没有什么，只在一首《Wahlspruch》（格言）的旁边，有钢笔写的四行译文道：

“生命诚宝贵，
　爱情价更高；
若为自由故，
　二者皆可抛！”

又在第二页上，写着“徐培根”三个字，我疑心这是他的真姓名。

五

前年的今日，我避在客栈里，他们却是走向刑场了；去年的今日，我在炮声中逃在英租界，他们则早已埋在不知那里的地下了；今年的今日，我才坐在旧寓里，人们都睡觉了，连我的女人和孩子。我又沉重的感到我失掉了很好的朋友，中国失掉了很好的青年，我在悲愤中沉静下去了，不料积习又从沉静中抬起头来，写下了以上那些字。

要写下去，在中国的现在，还是没有写处的。年青时读向子期《思旧赋》，很怪他为什么只有寥寥的几行，刚开头却又煞了尾。然而，现在我懂得了。

不是年青的为年老的写记念，而在这三十年中，却使我目睹许多青年的血，层层淤积起来，将我埋得不能呼吸，我只能用这样的笔墨，写几句文章，算是从泥土中挖一个小孔，自己延口残喘，这是怎样的世界呢。夜正长，路也正长，我不如忘却，不说的好罢。但我知道，即使不是我，将来总会有记起他们，再说他们的时候的。……

二月七——八日。

题注：

本文最初发表于上海《现代》第二卷第六期（1933年4月1日）。收入《南腔北调集》。写作动因是1931年2月7日柔石、殷夫、胡也频、李伟森、冯铿等“左联”5位青年作家被国民党当局秘密捕杀，之后由于白色恐怖严重，无法发表纪念文章，至写作本文时，正是两周年。柔石等被害后，首先披露消息的是上海《文艺新闻》周刊。该刊在第三号（1933年3月30日）以读者来信的形式发表《在地狱或人世的作家？》，就是本文中所说的“隐约其辞的文章”。林莽即楼适夷，他的《白莽印象记》所说的白莽投给鲁迅的稿件，是白莽所翻译的奥地利德涅尔斯的《彼得斐（裴多菲）行状》，后由鲁迅发表在《奔流》第二卷第五期上。据鲁迅日记记载，白莽1929年6月开始与鲁迅接触，6月16日鲁迅第一次回复他的信，26日寄给他自己珍藏30多年的两本裴多菲诗文集，7月4日借钱20元给他，8月18日“付以稿费廿”，9月21日“付以泉（钱）五十，作为稿费”等。柔石等于1月17日被捕后，鲁迅于20日携家眷避难于黄陆路花园庄旅馆，2月28日回寓。柔石在狱中曾托送饭人带信给同乡王育和，又由王转给周建人再转给鲁迅。信中暗示他没有说出鲁迅的住址。上海《社会日报》于1月20日刊载署名“密探”的《惊人的重要新闻：鲁迅被捕》。1月21日《申报》报道，国民党上海淞沪警备司令部在19、20日两天搜查了福州路一带的华通、乐群、北新、群众四家书店。1月21日天津《益世报》载：“鲁迅被捕？”25日又报道，“鲁迅……曾受刑讯”。谣言甚至传播到了日本。这使鲁迅的亲友十分着急，纷纷来信问讯，鲁迅在半个多月里一直在写信辟谣。

战略关系

首都《救国日报》上有句名言：

"浸使为战略关系，须暂时放弃北平，以便引敌深入……应严厉责成张学良，以武力制止反对运动，虽流血亦所不辞。"（见《上海日报》二月九日转载。）

虽流血亦所不辞！勇敢哉战略大家也！

血的确流过不少，正在流的更不少，将要流的还不知道有多多少少。这都是反对运动者的血。为着什么？为着战略关系。

战略家在去年上海打仗的时候，曾经说："为战略关系，退守第二道防线"，这样就退兵；过了两天又说，为战略关系，"如日军不向我军射击，则我军不得开枪，着士兵一体遵照"，这样就停战。此后，"第二道防线"消失，上海和议开始，谈判，签字，完结。那时候，大概为着战略关系也曾经见过血；这是军机大事，小民不得而知，——至于亲自流过血的虽然知道，他们又已经没有了舌头。究竟那时候的敌人为什么没有"被诱深入"？

现在我们知道了：那次敌人所以没有“被诱深入”者，决不是当时战略家的手段太不高明，也不是完全由于反对运动者的血流得“太少”，而另外还有个原因：原来英国从中调停——暗地里和日本有了谅解，说是日本呀，你们的军队暂时退出上海，我们英国更进一步来帮你的忙，使满洲国不至于被国联否认，——这就是现在国联的什么什么草案，什么什么委员的态度。这其实是说，你不要在这里深入，——这里是有赃大家分，——你先到北方去深入再说。深入还是要深入，不过地点暂时不同。

因此，“诱敌深入北平”的战略目前就需要了。流血自然又要多流几次。

其实，现在一切准备停当，行都陪都色色俱全，文化古物，和大学生，也已经各自乔迁。无论是黄面孔，白面孔，新大陆，旧大陆的敌人，无论这些敌人要深入到什么地方，都请深入罢。至于怕有什么反对运动，那我们的战略家：“虽流血亦所不辞”！放心，放心。

二月九日。

【备考】:

奇文共赏

周敬侪

大人先生们把“故宫古物”看得和命（当然不是小百姓的命）一般坚决南迁，无非因为“古物”价值不止“连城”，并且容易搬动，容易变钱的原故，这也值得你们大惊小怪，冷嘲热讽！我正这样想着的时候，居然从首都一家报纸上见到赞成“古物南迁”的社论；并且建议“武力制止反对”，“流血在所不辞”，请求政府“保持威信”，“贯彻政策”！这样的宏词高论，我实在不忍使它湮没无闻，因特不辞辛苦，抄录出来，献给大众：

“……北平各团体之反对古物南迁，为有害北平将来之繁荣，此种自私自利完全蔑视国家利益之理由，北平各团体竟敢说出，吾人殊服其厚颜无耻，彼等只为北平之繁荣，必须以数千年古物冒全被敌人劫夺而去之大危险，所见未免太小，使政府为战略关系，须暂时放弃北平，以便引敌深入，聚而歼之，则古物必被敌人劫夺而去，试问将来北平之繁荣何由维持，故不如先行迁移，俟打倒日本，北平安如泰山后，再行迁回，北平各团体自私自利，固可恶可耻，其无远虑，亦可怜也，其反对迁移之又一理由，则谓政府应先顾全土地，此言似是而实非，盖放弃一部分土地供敌人一时之占领，以歼灭敌人，然后再行恢复，古今中外，其例甚多，如一八一二年之役，俄人不但放弃莫斯科，且将莫斯科烧毁，以困拿破仑，欧战时，比利时，塞尔维亚，皆放弃全部领土，供敌人蹂躏，卒将强德击破，盖领土被占，只须不与敌人媾和，签字于割让条约，则敌人固无如该土何，至于故宫古物，若不迁移，设不幸北平被敌人占领，将古物劫夺而去，试问中国将何法以恢复之，行见中国文明结晶，供敌人战利品，可耻孰甚，……最后吾人奉告政府，政府迁移古物之政策，既已决定，则不论遇如何阻碍，应求其贯彻，若一经无见识无远虑之群愚反对，即行中止，政府威信何在，故吾主张严责张学良，使以武力制止反对运动，若不得已，虽流血亦所不辞……”

二月十三日，《申报》《自由谈》。

题注：

本篇最初发表于1933年2月13日《申报·自由谈》，署名何家干。1932年8月在南京创刊的《救国日报》，由龚德柏主办，1949年4月停刊。1933年2月6日发表社论《为迁移故宫古物告政府》。1932年“一·二八”事变发生，驻守上海的十九路军和上海人民一起坚持抗战一个月。当时国民党政府曾发通电：“此次退却，乃战略关系，非战败而退。”某高级军官也发表谈话：“如死守，我必受困……故下令全师而退……以后坚守二道防线。”之后，在英、美、法的参与下，国民政府与日方于1932年5月5日签订了《淞沪停战协定》。1932年12月15日国联十九国委员会特别会议上通过了以李顿为首的5人小组草拟的《关于调解中日争端决议草案》。该草案仅呼吁中日双方“立即停止战争行动”，丝毫没有谴责日本的侵略。1933年1月又据此草案修改为《德鲁蒙新草案》。国联十九国委员会委员、英国外相西门在12月26日国联大会上发言，屡次为日本侵略中国辩解，袒护日本。因爆发“一·二八”战争，国民政府1月30日决定“移驻洛阳办公”。3月5日国民党四届二中全会又通过决议，定洛阳为行都，西安为陪都。

对于战争的祈祷

——读书心得

热河的战争开始了。

三月一日——上海战争的结束的“纪念日”，也快到了。“民族英雄”的肖像一次又一次的印刷着，出卖着；而小兵们的血，伤痕，热烈的心，还要被人糟蹋多少时候？回忆里的炮声和几千里外的炮声，都使得我们带着无可如何的苦笑，去翻开一本无聊的，但是，倒也很有几句“警句”的闲书。这警句是：

> “喂，排长，我们到底上那里去哟？”——其中的一个问。
>
> “走吧。我也不晓得。”
>
> “丢那妈，死光就算了，走什么！”
>
> “不要吵，服从命令！”
>
> “丢那妈的命令！”
>
> 然而丢那妈归丢那妈，命令还是命令，走也当然还是走。四点钟的时候，中山路复归于沉寂，风和叶儿沙沙的响，月亮躲在青灰色的云海里，睡着，依旧不管人类的事。

这样，十九路军就向西退去。

（黄震遐：《大上海的毁灭》。）

什么时候“丢那妈”和“命令”不是这样各归各，那就得救了。

不然呢？还有“警句”可以回答这个问题：

十九路军打，是告诉我们说，除掉空说以外，还有些事好做！

十九路军胜利，只能增加我们苟且，偷安与骄傲的迷梦！

十九路军死，是警告我们活得可怜，无趣！

十九路军失败，才告诉我们非努力，还是做奴隶的好！

（见同书。）

这是警告我们，非革命，则一切战争，命里注定的必然要失败。现在，主战是人人都会的了——这是一二八的十九路军的经验：打是一定要打的，然而切不可打胜，而打死也不好，不多不少刚刚适宜的办法是失败。“民族英雄”对于战争的祈祷是这样的。而战争又的确是他们在指挥着，这指挥权是不肯让给别人的。战争，禁得起主持的人预定着打败仗的计画么？好像戏台上的花脸和白脸打仗，谁输谁赢是早就在后台约定了的。呜呼，我们的“民族英雄”！

二月二十五日。

题注：

本篇最初发表于1933年2月28日《申报·自由谈》，署名何家干。

“民族主义文学家”黄震遐以上海“一·二八”抗战为题材撰写的小说《大上海的毁灭》，其内容是夸张日军武力，宣传失败主义。1932年5月起在上海《大晚报》连载，后由《大晚报》社出版了单行本。上海当时印售的民族英雄肖像，有黑龙江省代主席马占山、十九路军总指挥蒋光鼐、十九路军军长兼副总指挥蔡廷锴等当时抵抗过日军侵略的国民党将领。

闻小林同志之死

日本和中国的大众，本来就是兄弟。资产阶级欺骗大众，用他们的血划了界线，还继续在划着。

但是无产阶级和他们的先驱们，正用血把它洗去。

小林同志之死，就是一个实证。

我们是知道的，我们不会忘记。

我们坚定地沿着小林同志的血路携手前进。

鲁迅

题注：

本篇最初发表于1933年5月1日日本《无产阶级文学》第二卷第四号（愆期出版），原用日文写成。初未收集。日本作家小林多喜二为日本共产党人，任日本无产阶级作家同盟中央委员兼书记长，1933年2月20日被日本当局逮捕并毒打致死。

“光明所到……”

中国监狱里的拷打，是公然的秘密。上月里，民权保障同盟曾经提起了这问题。

但外国人办的《字林西报》就揭载了二月十五日的《北京通信》，详述胡适博士曾经亲自看过几个监狱，“很亲爱的”告诉这位记者，说“据他的慎重调查，实在不能得最轻微的证据，……他们很容易和犯人谈话，有一次胡适博士还能够用英国话和他们会谈。监狱的情形，他（胡适博士——干注）说，是不能满意的，但是，虽然他们很自由的（哦，很自由的——干注）诉说待遇的恶劣侮辱，然而关于严刑拷打，他们却连一点儿暗示也没有。……”

我虽然没有随从这回的“慎重调查”的光荣，但在十年以前，是参观过北京的模范监狱的。虽是模范监狱，而访问犯人，谈话却很不“自由”，中隔一窗，彼此相距约三尺，旁边站一狱卒，时间既有限制，谈话也不准用暗号，更何况外国话。

而这回胡适博士却“能够用英国话和他们会谈”，真是特别之极了。莫非中国的监狱竟已经改良到这地步，“自由”到这地步；还是狱卒给“英国话”吓倒了，以为胡适博士是李顿爵士的同乡，很有来历的缘故呢？

幸而我这回看见了《招商局三大案》上的胡适博士的题辞：

“公开检举，是打倒黑暗政治的唯一武器，光明所到，黑暗自消。”（原无新式标点，这是我僭加的——干注。）

我于是大彻大悟。监狱里是不准用外国话和犯人会谈的，但胡适博士一到，就开了特例，因为他能够“公开检举”，他能够和外国人“很亲爱的”谈话，他就是“光明”，所以“光明”所到，“黑暗”就“自消”了。他于是向外国人“公开检举”了民权保障同盟，“黑暗”倒在这一面。

但不知这位“光明”回府以后，监狱里可从此也永远允许别人用“英国话”和犯人会谈否？

如果不准，那就是“光明一去，黑暗又来”了也。

而这位“光明”又因为大学和庚款委员会的事务忙，不能常跑到“黑暗”里面去，在第二次“慎重调查”监狱之前，犯人们恐怕未必有“很自由的”再说“英国话”的幸福了罢。呜呼，光明只跟着“光明”走，监狱里的光明世界真是暂时得很！

但是，这是怨不了谁的，他们千不该万不该是自己犯了“法”。“好人”就决不至于犯“法”。倘有不信，看这“光明”！

三月十五日。

题注：

本篇最初发表于1933年3月22日《申报·自由谈》，署名何家干。收入《伪自由书》。1932年12月18日由宋庆龄、蔡元培等发起组织的进步团体中国民权保障同盟，总会设在上海，并在上海、北平等地设有分会。该组织积极援助政治犯，争取集会、结社、言论、出版等自由。1933年2月，同盟总干事杨铨等在北平探视了多处监狱、反省院，见到了一些政治犯，并代表中国民权保障同盟揭露国民党当局逮捕、监禁和拷打政治犯的暴行。而作为中国民权保障同盟北平分盟主席的胡适竟在北平向《字林西报》发表谈话，表示他去视察监狱时并未见到酷刑。本文意在讽刺胡适公然为谁都知道的监狱酷刑作粉饰。

王道诗话

"人权论"是从鹦鹉开头的。据说古时候有一只高飞远走的鹦哥儿，偶然又经过自己的山林，看见那里大火，它就用翅膀蘸着些水洒在这山上；人家说它那一点水怎么救得熄这样的大火，它说："我总算在这里住过的，现在不得不尽点儿心。"（事出《栎园书影》，见胡适《人权论集》序所引。）鹦鹉会救火，人权可以粉饰一下反动的统治。这是不会没有报酬的。胡博士到长沙去演讲一次，何将军就送了五千元程仪。价钱不算小，这"叫做"实验主义。

但是，这火怎么救，在"人权论"时期（一九二九——三〇年），还不十分明白，五千元一次的零卖价格做出来之后，就不同了。最近（今年二月二十一日）《字林西报》登载胡博士的谈话说：

> "任何一个政府都应当有保护自己而镇压那些危害自己的运动的权利，固然，政治犯也和其他罪犯一样，应当得着法律的保障和合法的审判……"

这就清楚得多了！这不是在说"政府权"了么？自然，博士的头脑并不简单，他不至于只说：“一只手拿着宝剑，一只手拿着经典！”如什么主义之类。他是说还应当拿着法律。

中国的帮忙文人，总有这一套祖传秘诀，说什么王道，仁政。你看孟夫子多么幽默，他教你离得杀猪的地方远远的，嘴里吃得着肉，心里还保持着不忍人之心，又有了仁义道德的名目。不但骗人，还骗了自己，真所谓心安理得，实惠无穷。

诗曰：

文化班头博士衔，人权抛却说王权，
朝廷自古多屠戮，此理今凭实验传。

人权王道两翻新，为感君恩奏圣明，
虐政何妨援律例，杀人如草不闻声。

先生熟读圣贤书，君子由来道不孤，
千古同心有孟子，也教肉食远庖厨。

能言鹦鹉毒于蛇，滴水微功漫自夸，
好向侯门卖廉耻，五千一掷未为奢。

三月五日。

题注：

本篇最初发表于1933年3月6日《申报·自由谈》，署名干。收入《伪自由书》。本文由瞿秋白执笔，经鲁迅修改，请人抄写后，以鲁迅的笔名发表。1930年2月由上海新月书店出版的《人权论集》，汇集了胡适、罗隆基、梁实秋等在1929年间所写关于人权问题的文章。胡适在序言中引用了明代周栎园著《栎园书影》中“鹦鹉救火”的寓言故事，说：“今日正是大火的时候，我们骨头烧成灰终是中国人，实在不忍袖手旁观。我们明知道小小的翅膀上滴下来的水珠未必能救火，我们不过尽我们的一点微弱的力量，减少良心上的一点谴责而已。”1933年初，胡适应湖南省主席何健的邀请到长沙做演讲，从宣传“人权”转向宣传“王道”。

曲的解放

“词的解放”已经有过专号，词里可以骂娘，还可以“打打麻将”。

曲为什么不能解放，也来混账混账？不过，“曲”一解放，自然要“直”，——后台戏搬到前台——未免有失诗人温柔敦厚之旨，至于平仄不调，声律乖谬，还在其次。

《平津会》杂剧

（生上）：连台好戏不寻常：攘外期间安内忙。只恨热汤滚得快，未敲锣鼓已收场。（唱）：

〔短柱天净纱〕　热汤混账——逃亡！

装腔抵抗——何妨？

（旦上唱）：　模仿中央榜样：

——整装西望，

商量奔向咸阳。

（生）：你你你……低声！你看咱们那汤儿呀，他那里无心串演，我这里有口难分，一出好戏，就此糟糕，好不麻烦人也！

（旦）：那有什么：再来一出“查办”好了。咱们一夫一妇，一正一副，也还够唱的。

（生）：好罢！（唱）：

〔颠倒阳春曲〕　人前指定可憎张，

骂一声，不抵抗！

（旦背人唱）：百忙里算甚糊涂账？

只不过假装腔，

便骂骂又何妨？

（丑携包裹急上）：阿呀呀，哙哙不得了了！

（旦抱丑介）：我儿呀，你这么心慌！你应当在前面多挡这么几挡，让我们好收拾收拾。（唱）：

〔颠倒阳春曲〕　背人搂定可怜汤，

骂一声，枉抵抗。

戏台上露甚慌张相？

只不过理行装，

便等等又何妨？

（丑哭介）：你们倒要理行装！我的行装先就不全了，你瞧。（指包裹介。）

（旦）：我儿快快走扶桑，

（生）：雷厉风行查办忙。

（丑）：如此牺牲还值得，堂堂大汉有风光。（同下。）

三月九日。

题注：

本篇最初发表于1933年3月12日《申报·自由谈》，署名何家干。

收入《伪自由书》。本文由瞿秋白执笔，经鲁迅修改，请人抄写后，以鲁迅的笔名发表。1933 年 2 月 21 日，日伪军 10 万人，分兵三路进攻热河。热河省主席汤玉麟仓皇逃离省会承德，驻热河 20 万军队不战自退，致使热河省全部陷落，因而激起全国人民的强烈愤慨。1933 年 3 月 7 日，国民政府行政院决议将汤玉麟“免职查办”。3 月 8 日，国民党中央又发布命令，说汤玉麟“畏葸弃职，贻误军机，深堪痛恨，着即先行褫职，交行政院监察院会同军事委员会彻查严缉究办，以肃纲纪”。1933 年 2 月曾今可主编的《新时代月刊》出版第四卷第一期“词的解放运动专号”，提倡“解放词”，他发表的《画堂春》词，有“偶然消遣本无妨，打打麻将”“都喝干杯中酒，国家事管他娘”等句子。

迎头经

中国现代圣经——迎头经曰："我们……要迎头赶上去，不要向后跟着。"

传曰：追赶总只有向后跟着，普通是无所谓迎头追赶的。然而圣经决不会错，更不会不通，何况这个年头一切都是反常的呢。所以赶上偏偏说迎头，向后跟着，那就说不行！

现在通行的说法是："日军所至，抵抗随之"，至于收复失地与否，那么，当然"既非军事专家，详细计画，不得而知"。不错呀，"日军所至，抵抗随之"，这不是迎头赶上是什么！日军一到，迎头而"赶"：日军到沈阳，迎头赶上北平；日军到闸北，迎头赶上真茹；日军到山海关，迎头赶上塘沽；日军到承德，迎头赶上古北口……以前有过行都洛阳，现在有了陪都西安，将来还有"汉族发源地"昆仑山——西方极乐世界。至于收复失地云云，则虽非军事专家亦得而知焉，于经有之，曰"不要向后跟着"也。证之已往的上海战事，每到日军退守租界的时候，就要"严饬所部切勿越租界一步"。这样，所谓迎头赶上和勿向后跟，都是不但见于经典而且证诸实验的真理了。右传之一章。

传又曰：迎头赶和勿后跟，还有第二种的微言大义——

报载热河实况曰："义军皆极勇敢，认扰乱及杀戮日军为兴奋之事……唯张作相接收义军之消息发表后，张作相既不亲往抚慰，热汤又停止供给义军汽油，运输中断，义军大都失望，甚至有认替张作相立功为无谓者。""日军既至凌源，其时张作相已不在，吾人闻讯出走，热汤扣车运物已成目击之事实，证以日军从未派飞机至承德轰炸……可知承德实为妥协之放弃。"（张慧冲君在上海东北难民救济会席上所谈。）虽然据张慧冲君所说，"享名最盛之义军领袖，其忠勇之精神，未能悉如吾人之意想"，然而义军的兵士的确是极勇敢的小百姓。正因为这些小百姓不懂得圣经，所以也不知道迎头式的策略。于是小百姓自己，就自然要碰见迎头的抵抗了：热汤放弃承德之后，北平军委分会下令"固守古北口，如义军有欲入口者，即开枪迎击之"。这是说，我的"抵抗"只是随日军之所至，你要换个样子去抵抗，我就抵抗你；何况我的退后是预先约好了的，你既不肯妥协，那就只有"不要你向后跟着"而要把你"迎头赶上"梁山了。右传之二章。

诗云："惶惶"大军，迎头而奔，"嗤嗤"小民，勿向后跟！赋也。

三月十四日。

这篇文章被检查员所指摘，经过改正，这才能在十九日的报上登出来了。

原文是这样的——

第三段"现在通行的说法"至"当然既"，原文为"民国廿二年春 × 三月某日，当局谈话曰：'日军所至，抵抗随之……至收复失地及反攻承德，须视军事进展如何而定，余'"。又"不得而知"下有注云：(《申报》三月十二日第三张)。

第五段“报载热河……”上有“民国廿二年春 × 三月”九字。

三月十九夜记。

题注：

本篇最初发表于1933年3月19日《申报·自由谈》，署名何家干。收入《伪自由书》。本文由瞿秋白执笔，经鲁迅修改，请人抄写后，以鲁迅的笔名发表。1933年3月12日《申报》登载了代理行政院长宋子文答记者问："我无论如何抵抗到底。日军所至，抵抗随之"，"至于收复失地及反攻承德，须视军事进展如何而定，余非军事专家，详细计划，不得而知。""一·二八"事变后，中国政府同意侵入上海的日军暂撤至公共租界，并"严饬"中国军队不得越界前进。1933年3月上旬，日军向长城各关口发动进攻，驻守长城的部分士兵和自发组成的抗日义勇军奋起抵抗。据报道，3月9日"日军十三、十四两旅团乘胜占据喜峰口，当时宋哲元部尚在喜峰口内的遵化，闻变立于十一日晨传令向喜峰口速进，路程计一百五十里，下午四时已抵长城附近。士兵见日军在城上把守，无不激愤；立由前锋部队冯治安师，挑选精锐五百，于傍晚时，持大刀赤臂前进，守城日军千人，以不及还击，不久就全被砍杀，然我英勇的士兵，生还的亦仅二十余人"，而北平当局却下令"固守古北口，如义军有欲入口者，即开枪迎击之"。魔术、电影演员张慧冲，1933年初曾赴热河前线拍摄义勇军抗日的纪录片。张作相，"九一八"事变时吉林省代主席，东北边防军副司令。

现代史

从我有记忆的时候起，直到现在，凡我所曾经到过的地方，在空地上，常常看见有“变把戏”的，也叫作“变戏法”的。

这变戏法的，大概只有两种——

一种，是教一个猴子戴起假面，穿上衣服，要一通刀枪；骑了羊跑几圈。还有一匹用稀粥养活，已经瘦得皮包骨头的狗熊玩一些把戏。末后是向大家要钱。

一种，是将一块石头放在空盒子里，用手巾左盖右盖，变出一只白鸽来；还有将纸塞在嘴巴里，点上火，从嘴角鼻孔里冒出烟焰。其次是向大家要钱。要了钱之后，一个人嫌少，装腔作势的不肯变了，一个人来劝他，对大家说再五个。果然有人抛钱了，于是再四个，三个……

抛足之后，戏法就又开了场。这回是将一个孩子装进小口的坛子里面去，只见一条小辫子，要他再出来，又要钱。收足之后，不知怎么一来，大人用尖刀将孩子刺死了，盖上被单，直挺挺躺着，要他活过来，又要钱。

“在家靠父母，出家靠朋友……Huazaa！ Huazaa！”变戏法的装出撒钱的手势，严肃而悲哀的说。

别的孩子，如果走近去想仔细的看，他是要骂的；再不听，他就会打。

果然有许多人 Huazaa 了。待到数目和预料的差不多，他们就检起钱来，收拾家伙，死孩子也自己爬起来，一同走掉了。

看客们也就呆头呆脑的走散。

这空地上，暂时是沉寂了。过了些时，就又来这一套。俗语说，“戏法人人会变，各有巧妙不同。”其实是许多年间，总是这一套，也总有人看，总有人 Huazaa，不过其间必须经过沉寂的几日。

我的话说完了，意思也浅得很，不过说大家 Huazaa Huazaa 一通之后，又要静几天了，然后再来这一套。

到这里我才记得写错了题目，这真是成了“不死不活”的东西。

四月一日。

题注：

本篇最初发表于 1933 年 4 月 8 日《申报·自由谈》，署名何家干。收入《伪自由书》。本文意谓中国现代历史就是一部类似街头变戏法的骗局。Huazaa（哗嚓）是变戏法的向看客要钱时，所发的模仿撒钱的声音。

《杀错了人》异议

看了曹聚仁先生的一篇《杀错了人》，觉得很痛快，但往回一想，又觉得有些还不免是愤激之谈了，所以想提出几句异议——

袁世凯在辛亥革命之后，大杀党人，从袁世凯那方面看来，是一点没有杀错的，因为他正是一个假革命的反革命者。

错的是革命者受了骗，以为他真是一个筋斗，从北洋大臣变了革命家了，于是引为同调，流了大家的血，将他浮上总统的宝位去。到二次革命时，表面上好像他又是一个筋斗，从“国民公仆”变了吸血魔王似的。其实不然，他不过又显了本相。

于是杀，杀，杀。北京城里，连饭店客栈中，都满布了侦探；还有“军政执法处”，只见受了嫌疑而被捕的青年送进去，却从不见他们活着走出来；还有，《政府公报》上，是天天看见党人脱党的广告，说是先前为友人所拉，误入该党，现在自知迷谬，从此脱离，要洗心革面的做好人了。

不久就证明了袁世凯杀人的没有杀错，他要做皇帝了。

这事情，一转眼竟已经是二十年，现在二十来岁的青年，那时还在吸奶，时光是多么飞快呵。

但是，袁世凯自己要做皇帝，为什么留下他真正对头的旧皇帝呢？这无须多议论，只要看现在的军阀混战就知道。他们打得你死我活，好像不共戴天似的，但到后来，只要一个“下野”了，也就会客客气气的，然而对于革命者呢，即使没有打过仗，也决不肯放过一个。他们知道得很清楚。

所以我想，中国革命的闹成这模样，并不是因为他们“杀错了人”，倒是因为我们看错了人。

临末，对于“多杀中年以上的人”的主张，我也有一点异议，但因为自己早在“中年以上”了，为避免嫌疑起见，只将眼睛看着地面罢。

四月十日。

记得原稿在“客客气气的”之下，尚有“说不定在出洋的时候，还要大开欢送会”这类意思的句子，后被删去了。

四月十二日记。

【备考】:

杀错了人

曹聚仁

前日某报载某君述长春归客的谈话，说：日人在伪国已经完成“专卖鸦片”和“统一币制”的两大政策。这两件事，从前在老张小张时代，大家认为无法整理，现在他们一举手之间，办得有头有绪。所以某君叹息道：“愚尝与东北人士论币制紊乱之害，咸以积重难返，诿为难办；何以日人一刹那间，即毕乃事？‘是不为也，非不能也。’此为国人一大病根！”

岂独“病根”而已哉！中华民族的灭亡和中华民国的颠覆，也就在这肺痨病上。一个社会，一个民族，到了衰老期，什么都“积重难返”，所以非“革命”不可。革命是社会的突变过程；在过程中，好人，坏人，与不好不坏的人，总要杀了一些。杀了一些人，并不是没有代价的：于社会起了隔离作用，旧的社会和新的社会截然分成两段，恶的势力不会传染到新的组织中来。所以革命杀人应该有标准，应该多杀中年以上的人，多杀代表旧势力的人。法国大革命的成功，即在大恐慌时期的扫荡旧势力。

可是中国每一回的革命，总是反了常态。许多青年因为参加革命运动，做了牺牲；革命进程中，旧势力一时躲开去，一些也不曾铲除掉；革命成功以后，旧势力重复涌了出来，又把青年来做牺牲品，杀了一大批。孙中山先生辛辛苦苦做了十来年革命工作，辛亥革命成功了，袁世凯拿大权，天天杀党人，甚至连十五六岁的孩子都要杀；这样的革命，不但不起隔离作用，简直替旧势力作保镖；因此民国以来，只有暮气，没有朝气，任何事业，都不必谈改革，一谈改革，必“积重难返，诿为难办”。其恶势力一直注到现在。

这种反常状态，我名之曰“杀错了人”。我常和朋友说：“不流血的革命是没有的，但‘流血’不可流错了人。早杀溥仪，多杀郑孝胥之流，方是邦国之大幸。若乱杀二十五岁以下的青年，倒行逆施，斫丧社会元气，就可以得‘亡国灭种’的‘眼前报’。”

《自由谈》，四月十日。

题注：

本篇最初发表于1933年4月12日《申报·自由谈》，署名何家干。收入《伪自由书》。曹聚仁（1900—1972），当时任暨南大学教授和《涛声》周刊主编。鲁迅在曹聚仁文发表当天写下本文，4月12日在《自由谈》刊登时，被删去一些内容，当天鲁迅又写了一小段补记予以说明。

中国人的生命圈

"蝼蚁尚知贪生"，中国百姓向来自称"蚁民"，我为暂时保全自己的生命计，时常留心着比较安全的处所，除英雄豪杰之外，想必不至于讥笑我的罢。

不过，我对于正面的记载，是不大相信的，往往用一种另外的看法。例如罢，报上说，北平正在设备防空，我见了并不觉得可靠；但一看见载着古物的南运，却立刻感到古城的危机，并且由这古物的行踪，推测中国乐土的所在。

现在，一批一批的古物，都集中到上海来了，可见最安全的地方，到底也还是上海的租界上。

然而，房租是一定要贵起来的了。

这在"蚁民"，也是一个大打击，所以还得想想另外的地方。

想来想去，想到了一个"生命圈"。这就是说，既非"腹地"，也非"边疆"，是介乎两者之间，正如一个环子，一个圈子的所在，在这里倒或者也可以"苟延性命于×世"的。

"边疆"上是飞机抛炸弹。据日本报，说是在剿灭"兵匪"；据中国报，说是屠戮了人民，村落市廛，一片瓦砾。"腹地"里也是飞机抛炸弹。据上海报，说是在剿灭“共匪”，他们被炸得一塌胡涂；“共匪”的报上怎么说呢，我们可不知道。但总而言之，边疆上是炸，炸，炸；腹地里也是炸，炸，炸。虽然一面是别人炸，一面是自己炸，炸手不同，而被炸则一。只有在这两者之间的，只要炸弹不要误行落下来，倒还有可免“血肉横飞”的希望，所以我名之曰“中国人的生命圈”。

再从外面炸进来，这“生命圈”便收缩而为“生命线”；再炸进来，大家便都逃进那炸好了的“腹地”里面去，这“生命圈”便完结而为“生命○”。

其实，这预感是大家都有的，只要看这一年来，文章上不大见有“我中国地大物博，人口众多”的套话了，便是一个证据。而有一位先生，还在演说上自己说中国人是“弱小民族”哩。

但这一番话，阔人们是不以为然的，因为他们不但有飞机，还有他们的“外国”！

四月十日。

题注：

本篇最初发表于1933年4月14日《申报·自由谈》，署名何家干。收入《伪自由书》。1932年2月到5月，南京国民政府把北平故宫博物院、历史语言研究所等处的古物，装两万箱分批运到上海，存放在租界的仓库里。1933年3月，日军在占领热河承德后，又向长城古北口、喜峰口一线进犯，并出动飞机轰炸，使当地军民遭受重大伤亡。同时，蒋介石调集90个师50万军队分三路进攻江西中央革命根据地，出动飞机轰炸根据地群众，从而形成日本从“边疆”炸进来，国民党军队向“腹地”炸进去的局面。

文章与题目

一个题目，做来做去，文章是要做完的，如果再要出新花样，那就使人会觉得不是人话。然而只要一步一步的做下去，每天又有帮闲的敲边鼓，给人们听惯了，就不但做得出，而且也行得通。

譬如近来最主要的题目，是“安内与攘外”罢，做的也着实不少了。有说安内必先攘外的，有说安内同时攘外的，有说不攘外无以安内的，有说攘外即所以安内的，有说安内即所以攘外的，有说安内急于攘外的。

做到这里，文章似乎已经无可翻腾了，看起来，大约总可以算是做到了绝顶。

所以再要出新花样，就使人会觉得不是人话，用现在最流行的谥法来说，就是大有“汉奸”的嫌疑。为什么呢？就因为新花样的文章，只剩了“安内而不必攘外”，“不如迎外以安内”，“外就是内，本无可攘”这三种了。

这三种意思，做起文章来，虽然实在希奇，但事实却有的，而且不必远征晋宋，只要看看明朝就够。满洲人早在窥伺了，国内却是草菅民命，杀戮清流，做了第一种。李自成进北京了，阔人们不甘给奴子做皇帝，索性请“大清兵”来打掉他，做了第二种。至于第三种，我没有看过《清史》，不得而知，但据老例，则应说是爱新觉罗氏之先，原是轩辕黄帝第几子之苗裔，遁于朔方，厚泽深仁，遂有天下，总而言之，咱们原是一家子云。

后来的史论家，自然是力斥其非的，就是现在的名人，也正痛恨流寇。但这是后来和现在的话，当时可不然，鹰犬塞途，干儿当道，魏忠贤不是活着就配享了孔庙么？他们那种办法，那时都有人来说得头头是道的。

前清末年，满人出死力以镇压革命，有“宁赠友邦，不给家奴”的口号，汉人一知道，更恨得切齿。其实汉人何尝不如此？吴三桂之请清兵入关，便是一想到自身的利害，即“人同此心”的实例了。……

四月二十九日。

附记：

原题是《安内与攘外》。

五月五日。

题注：

本篇最初发表于1933年5月5日《申报·自由谈》，署名何家干。收入《伪自由书》。1931年11月30日，蒋介石在国民政府外长顾维钧宣誓就职会的“亲书训词”中，就提出“攘外必先安内”。1933年4月10日，蒋介石在南昌对国民党将领发表演讲时又说：“抗日必先剿匪……安内始能攘外。”明末宦官魏忠贤通过特务机构东厂、锦衣卫等，把大批反对他们的士大夫，如东林党人，编成“天鉴录”“点将录”，按名杀害，即所谓“清流”。当时一些趋炎附势的官僚为巴结他，甘愿做他的干儿子，甚至提议把他和孔子牌位放在一起祭拜。清末军机大臣刚毅常对人说：“我家之产业，宁可以赠之于朋友，而必不畀诸家奴。”蒋介石在 1931 年也曾说过：“中国亡于帝国主义，我们还能够当亡国奴，尚可苟延残喘；若亡于共产党，则纵肯为奴，奈亦不可能。”

内外

古人说内外有别，道理各各不同。丈夫叫“外子”，妻叫“贱内”。伤兵在医院之内，而慰劳品在医院之外，非经查明，不准接收。对外要安，对内就要攘，或者嚷。

何香凝先生叹气：“当年唯恐其不起者，今日唯恐其不死。”然而死的道理也是内外不同的。

庄子曰，“哀莫大于心死，而身死次之。”次之者，两害取其轻也。所以，外面的身体要它死，而内心要它活；或者正因为要那心活，所以把身体治死。此之谓治心。

治心的道理很玄妙：心固然要活，但不可过于活。

心死了，就明明白白地不抵抗，结果，反而弄得大家不镇静。心过于活了，就胡思乱想，当真要闹抵抗：这种人，“绝对不能言抗日”。

为要镇静大家，心死的应该出洋，留学是到外国去治心的方法。

而心过于活的，是有罪，应该严厉处置，这才是在国内治心的方法。

何香凝先生以为“谁为罪犯是很成问题的”，——这就因为她不懂得内外有别的道理。

四月十一日。

题注：

本篇最初发表于1933年4月17日《申报·自由谈》，署名何家干。收入《伪自由书》。本文由瞿秋白执笔，经鲁迅修改，后请人抄写，以鲁迅的笔名发表。何香凝（1878—1972），廖仲恺夫人，早年参加同盟会。1933年3月，她致信国民党中央委员会，提议大赦政治犯，由她率领北上从事抗日工作，但国民党置之不理。3月18日，何香凝对日日社记者发表谈话，指出："当年（北伐战争时期）唯恐他们（政治犯）不起来参加北伐战争，而今天（国民党）却唯恐这些人不死掉。"4月10日，蒋介石在第四次"围剿"失败后，在南昌对国民党将领发表演说："抗日必先剿匪。征之历代兴亡，安内始能攘外，在匪未剿清之先，绝对不能言抗日，违者即予最严厉处罚。……剿匪要领，首须治心。"

不负责任的坦克车

新近报上说，江西人第一次看了坦克车。自然，江西人的眼福很好。然而也有人惴惴然，唯恐又要掏腰包，报效坦克捐。我倒记起了另外一件事：

有一个自称姓“张”的说过，“我是拥护言论不自由者……唯其言论不自由，才有好文章做出来，所谓冷嘲，讽刺，幽默和其他形形色色，不敢负言论责任的文体，在压迫钳制之下，都应运产生出来了。”这所谓不负责任的文体，不知道比坦克车怎样？

讽刺等类为什么是不负责任，我可不知道。然而听人议论“风凉话”怎么不行，“冷箭”怎么射死了天才，倒也多年了。既然多年，似乎就很有道理。大致是骂人不敢充好汉，胆小。其实，躲在厚厚的铁板——坦克车里面，砰砰碰碰的轰炸，是着实痛快得多，虽然也似乎并不胆大。

高等人向来就善于躲在厚厚的东西后面来杀人的。古时候有厚厚的城墙，为的要防备盗匪和流寇。现在就有钢马甲，铁甲车，坦克车。就是保障“民国”和私产的法律，也总是厚厚的一大本。甚至于自天子以至卿大夫的棺材，也比庶民的要厚些。至于脸皮的厚，也是合于古礼的。

独有下等人要这么自卫一下，就要受到“不负责任”等类的嘲笑：

“你敢出来！出来！躲在背后说风凉话不算好汉！”

但是，如果你上了他的当，真的赤膊奔上前阵，像许褚似的充好汉，那他那边立刻就会给你一枪，老实不客气，然后，再学着金圣叹批《三国演义》的笔法，骂一声“谁叫你赤膊的”——活该。总之，死活都有罪。足见做人实在很难，而做坦克车要容易得多。

五月六日。

题注：

本篇最初发表于1933年5月9日《申报·自由谈》，署名何家干。收入《伪自由书》。1933年3月3日，张若谷在《大晚报》副刊《辣椒与橄榄》上发表文章《拥护》，宣称“拥护言论不自由”，攻击杂文是“不敢负言论责任的文本”。为此，鲁迅指出张若谷之流充当文化围剿的走卒，如同躲在进攻江西革命根据地的坦克车里一样。

从盛宣怀说到有理的压迫

盛氏的祖宗积德很厚，他们的子孙就举行了两次“收复失地”的盛典：一次还是在袁世凯的民国政府治下，一次就在当今国民政府治下了。

民元的时候，说盛宣怀是第一名的卖国贼，将他的家产没收了。不久，似乎是二次革命之后，就发还了。那是没有什么奇怪的，因为袁世凯是“物伤其类”，他自己也是卖国贼。不是年年都在纪念五七和五九么？袁世凯签订过二十一条，卖国是有真凭实据的。

最近又在报上发见这么一段消息，大致是说：“盛氏家产早已奉命归还，如苏州之留园，江阴无锡之典当等，正在办理发还手续。”这却叫我吃了一惊。打听起来，说是民国十六年国民革命军初到沪宁的时候，又没收了一次盛氏家产：那次的罪名大概是“土豪劣绅”，绅而至于“劣”，再加上卖国的旧罪，自然又该没收了。可是为什么又发还了呢？

第一，不应当疑心现在有卖国贼，因为并无真凭实据——现在的人早就誓不签订辱国条约，他们不比盛宣怀和袁世凯。第二，现在正在募航空捐，足见政府财政并不宽裕。那末，为什么呢？

学理上研究的结果是——压迫本来有两种：一种是有理的，而且永久有理的，一种是无理的。有理的，就像逼小百姓还高利贷，交田租之类；这种压迫的“理”写在布告上：“借债还钱本中外所同之定理，租田纳税乃千古不易之成规。”无理的，就是没收盛宣怀的家产等等了；这种“压迫”巨绅的手法，在当时也许有理，现在早已变成无理的了。

初初看见报上登载的《五一告工友书》上说：“反抗本国资本家无理的压迫”，我也是吃了一惊的。这不是提倡阶级斗争么？后来想想也就明白了。这是说，无理的压迫要反对，有理的不在此例。至于怎样有理，看下去就懂得了，下文是说：“必须克苦耐劳，加紧生产……尤应共体时艰，力谋劳资间之真诚合作，消弭劳资间之一切纠纷。”还有说“中国工人没有外国工人那么苦”等等的。

我心上想，幸而没有大惊小怪地叫起来，天下的事情总是有道理的，一切压迫也是如此。何况对付盛宣怀等的理由虽然很少，而对付工人总不会没有的。

五月六日。

题注：

本篇最初发表于1933年5月10日《申报·自由谈》，署名丁萌。收入《伪自由书》。盛宣怀（1844—1916），清末官僚、实业家、银行家。1912年和1928年，他的财产两次被查封，但都很快被当局发还。1915年5月7日，日本政府向袁世凯发出最后通牒，限期24小时内答允其独占中国的“二十一条”。5月9日，袁世凯接受丧权辱国的“二十一条”，故5月7日和5月9日被称为“国耻纪念日”。1931年9

月29日，蒋介石在南京接见各地请愿学生代表时说："国民政府决非军阀时代之卖国政府，乃唯一之革命政府，决不签订任何辱国丧权条约。"1933年，国民党控制的上海市总工会为庆祝"五一节"发布了《告全市工友书》，总工会代表李永祥在"五一纪念会"上说："中国资本主义之势力，尚极幼稚，中国工人，目前所受资本家之压迫，当不如当时欧美工人所受压迫之严重。"

王化

中国的王化现在真是“光被四表格于上下”的了。

溥仪的弟媳妇跟着一位厨司务，卷了三万多元逃走了。于是中国的法庭把她缉获归案，判定“交还夫家管束”。满洲国虽然“伪”，夫权是不“伪”的。

新疆的回民闹乱子，于是派出宣慰使。

蒙古的王公流离失所了，于是特别组织“蒙古王公救济委员会”。

对于西藏的怀柔，是请班禅喇嘛诵经念咒。

而最宽仁的王化政策，要算广西对付瑶民的办法。据《大晚报》载，这种“宽仁政策”是在三万瑶民之中杀死三千人，派了三架飞机到瑶洞里去“下蛋”，使他们“惊诧为天神天将而不战自降”。事后，还要挑选瑶民代表到外埠来观光，叫他们看看上国的文化，例如马路上，红头阿三的威武之类。

而红头阿三说的是：勿要哗啦哗啦！

这些久已归化的“夷狄”，近来总是“哗啦哗啦”，原因是都有些怨了。王化盛行的时候，“东面征而西夷怨，南面征而北狄怨。”这原是当然的道理。

不过我们还是东奔西走，南征北剿，决不偷懒。虽然劳苦些，但“精神上的胜利”是属于我们的。

等到“伪”满的夫权保障了，蒙古的王公救济了，喇嘛的经咒念完了，回民真的安慰了，瑶民“不战自降”了，还有什么事可以做呢？自然只有修文德以服“远人”的日本了。那时候，我们印度阿三式的责任算是尽到了。

呜呼，草野小民，生逢盛世，唯有逖听欢呼，闻风鼓舞而已！

五月七日。

这篇被新闻检查处抽掉了，没有登出。幸而既非瑶民，又居租界，得免于国货的飞机来“下蛋”，然而“勿要哗啦哗啦”却是一律的，所以连“欢呼”也不许，——然则惟有一声不响，装死救国而已！

十五夜记。

题注：

本篇最初投给《申报·自由谈》，被国民党新闻检查处查禁。后发表于1933年6月1日《论语》半月刊第十八期，署名何干。收入《伪自由书》。“光被四表格于上下”见于《尚书·尧典》。1933年4月，溥仪的堂弟媳金文绣携款三万多元，和厨工房绍卿从长春逃到烟台后被拘。房绍卿被判刑一年，金文绣因未满20岁，交其夫领回“管束”。1933年初，新疆发生回民占领哈密、包围迪化（现乌鲁木齐）等事件，4月新疆省主席金树仁逃走后，他的参谋长盛世才接任，国民党政府派参谋本部次长黄慕松为“宣慰使”，前往新疆处理此事。

“九一八”事变后，日本侵占内蒙古东部地区，国民政府拨款救济流落在北平等地的内蒙古王公、官民，1933 年 4 月在北平设立“蒙古救济委员会”。同年西藏地方武装试图强渡金沙江，进入西康省的巴安，实现“康藏合一”计划。国民政府通过在南京的班禅喇嘛，经常举办祈祷法会，以示怀柔。1933 年 2 月，广西北部全县、灌县等地瑶族人聚众起事，提出“杀财主佬，杀官兵”的口号，广西政府派军队前去镇压，并用飞机轰炸。事后国民党政府又“剿抚并施”，“拟领导瑶民乡村长全省各埠去参观”。

天上地下

中国现在有两种炸，一种是炸进去，一种是炸进来。

炸进去之一例曰："日内除飞机往匪区轰炸外，无战事，三四两队，七日晨迄申，更番成队飞宜黄以西崇仁以南掷百二十磅弹两三百枚，凡匪足资屏蔽处炸毁几平，使匪无从休养。……"（五月十日《申报》南昌专电）

炸进来之一例曰："今晨六时，敌机炸蓟县，死民十余，又密云今遭敌轰四次，每次二架，投弹盈百，损害正详查中。……"（同日《大晚报》北平电）

应了这运会而生的，是上海小学生的买飞机，和北平小学生的挖地洞。

这也是对于"非安内无以攘外"或"安内急于攘外"的题目，做出来的两股好文章。

住在租界里的人们是有福的。但试闭目一想，想得广大一些，就会觉得内是官兵在天上，"共匪"和"匪化"了的百姓在地下，外是敌军在天上，没有"匪化"了的百姓在地下。"损害正详查中"，而太平之区，却造起了宝塔。释迦出世，一手指天，一手指地曰："天上地下，惟我独尊！”此之谓也。

但又试闭目一想，想得久远一些，可就遇着难题目了。假如炸进去慢，炸进来快，两种飞机遇着了，又怎么办呢？停止了“安内”，回转头来“迎头痛击”呢，还是仍然只管自己炸进去，一任他跟着炸进来，一前一后，同炸“匪区”，待到炸清了，然后再“攘”他们出去呢？……

不过这只是讲笑话，事实是决不会弄到这地步的。即使弄到这地步，也没有什么难解决：外洋养病，名山拜佛，这就完结了。

五月十六日。

记得末尾的三句，原稿是：“外洋养病，脊背生疮，名山上拜佛，小便里有糖，这就完结了。”

十九夜补记。

题注：

本篇最初发表于1933年5月19日《申报·自由谈》，署名干。收入《伪自由书》。1933年初，国民政府举办航空救国飞机捐。上海市预定征募200万元，至5月初仅征得半数。5月11日上海市长吴铁城牵头发“通告”，命令全市童子军总动员，为购买“童子军号飞机”募集捐款。同日，北京各小学校长派代表到社会局要求各校每天上午停课挖防空洞，以防日本飞机侦察和投掷炸弹。据本文原稿，“做出来的两股好文章”后面被新闻检查机关删去了一段：“买飞机将以‘安内’也，挖地洞‘无以攘外’也。因为‘安内急于攘外’，故还须买飞机，而‘非安内无以攘外’，故必得挖地洞。”“外洋养病”指行政院院长汪精卫等，“名山拜佛”指考试院院长戴季陶等。本文发表当晚，鲁迅在文末写了补记，说明末句被人改过了。

谈金圣叹

讲起清朝的文字狱来，也有人拉上金圣叹，其实是很不合适的。他的“哭庙”，用近事来比例，和前年《新月》上的引据三民主义以自辩，并无不同，但不特捞不到教授而且至于杀头，则是因为他早被官绅们认为坏货了的缘故。就事论事，倒是冤枉的。

清中叶以后的他的名声，也有些冤枉。他抬起小说传奇来，和《左传》《杜诗》并列，实不过拾了袁宏道辈的唾余；而且经他一批，原作的诚实之处，往往化为笑谈，布局行文，也都被硬拖到八股的作法上。这余荫，就使有一批人，堕入了对于《红楼梦》之类，总在寻求伏线，挑剔破绽的泥塘。

自称得到古本，乱改《西厢》字句的案子且不说罢，单是截去《水浒》的后小半，梦想有一个“嵇叔夜”来杀尽宋江们，也就昏庸得可以。虽说因为痛恨流寇的缘故，但他是究竟近于官绅的，他到底想不到小百姓的对于流寇，只痛恨着一半：不在于“寇”，而在于“流”。

百姓固然怕流寇，也很怕“流官”。记得民元革命以后，我在故乡，不知怎地县知事常常掉换了。每一掉换，农民们便愁苦着相告道："怎么好呢？又换了一只空肚鸭来了！"他们虽然至今不知道"欲壑难填"的古训，却很明白"成则为王，败则为贼"的成语，贼者，流着之王，王者，不流之贼也，要说得简单一点，那就是"坐寇"。中国百姓一向自称"蚁民"，现在为便于譬喻起见，姑升为牛罢，铁骑一过，茹毛饮血，蹄骨狼藉，倘可避免，他们自然是总想避免的，但如果肯放任他们自啮野草，苟延残喘，挤出乳来将这些"坐寇"喂得饱饱的，后来能够比较的不复狼吞虎咽，则他们就以为如天之福。所区别的只在"流"与"坐"，却并不在"寇"与"王"。试翻明末清初的野史，就知道北京民心的不安，在李自成入京的时候，是不及他出京之际的利害的。

宋江据有山寨，虽打家劫舍，而劫富济贫，金圣叹却道应该在童贯高俅辈的爪牙之前，一个个俯首受缚，他们想不懂。所以《水浒传》纵然成了断尾巴蜻蜓，乡下人却还要看《武松独手擒方腊》这些戏。

不过这还是先前的事，现在似乎又有了新的经验了。听说四川有一只民谣，大略是"贼来如梳，兵来如篦，官来如剃"的意思。汽车飞艇，价值既远过于大轿马车，租界和外国银行，也是海通以来新添的物事，不但剃尽毛发，就是刮尽筋肉，也永远填不满的。正无怪小百姓将"坐寇"之可怕，放在"流寇"之上了。

事实既然教给了这些，仅存的路，就当然使他们想到了自己的力量。

五月三十一日。

题注：

本文最初发表于上海《文学》月刊第一卷第一号（1933 年 7 月 1 日）。收入《南腔北调集》。清顺治十八年（1661），顺治死，巡抚朱国治到吴县传达顺治遗诏，文人金圣叹和倪用宾等儒生趁机采用集体到孔庙哭诉的方式，控诉知县任维初搜刮民财等罪行，反被拘捕并即被杀，史称“哭庙”。1929 年，因胡适发表《人权与约法》《知难，行亦不易》等文章，要当局“充分请教专家”，被国民党中执行委责成教育部“加以警戒”，因而《新月》二卷六、七期合刊发表胡适的《新文化运动与国民党》、罗隆基的《告压迫言论自由者》，引用“国民党党义”三民主义和英国法律为自己辩解。鲁迅在《离骚与反离骚》的演讲中称之为“辩明心迹的离骚经”。金圣叹曾批注历代名著并列序“六大才子书”，依次为：《离骚》、《庄子》（南华经）、《史记》、《杜诗》、《水浒》、《西厢记》。民国初年的《红楼梦》研究中有所谓“索引派”，即受其影响，专事探寻细微末节。辛亥革命胜利后，绍兴军政府由鲁迅的熟人王金发掌权，鲁迅曾说他开始尚较随便，但后来终于动手“刮起地皮”来了，这给鲁迅刺激很深，也是他写作本文的动因之一。

华德焚书异同论

孺牛

德国的希特拉先生们一烧书，中国和日本的论者们都比之于秦始皇。然而秦始皇实在冤枉得很，他的吃亏是在二世而亡，一班帮闲们都替新主子去讲他的坏话了。

不错，秦始皇烧过书，烧书是为了统一思想。但他没有烧掉农书和医书；他收罗许多别国的“客卿”，并不专重“秦的思想”，倒是博采各种的思想的。秦人重小儿；始皇之母，赵女也，赵重妇人，所以我们从“剧秦”的遗文中，也看不见轻贱女人的痕迹。

希特拉先生们却不同了，他所烧的首先是“非德国思想”的书，没有容纳客卿的魄力；其次是关于性的书，这就是毁灭以科学来研究性道德的解放，结果必将使妇人和小儿沉沦在往古的地位，见不到光明。而可比于秦始皇的车同轨，书同文……之类的大事业，他们一点也做不到。

阿剌伯人攻陷亚历山德府的时候，就烧掉了那里的图书馆，那理论是：如果那些书籍所讲的道理，和《可兰经》相同，则已有《可兰经》，无须留了；倘使不同，则是异端，不该留了。这才是希特拉先生们的嫡派祖师——虽然阿剌伯人也是“非德国的”——和秦的烧书，是不能比较的。

但是结果往往和英雄们的预算不同。始皇想皇帝传至万世，而偏偏二世而亡，赦免了农书和医书，而秦以前的这一类书，现在却偏偏一部也不剩。希特拉先生一上台，烧书，打犹太人，不可一世，连这里的黄脸干儿们，也听得兴高彩烈，向被压迫者大加嘲笑，对讽刺文字放出讽刺的冷箭来——到底还明白的冷冷的讯问道：你们究竟要自由不要？不自由，无宁死。现在你们为什么不去拚死呢？

这回是不必二世，只有半年，希特拉先生的门徒们在奥国一被禁止，连党徽也改成三色玫瑰了。最有趣的是因为不准叫口号，大家就以手遮嘴，用了“掩口式”。

这真是一个大讽刺。刺的是谁，不问也罢，但可见讽刺也还不是“梦呓”，质之黄脸干儿们，不知以为何如？

六月二十八日。

题注：

本篇最初发表于1933年7月11日《申报·自由谈》，署名孺牛。收入《准风月谈》。1933年希特勒上台后，以“纯正德意志思想”为号召，鼓动纳粹党徒焚烧包括马克思、恩格斯著作以及性科学书籍在内的一切被指为有“非德意志思想”的书籍。1933年6月23日《申报》副刊《春秋》发表署名瞻庐的《焚书》一文说“秦始皇的政策现在流传到外国去了”，“善学嬴秦的莫如德国”云云，对希特勒的行为多有褒扬。因此鲁迅在本篇中称那些盛赞希特勒的中国人为“黄脸干儿”。

我谈“堕民”

越客

六月二十九日的《自由谈》里，唐弢先生曾经讲到浙东的堕民，并且据《堕民猥谈》之说，以为是宋将焦光瓒的部属，因为降金，为时人所不齿，至明太祖，乃榜其门曰“丐户”，此后他们遂在悲苦和被人轻蔑的环境下过着日子。

我生于绍兴，堕民是幼小时候所常见的人，也从父老的口头，听到过同样的他们所以成为堕民的缘起。但后来我怀疑了。因为我想，明太祖对于元朝，尚且不肯放肆，他是决不会来管隔一朝代的降金的宋将的；况且看他们的职业，分明还有“教坊”或“乐户”的余痕，所以他们的祖先，倒是明初的反抗洪武和永乐皇帝的忠臣义士也说不定。还有一层，是好人的子孙会吃苦，卖国者的子孙却未必变成堕民的，举出最近便的例子来，则岳飞的后裔还在杭州看守岳王坟，可是过着很穷苦悲惨的生活，然而秦桧，严嵩……的后人呢？……

不过我现在并不想翻这样的陈年账。我只要说，在绍兴的堕民，是一种已经解放了的奴才，这解放就在雍正年间罢，也说不定。所以他们是已经都有别的职业的了，自然是贱业。男人们是收旧货，卖鸡毛，捉青蛙，做戏；女的则每逢过年过节，到她所认为主人的家里去道喜，有庆吊事情就帮忙，在这里还留着奴才的皮毛，但事毕便走，而且有颇多的犒赏，就可见是曾经解放过的了。

每一家堕民所走的主人家是有一定的，不能随便走；婆婆死了，就使儿媳妇去，传给后代，恰如遗产的一般；必须非常贫穷，将走动的权利卖给了别人，这才和旧主人断绝了关系。假使你无端叫她不要来了，那就是等于给与她重大的侮辱。我还记得民国革命之后，我的母亲曾对一个堕民的女人说，“以后我们都一样了，你们可以不要来了。”不料她却勃然变色，愤愤的回答道：“你说的是什么话？……我们是千年万代，要走下去的！”

就是为了一点点犒赏，不但安于做奴才，而且还要做更广泛的奴才，还得出钱去买做奴才的权利，这是堕民以外的自由人所万想不到的罢。

七月三日。

题注：

本篇最初发表于1933年7月6日《申报·自由谈》，署名越客。收入《准风月谈》。在中国古代，历代封建统治者常把犯人的妻女以奴隶的身份编入教坊，专门从事宫廷音乐歌舞的演出或做官妓，称为“乐户”，相传此行至清朝雍正年间废止。但民间的“堕民”风习却依然存在。中国国民性的改造是鲁迅一直关注的问题，1925年鲁迅在《再论雷峰塔的倒掉》中批判了“奴才式的破坏”，同年在《灯下漫笔》中更进一步地剖析了奴性的历史，将中国历史分为“一、想做奴隶而不得的时代；二、暂时做稳了奴隶的时代”，并在《聪明人和傻子和奴才》等文中多次对存在于国民中的奴性进行剖析。

别一个窃火者

丁萌

火的来源，希腊人以为是普洛美修斯从天上偷来的，因此触了大神宙斯之怒，将他锁在高山上，命一只大鹰天天来啄他的肉。

非洲的土人瓦仰安提族也已经用火，但并不是由希腊人传授给他们的。他们另有一个窃火者。

这窃火者，人们不能知道他的姓名，或者早被忘却了。他从天上偷了火来，传给瓦仰安提族的祖先，因此触了大神大拉斯之怒，这一段，是和希腊古传相像的。但大拉斯的办法却两样了，并不是锁他在山巅，却秘密的将他锁在暗黑的地窖子里，不给一个人知道。派来的也不是大鹰，而是蚊子，跳蚤，臭虫，一面吸他的血，一面使他皮肤肿起来。这时还有蝇子们，是最善于寻觅创伤的脚色，嗡嗡的叫，拚命的吸吮，一面又拉许多蝇粪在他的皮肤上，来证明他是怎样地一个不干净的东西。

然而瓦仰安提族的人们，并不知道这一个故事。他们单知道火乃酋长的祖先所发明，给酋长作烧死异端和烧掉房屋之用的。

幸而现在交通发达了，非洲的蝇子也有些飞到中国来，我从它们的嗡嗡营营声中，听出了这一点点。

七月八日。

题注：

本篇最初发表于1933年7月9日《申报·自由谈》，署名丁萌。收入《准风月谈》。1930年，鲁迅曾在《“硬译”与“文学的阶级性”》一文中说：“人往往以神话中的Prometheus比革命者，以为窃火给人，虽遭天帝之虐待不悔，其博大坚忍正相同。但我从别国里窃得火来，本意却在煮自己的肉的……然而，我也愿意于社会上有些用处，看客所见的结果仍是火和光。”Prometheus，通译普罗米修斯，为希腊神话中创造人类和造福于人类的神。他按照神的形象创造了人，又违抗宇宙主神宙斯的禁令，盗窃天火送往人间。他还把各种技艺和知识传授给凡人，使人类有了火和文化。他因此受到宙斯的惩罚。可参阅同年11月鲁迅所作《火》。

晨凉漫记

孺牛

关于张献忠的传说，中国各处都有，可见大家都很以他为奇特的，我先前也便是很以他为奇特的人们中的一个。

儿时见过一本书，叫作《无双谱》，是清初人之作，取历史上极特别无二的人物，各画一像，一面题些诗，但坏人好像是没有的。因此我后来想到可以择历来极其特别，而其实是代表着中国人性质之一种的人物，作一部中国的“人史”，如英国嘉勒尔的《英雄及英雄崇拜》，美国亚懋生的《伟人论》那样。惟须好坏俱有，有啮雪苦节的苏武，舍身求法的玄奘，有“鞠躬尽瘁，死而后已”的孔明，但也有呆信古法，“死而后已”的王莽，有半当真半取笑的变法的王安石；张献忠当然也在内。但现在是毫没有动笔的意思了。

《蜀碧》一类的书，记张献忠杀人的事颇详细，但也颇散漫，令人看去仿佛他是像“为艺术而艺术”的一样，专在“为杀人而杀人”了。他其实是别有目的的。他开初并不很杀人，他何尝不想做皇帝。后来知道李自成进了北京，接着是清兵入关，自己只剩了没落这一条路，于是就开手杀，杀……他分明的感到，天下已没有自己的东西，现在是在毁坏别人的东西了，这和有些末代的风雅皇帝，在死前烧掉了祖宗或自己所搜集的书籍古董宝贝之类的心情，完全一样。他还有兵，而没有古董之类，所以就杀，杀，杀人，杀……

但他还要维持兵，这实在不过是维持杀。他杀得没有平民了，就派许多较为心腹的人到兵们中间去，设法窃听，偶有怨言，即跃出执之，戮其全家（他的兵像是有家眷的，也许就是掳来的妇女）。以杀治兵，用兵来杀，自己是完了，但要这样的达到一同灭亡的末路。我们对于别人的或公共的东西，不是也不很爱惜的么？

所以张献忠的举动，一看虽然似乎古怪，其实是极平常的。古怪的倒是那些被杀的人们，怎么会总是束手伸颈的等他杀，一定要清朝的肃王来射死他，这才作为奴才而得救，而还说这是前定，就是所谓“吹箫不用竹，一箭贯当胸”。但我想，这豫言诗是后人造出来的，我们不知道那时的人们真是怎么想。

七月二十八日。

题注：

本篇最初发表于1933年8月1日《申报·自由谈》，署名孺牛。收入《准风月谈》。在本篇中鲁迅借谈清代彭遵泗所著《蜀碧》记载张献忠乱杀百姓的故事，来影射当时国民党的滥杀无辜。张献忠为明末农民起义军首领之一，1644年在四川成都建大西国，1646年死于与清肃王军队的战斗。1926年，鲁迅曾在《记谈话》中谈及张献忠事，可参阅。

上海的少女

在上海生活，穿时髦衣服的比土气的便宜。如果一身旧衣服，公共电车的车掌会不照你的话停车，公园看守会格外认真的检查入门券，大宅子或大客寓的门丁会不许你走正门。所以，有些人宁可居斗室，喂臭虫，一条洋服裤子却每晚必须压在枕头下，使两面裤腿上的折痕天天有棱角。

然而更便宜的是时髦的女人。这在商店里最看得出：挑选不定，决断不下，店员也还是很能忍耐的。不过时间太长，就须有一种必要的条件，是带着一点风骚，能受几句调笑。否则，也会终于引出普通的白眼来。

惯在上海生活了的女性，早已分明地自觉着这种自己所具的光荣，同时也明白着这种光荣中所含的危险。所以凡有时髦女子所表现的神气，是在招摇，也在固守，在罗致，也在抵御，像一切异性的亲人，也像一切异性的敌人，她在喜欢，也正在恼怒。这神气也传染了未成年的少女，我们有时会看见她们在店铺里购买东西，侧着头，佯嗔薄怒，如临大敌。自然，店员们是能像对于成年的女性一样，加以调笑的，而她也早明白着这调笑的意义。总之：她们大抵早熟了。

然而我们在日报上，确也常常看见诱拐女孩，甚而至于凌辱少女的新闻。

不但是《西游记》里的魔王，吃人的时候必须童男和童女而已，在人类中的富户豪家，也一向以童女为侍奉，纵欲，鸣高，寻仙，采补的材料，恰如食品的餍足了普通的肥甘，就想乳猪芽茶一样。现在这现象并且已经见于商人和工人里面了，但这乃是人们的生活不能顺遂的结果，应该以饥民的掘食草根树皮为比例，和富户豪家的纵欲的变态是不可同日而语的。

但是，要而言之，中国是连少女也进了险境了。

这险境，更使她们早熟起来，精神已是成人，肢体却还是孩子。俄国的作家梭罗古勃曾经写过这一种类型的少女，说是还是小孩子，而眼睛却已经长大了。然而我们中国的作家是另有一种称赞的写法的：所谓“娇小玲珑”者就是。

八月十二日。

题注：

本文最初发表于上海《申报月刊》第二卷第九号（1933年9月15日），署名洛文。收入《南腔北调集》。鲁迅自己曾经多次受到势利眼的欺辱，例如，他前往某大厦会见英国马莱爵士时，电梯工拒绝鲁迅进电梯，他在商店里遭到店员的白眼等等。他对这类现象时时在文章中无情鞭挞，本文即其中之一。

上海的儿童

上海越界筑路的北四川路一带，因为打仗，去年冷落了大半年，今年依然热闹了，店铺从法租界搬回，电影院早经开始，公园左近也常见携手同行的爱侣，这是去年夏天所没有的。

倘若走进住家的弄堂里去，就看见便溺器，吃食担，苍蝇成群的在飞，孩子成队的在闹，有剧烈的捣乱，有发达的骂詈，真是一个乱烘烘的小世界。但一到大路上，映进眼帘来的却只是轩昂活泼地玩着走着的外国孩子，中国的儿童几乎看不见了。但也并非没有，只因为衣裤郎当，精神萎靡，被别人压得像影子一样，不能醒目了。

中国中流的家庭，教孩子大抵只有两种法。其一，是任其跋扈，一点也不管，骂人固可，打人亦无不可，在门内或门前是暴主，是霸王，但到外面，便如失了网的蜘蛛一般，立刻毫无能力。其二，是终日给以冷遇或呵斥，甚而至于打扑，使他畏葸退缩，仿佛一个奴才，一个傀儡，然而父母却美其名曰“听话”，自以为是教育的成功，待到放他到外面来，则如暂出樊笼的小禽，他决不会飞鸣，也不会跳跃。

现在总算中国也有印给儿童看的画本了，其中的主角自然是儿童，然而画中人物，大抵倘不是带着横暴冥顽的气味，甚而至于流氓模样的，过度的恶作剧的顽童，就是钩头耸背，低眉顺眼，一副死板板的脸相的所谓“好孩子”。这虽然由于画家本领的欠缺，但也是取儿童为范本的，而从此又以作供给儿童仿效的范本。我们试一看别国的儿童画罢，英国沉着，德国粗豪，俄国雄厚，法国漂亮，日本聪明，都没有一点中国似的衰惫的气象。观民风是不但可以由诗文，也可以由图画，而且可以由不为人们所重的儿童画的。

顽劣，钝滞，都足以使人没落，灭亡。童年的情形，便是将来的命运。我们的新人物，讲恋爱，讲小家庭，讲自立，讲享乐了，但很少有人为儿女提出家庭教育的问题，学校教育的问题，社会改革的问题。先前的人，只知道“为儿孙作马牛”，固然是错误的，但只顾现在，不想将来，“任儿孙作马牛”，却不能不说是一个更大的错误。

八月十二日。

题注：

本文最初发表于上海《申报月刊》第二卷第九号（1933年9月15日），署名洛文。收入《南腔北调集》。本文系承接《上海的少女》一文而来。鲁迅在上海居住在北四川路一带，这里是日本人势力范围。他们通过越出租界范围，向北延伸，修筑出北四川路，即所谓“越界筑路”。路的两侧则形成日本侨民聚居区域。

九一八

阴天，晌午大风雨。看晚报，已有纪念这纪念日的文章，用风雨作材料了。明天的日报上，必更有千篇一律的作品。空言不如事实，且看看那些记事罢——

戴季陶讲如何救国

（中央社）

南京十八日——国府十八日晨举行纪念周，到林森戴季陶陈绍宽朱家骅吕超魏怀暨国府职员等四百余人，林主席领导行礼，继戴讲“如何救国”，略谓本日系九一八两周年纪念，吾人于沉痛之余，应想法达到救国目的，救国之道甚多，如道德救国，教育救国，实业救国等，最近又有所谓航空运动及节约运动，前者之动机在于国防与交通上建设，此后吾人应从根本上设法增强国力，不应只知向外国购买飞机，至于节约运动须一面消极的节省消费，一面积极的将金钱用于生产方面。在此国家危急之秋，吾人应该各就自己的职务上尽力量，根据总理的一贯政策，来做整个三民主义的实施。

吴敬恒讲纪念意义

（中央社）

南京十八日——中央十八日晨八时举行九一八二周年纪念大会，到中委汪兆铭陈果夫邵元冲陈公博朱培德贺耀祖王祺等暨中央工作人员共六百余人，汪主席，由吴敬恒演讲以精诚团结充实国力，为纪念九一八之意义，阐扬甚多，并指正爱国之道，词甚警惕，至九时始散。

汉口静默停止娱乐

（日联社）

汉口十八日——汉口九一八纪念日华街各户均揭半旗，省市两党部上午十时举行纪念会，各戏院酒馆等一律停业，上午十一时全市人民默祷五分钟。

广州禁止民众游行

（路透社）

广州十八日——各公署与公共团体今晨均举行九一八国耻纪念，中山纪念堂晨间行纪念礼，演说者均抨击日本对华之侵略，全城汽笛均大鸣，以警告民众，且有飞机于行礼时散发传单，惟民众大游行，为当局所禁，未能实现。

东京纪念祭及犬马

（日联社）

东京十八日——东京本日举行九一八纪念日，下午一时在日比谷公会堂举行阵亡军人遗族慰安会，筑地本愿寺举行军马军犬军鸽等之慰灵祭，在乡军人于下午六时开大会，靖国神社举行阵亡军人追悼会。

但在上海怎样呢？先看租界——

雨丝风片倍觉消沉

今日之全市，既因雨丝风片之侵袭，愁云惨雾之笼罩，更显黯淡之象。但驾车遍游全市，则殊难得见九一八特殊点缀，似较诸去年今日，稍觉消沉，但此非中国民众之已渐趋于麻木，或者为中国民众已觉悟于过去标语口号之不足恃，只有埋头苦做之一道乎？所以今日之南市闸北以及租界区域，情形异常平安，道途之间，除警务当局多派警探在冲要之区，严密戒备外，简直无甚可以纪述者。

以上是见于《大美晚报》的，很为中国人祝福。至华界情状，却须看《大晚报》的记载了——

今日九一八

华界戒备

公安局据密报防反动

今日为“九一八”，日本侵占东北国难二周纪念，市公安局长文鸿恩，昨据密报，有反动分子，拟借国难纪念为由秘密召集无知工人，乘机开会，企图煽惑捣乱秩序等语，文局长核报后，即训令各区所队，仍照去年“九一八”实施特别戒备办法，除通告该局各科处于今晨十时许，在局长办公厅前召集全体职员，及警察总队第三中队警士，举行“九一八”国难纪念，同时并行纪念周外，并饬督察长李光曾派全体督察员，男女检查员，分赴中华路，民国路，方浜路，南阳桥，唐家湾，斜桥等处，会同各区所警士，在各要隘街衢，及华租界接壤之处，自上午八时至十一时半，中午十一时半至三时，下午三时至六时半，分三班轮流检查行人。南市大吉路公共体育场，沪西曹家渡三角场，闸北谭子湾等处，均派大批巡逻警士，禁止集会游行。制造局路之西，徐家汇区域内主要街道，尤宜特别注意，如遇发生事故，不能制止者，即向丽园路报告市保安处第二团长处置，凡工厂林立处所，加派双岗驻守，红色车巡队，沿城环行驶巡，形势非常壮严。该局侦缉队长卢英，饬侦缉领班陈光炎，陈才福，唐炳祥，夏品山，各率侦缉员，分头密赴曹家渡，白利南路，胶州路及南市公共体育场等处，严密暗探反动分子行动，以资防范，而遏乱萌。公共租界暨法租界两警务处，亦派中西探员出发搜查，以防反动云。

“红色车”是囚车，中国人可坐，然而从中国人看来，却觉得“形势非常壮严”云。记得前两天（十六日）出版的《生活》所载的《两年的教训》里，有一段说——

“第二，我们明白谁是友谁是仇了。希特勒在德国民族社会党大会中说：‘德国的仇敌，不在国外，而在国内。’北平整委会主席黄郛说：‘和共抗日之说，实为谬论；剿共和外方为救时救党上策。’我们却要说‘民族的仇敌，不仅是帝国主义，而是出卖民族利益的帝国主义走狗们。’民族反帝的真正障碍在那里，还有比这过去两年的事实指示得更明白吗？”

现在再来一个切实的注脚：分明的铁证还有上海华界的“红色车”！是一天里的大教训！

年年的这样的情状，都被时光所埋没了，今夜作此，算是纪念文，倘中国人而终不至被害尽杀绝，则以贻我们的后来者。

是夜，记。

题注：

本文初未发表，后收入《南腔北调集》。“九一八”即1931年9月18日，是日本军队入侵我国的标志，其后就成为我国的“国耻”纪念日，当时每年都有纪念活动和文章，但很多文章都空洞无物，千篇一律，甚至成了应景文章，鲁迅因此写此文。

偶成

九月二十日的《申报》上，有一则嘉善地方的新闻，摘录起来，就是——

“本县大窑乡沈和声与子林生，被著匪石塘小弟绑架而去，勒索三万元。沈姓家以中人之产，迁延未决。讵料该帮股匪乃将沈和声父子及苏境方面绑来肉票，在丁棚北，北荡滩地方，大施酷刑。法以布条遍贴背上，另用生漆涂敷，俟其稍干，将布之一端，连皮揭起，则痛彻心肺，哀号呼救，惨不忍闻。时为该处居民目睹，恻然心伤，尽将惨状报告沈姓，速即往赎，否则恐无生还。帮匪手段之酷，洵属骇闻。”

“酷刑”的记载，在各地方的报纸上是时时可以看到的，但我们只在看见时觉得“酷”，不久就忘记了，而实在也真是记不胜记。然而酷刑的方法，却决不是突然就会发明，一定都有它的师承或祖传，例如这石塘小弟所采用的，便是一个古法，见于士大夫未必肯看，而下等人却大抵知道的《说岳全传》一名《精忠传》上，是秦桧要岳飞自认“汉奸”，逼供之际所用的方法，但使用的材料，却是麻条和鱼鳔。我以为生漆之说，是未必的确的，因为这东西很不容易干燥。

“酷刑”的发明和改良者，倒是虎吏和暴君，这是他们唯一的事业，而且也有工夫来考究。这是所以威民，也所以除奸的，然而《老子》说得好，“为之斗斛以量之，则并与斗斛而窃之，……”有被刑的资格的也就来玩一个“剪窃”。张献忠的剥人皮，不是一种骇闻么？但他之前已有一位剥了“逆臣”景清的皮的永乐皇帝在。

奴隶们受惯了“酷刑”的教育，他只知道对人应该用酷刑。

但是，对于酷刑的效果的意见，主人和奴隶们是不一样的。主人及其帮闲们，多是智识者，他能推测，知道酷刑施之于敌对，能够给与怎样的痛苦，所以他会精心结撰，进步起来。奴才们却一定是愚人，他不能“推己及人”，更不能推想一下，就“感同身受”。只要他有权，会采用成法自然也难说，然而他的主意，是没有智识者所测度的那么惨厉的。绥拉菲摩维支在《铁流》里，写农民杀掉了一个贵人的小女儿，那母亲哭得很凄惨，他却诧异道，哭什么呢，我们死掉多少小孩子，一点也没哭过。他不是残酷，他一向不知道人命会这么宝贵，他觉得奇怪了。

奴隶们受惯了猪狗的待遇，他只知道人们无异于猪狗。

用奴隶或半奴隶的幸福者，向来只怕“奴隶造反”，真是无怪的。

要防“奴隶造反”，就更加用“酷刑”，而“酷刑”却因此更到了末路。在现代，枪毙是早已不足为奇了，枭首陈尸，也只能博得民众暂时的鉴赏，而抢劫，绑架，作乱的还是不减少，并且连绑匪也对于别人用起酷刑来了。酷的教育，使人们见酷而不再觉其酷，例如无端杀死几个民众，先前是大家就会嚷起来的，现在却只如见了日常茶饭事。人民真被治得好像厚皮的，没有感觉的癞象一样了，但正因为成了癞皮，所以又会踏着残酷前进，这也是虎吏和暴君所不及料，而即使料及，也还是毫无办法的。

九月二十日。

题注：

本文最初发表于上海《申报月刊》第二卷第十号（1933 年 10 月 15 日），署名洛文。收入《南腔北调集》。除了《申报》的报道，当时关于酷刑的报道和事实很多。古代《蜀碧》（鲁迅藏有此书）等书中多有记载，张献忠剥人皮的记载，即见于该书。秦桧对岳飞逼供的事见于《说岳全传》第六十回，永乐皇帝剥景清的皮的记载，见于《明史记事本末》（鲁迅藏有此书）。《铁流》中所写杀死小女孩的情形，见于该书第三十三章。

吃教

丰之余

达一先生在《文统之梦》里，因刘勰自谓梦随孔子，乃始论文，而后来做了和尚，遂讥其“贻羞往圣”。其实是中国自南北朝以来，凡有文人学士，道士和尚，大抵以“无特操”为特色的。晋以来的名流，每一个人总有三种小玩意，一是《论语》和《孝经》，二是《老子》，三是《维摩诘经》，不但采作谈资，并且常常做一点注解。唐有三教辩论，后来变成大家打诨；所谓名儒，做几篇伽蓝碑文也不算什么大事。宋儒道貌岸然，而窃取禅师的语录。清呢，去今不远，我们还可以知道儒者的相信《太上感应篇》和《文昌帝君阴骘文》，并且会请和尚到家里来拜忏。

耶稣教传入中国，教徒自以为信教，而教外的小百姓却都叫他们是“吃教”的。这两个字，真是提出了教徒的“精神”，也可以包括大多数的儒释道教之流的信者，也可以移用于许多“吃革命饭”的老英雄。

清朝人称八股文为“敲门砖”，因为得到功名，就如打开了门，砖即无用。近年则有杂志上的所谓“主张”。《现代评论》之出盘，不是为了迫压，倒因为这派作者的飞腾；《新月》的冷落，是老社员都

"爬"了上去，和月亮距离远起来了。这种东西，我们为要和"敲门砖"区别，称之为"上天梯"罢。

"教"之在中国，何尝不如此。讲革命，彼一时也；讲忠孝，又一时也；跟大拉嘛打圈子，又一时也；造塔藏主义，又一时也。有宜于专吃的时代，则指归应定于一尊，有宜合吃的时代，则诸教亦本非异致，不过一碟是全鸭，一碟是杂拌儿而已。刘勰亦然，盖仅由"不撤姜食"一变而为吃斋，于胃脏里的分量原无差别，何况以和尚而注《论语》《孝经》或《老子》，也还是不失为一种"天经地义"呢？

九月二十七日。

题注：

本篇最初发表于1933年9月29日《申报·自由谈》，署名丰之余。收入《准风月谈》。1933年9月27日的《申报·自由谈》上发表了署名达一（即陈子展）的《文统之梦》一文。该文在引述了刘勰《文心雕龙》的序后说："刘勰梦见孔子，隐然以文统自肩，而以道统让之经生腐儒。微惜其攻乎异端，皈依佛氏，正与今之妄以道统自肩者同病，贻羞往圣而不自知也。"从唐代盛行的"三教论衡"，到宗教、革命，都被视为"吃教"，没有自主信念，鲁迅因而作本篇，意在剖析一些中国人的"无特操"现象。

双十怀古

——民国二二年看十九年秋

史癖

小引

要做“双十”的循例的文章，首先必须找材料。找法有二，或从脑子里，或从书本中。我用的是后一法。但是，翻完《描写字典》，里面无之；觅遍《文章作法》，其中也没有。幸而“吉人自有天相”，竟在破纸堆里寻出一卷东西来，是中华民国十九年十月三日到十日的上海各种大报小报的拔萃。去今已经整整的三个年头了，剪贴着做什么用的呢，自己已经记不清；莫非就给我今天做材料的么，一定未必是。但是，“废物利用”——既经检出，就抄些目录在这里罢。不过为节省篇幅计，不再注明广告，记事，电报之分，也略去了报纸的名目，因为那些文字，大抵是各报都有的。

看了什么用呢？倒也说不出。倘若一定要我说，那就说是譬如看自己三年前的照相罢。

十月三日

江湾赛马。

中国红十字会筹募湖南辽西各省急振。

中央军克陈留。

辽宁方面筹组副司令部。

礼县土匪屠城。

六岁女孩受孕。

辛博森伤势沉重。

汪精卫到太原。

卢兴邦接洽投诚。

加派师旅入赣剿共。

裁厘展至明年一月。

墨西哥拒侨胞，五十六名返国。

墨索里尼提倡艺术。

谭延闿轶事。

战士社代社员征婚。

十月四日

齐天大舞台始创杰构积极改进《西游记》，准中秋节开幕。

前进的，民族主义的，唯一的，文艺刊物《前锋月刊》创刊号准双十节出版。

空军将再炸邕。

剿匪声中一趣史。

十月五日

蒋主席电国府请大赦政治犯。

程艳秋登台盛况。

卫乐园之保证金。

十月六日

樊迪文讲演小记。

诸君阅至此，请虔颂南无阿弥陀佛……

大家错了，中秋是本月六日。

查封赵戴文财产问题。

鄂省党部祝贺克复许汴。

取缔民间妄用党国旗。

十月七日

响应政府之廉洁运动。

津浦全线将通车。

平津党部行将恢复。

法轮殴毙栈伙交涉。

王士珍举殡记。

冯阎部下全解体。

湖北来凤苗放双穗。

冤魂为厉，未婚夫索命。

鬼击人背。

十月八日

闽省战事仍烈。

八路军封锁柳州交通。

安德思考古队自蒙古返北平。

国货时装展览。

哄动南洋之萧信庵案。

学校当注重国文论。

追记郑州飞机劫。

谭宅挽联择尤录。

汪精卫突然失踪。

十月九日

西北军已解体。

外部发表英退庚款换文。

京卫戍部枪决人犯。

辛博森渐有起色。

国货时装展览。

上海空前未有之跳舞游艺大会。

十月十日

举国欢腾庆祝双十。

叛逆削平，全国欢祝国庆，蒋主席昨凯旋参与盛典。

津浦路暂仍分段通车。

首都枪决共犯九名。

林埭被匪洗劫。

老陈圩匪祸惨酷。

海盗骚扰丰利。

程艳秋庆祝国庆。

蒋丽霞不忘双十。

南昌市取缔赤足。

伤兵怒斥孙祖基。

今年之双十节，可欣可贺，尤甚从前。

结语

我也说“今年之双十节，可欣可贺，尤甚从前”罢。

十月一日。

附记：这一篇没有能够刊出，大约是被谁抽去了的，盖双十盛典，“伤今”固难，“怀古”也不易了。

十月十三日。

题注：

本篇最初未发表，收入《准风月谈》。1911 年 10 月 10 日，辛亥革命爆发。之后各省纷纷响应，清朝迅速瓦解。1912 年 1 月 1 日中华民国建立，后定 1911 年为民国元年，定 10 月 10 日为中华民国国庆节，也称双十节。1932 年 4 月鲁迅在《林克多〈苏联闻见录〉序》中说："中国现行的所谓宣传，则不但后来只有证明这'宣传'确凿就是说谎的事实而已。"本篇"废物利用"，剪辑了三年前报刊的标题却未获发表，实是由国民党当局再次证实了鲁迅在一年前的看法。

关于妇女解放

孔子曰："唯女子与小人为难养也，近之则不逊，远之则怨。"女子与小人归在一类里，但不知道是否也包括了他的母亲。后来的道学先生们，对于母亲，表面上总算是敬重的了，然而虽然如此，中国的为母的女性，还受着自己儿子以外的一切男性的轻蔑。

辛亥革命后，为了参政权，有名的沈佩贞女士曾经一脚踢倒过议院门口的守卫。不过我很疑心那是他自己跌倒的，假使我们男人去踢罢，他一定会还踢你几脚。这是做女子便宜的地方。还有，现在有些太太们，可以和阔男人并肩而立，在码头或会场上照一个照相；或者当汽船飞机开始行动之前，到前面去敲碎一个酒瓶（这或者非小姐不可也说不定，我不知道那详细）了，也还是做女子的便宜的地方。此外，又新有了各样的职业，除女工，为的是她们工钱低，又听话，因此为厂主所乐用的不算外，别的就大抵只因为是女子，所以一面虽然被称为"花瓶"，一面也常有"一切招待，全用女子"的光荣的广告。男子倘要这么突然的飞黄腾达，单靠原来的男性是不行的，他至少非变狗不可。

这是五四运动后，提倡了妇女解放以来的成绩。不过我们还常常听到职业妇女的痛苦的呻吟，评论家的对于新式女子的讥笑。她们从闺阁走出，到了社会上，其实是又成为给大家开玩笑，发议论的新资料了。

这是因为她们虽然到了社会上，还是靠着别人的“养”；要别人“养”，就得听人的唠叨，甚而至于侮辱。我们看看孔夫子的唠叨，就知道他是为了要“养”而“难”，“近之”“远之”都不十分妥帖的缘故。这也是现在的男子汉大丈夫的一般的叹息。也是女子的一般的苦痛。在没有消灭“养”和“被养”的界限以前，这叹息和苦痛是永远不会消灭的。

这并未改革的社会里，一切单独的新花样，都不过一块招牌，实际上和先前并无两样。拿一匹小鸟关在笼中，或给站在竿子上，地位好像改变了，其实还只是一样的在给别人做玩意，一饮一啄，都听命于别人。俗语说：“受人一饭，听人使唤”，就是这。所以一切女子，倘不得到和男子同等的经济权，我以为所有好名目，就都是空话。自然，在生理和心理上，男女是有差别的；即在同性中，彼此也都不免有些差别，然而地位却应该同等。必须地位同等之后，才会有真的女人和男人，才会消失了叹息和苦痛。

在真的解放之前，是战斗。但我并非说，女人应该和男人一样的拿枪，或者只给自己的孩子吸一只奶，而使男子去负担那一半。我只以为应该不自苟安于目前暂时的位置，而不断的为解放思想，经济等等而战斗。解放了社会，也就解放了自己。但自然，单为了现存的惟妇女所独有的桎梏而斗争，也还是必要的。

我没有研究过妇女问题，倘使必须我说几句，就只有这一点空话。

十月二十一日。

题注：

本文系应人之请而作，初未发表。收入《南腔北调集》。鲁迅对于中国妇女的命运始终十分关心。沈佩贞是辛亥革命时期的女政治活动家，曾组织“女子北伐队”，民国初年曾任袁世凯总统府顾问。传说她为了取得参政权，曾硬闯议院。

火

普洛美修斯偷火给人类，总算是犯了天条，贬入地狱。但是，钻木取火的燧人氏却似乎没有犯窃盗罪，没有破坏神圣的私有财产——那时候，树木还是无主的公物。然而燧人氏也被忘却了，到如今只见中国人供火神菩萨，不见供燧人氏的。

火神菩萨只管放火，不管点灯。凡是火着就有他的份。因此，大家把他供养起来，希望他少作恶。然而如果他不作恶，他还受得着供养么，你想？

点灯太平凡了。从古至今，没有听到过以点灯出名的名人，虽然人类从燧人氏那里学会了点火已经有五六千年的时间。放火就不然。秦始皇放了一把火——烧了书没有烧人；项羽入关又放了一把火——烧的是阿房宫不是民房（？——待考）。……罗马的一个什么皇帝却放火烧百姓了；中世纪正教的僧侣就会把异教徒当柴火烧，间或还灌上油。这些都是一世之雄。现代的希特拉就是活证人。如何能不供养起来。何况现今是进化时代，火神菩萨也代代跨灶的。

譬如说罢，没有电灯的地方，小百姓不顾什么国货年，人人都要买点洋货的煤油，晚上就点起来：那么幽黯的黄澄澄的光线映在纸窗上，多不大方！不准，不准这么点灯！你们如果要光明的话，非得禁止这样“浪费”煤油不可。煤油应当扛到田地里去，灌进喷筒，呼啦呼啦的喷起来……一场大火，几十里路的延烧过去，稻禾，树木，房舍——尤其是草棚——一会儿都变成飞灰了。还不够，就有燃烧弹，硫磺弹，从飞机上面扔下来，像上海一二八的大火似的，够烧几天几晚。那才是伟大的光明呵。

火神菩萨的威风是这样的。可是说起来，他又不承认：火神菩萨据说原是保佑小民的，至于火灾，却要怪小民自不小心，或是为非作歹，纵火抢掠。

谁知道呢？历代放火的名人总是这样说，却未必总有人信。

我们只看见点灯是平凡的，放火是雄壮的，所以点灯就被禁止，放火就受供养。你不见海京伯马戏团么：宰了耕牛喂老虎，原是这年头的“时代精神”。

十一月二日。

题注：

本文最初发表于上海《申报月刊》第二卷第十二号（1933 年 12 月 15 日），署名洛文。收入《南腔北调集》。1933 年，德国希特勒大量烧毁“反动”书刊，鲁迅曾与宋庆龄等前往德国驻上海领事馆抗议；10 月，德国海京伯马戏团访沪，10 月 20 日，鲁迅携海婴前往观看该团兽苑，亲见以“耕牛喂虎”，27 日，写《野兽训练法》。月底，上海社会局局长潘公展召见各书店老板训话，又掀压迫左翼文化狂潮，禁扣左翼著作，鲁迅因而写作本文。次年 1 月 31 日作《火、王道、监狱》，其中的《火》一节，大意与此相同。

捣鬼心传

中国人又很有些喜欢奇形怪状，鬼鬼祟祟的脾气，爱看古树发光比大麦开花的多，其实大麦开花他向来也没有看见过。于是怪胎畸形，就成为报章的好资料，替代了生物学的常识的位置了。最近在广告上所见的，有像所谓两头蛇似的两头四手的胎儿，还有从小肚上生出一只脚来的三脚汉子。固然，人有怪胎，也有畸形，然而造化的本领是有限的，他无论怎么怪，怎么畸，总有一个限制：孪儿可以连背，连腹，连臀，连胁，或竟骈头，却不会将头生在屁股上；形可以骈拇，枝指，缺肢，多乳，却不会两脚之外添出一只脚来，好像"买两送一"的买卖。天实在不及人之能捣鬼。

但是，人的捣鬼，虽胜于天，而实际上本领也有限。因为捣鬼精义，在切忌发挥，亦即必须含蓄。盖一加发挥，能使所捣之鬼分明，同时也生限制，故不如含蓄之深远，而影响却又因而模胡了。"有一利必有一弊"，我之所谓"有限"者以此。

清朝人的笔记里，常说罗两峰的《鬼趣图》，真写得鬼气拂拂；后来那图由文明书局印出来了，却不过一个奇瘦，一个矮胖，一个臃肿的模样，并不见得怎样的出奇，还不如只看笔记有趣。小说上的描摹鬼相，虽然竭力，也都不足以惊人，我觉得最可怕的还是晋人所记的脸无五官，浑沦如鸡蛋的山中厉鬼。因为五官不过是五官，纵使苦心经营，要它凶恶，总也逃不出五官的范围，现在使它浑沦得莫名其妙，读者也就怕得莫名其妙了。然而其“弊”也，是印象的模胡。不过较之写些“青面獠牙”，“口鼻流血”的笨伯，自然聪明得远。

中华民国人的宣布罪状大抵是十条，然而结果大抵是无效。古来尽多坏人，十条不过如此，想引人的注意以至活动是决不会的。骆宾王作《讨武曌檄》，那“入宫见嫉，蛾眉不肯让人，掩袖工谗，狐媚偏能惑主”这几句，恐怕是很费点心机的了，但相传武后看到这里，不过微微一笑。是的，如此而已，又怎么样呢？声罪致讨的明文，那力量往往远不如交头接耳的密语，因为一是分明，一是莫测的。我想假使当时骆宾王站在大众之前，只是攒眉摇头，连称“坏极坏极”，却不说出其所谓坏的实例，恐怕那效力会在文章之上的罢。“狂飙文豪”高长虹攻击我时，说道劣迹多端，倘一发表，便即身败名裂，而终于并不发表，是深得捣鬼正脉的；但也竟无大效者，则与广泛俱来的“模胡”之弊为之也。

明白了这两例，便知道治国平天下之法，在告诉大家以有法，而不可明白切实的说出何法来。因为一说出，即有言，一有言，便可与行相对照，所以不如示之以不测。不测的威棱使人萎伤，不测的妙法使人希望——饥荒时生病，打仗时做诗，虽若与治国平天下不相干，但在莫明其妙中，却能令人疑为跟着自有治国平天下的妙法在——然而其“弊”也，却还是照例的也能在模胡中疑心到所谓妙法，其实不过是毫无方法而已。

捣鬼有术，也有效，然而有限，所以以此成大事者，古来无有。

十一月二十二日。

题注：

本文最初发表于上海《申报月刊》第三卷第一号（1934 年 1 月 15 日），署名罗怃。收入《南腔北调集》。“心传”系佛家语，谓佛法精义的传授不以文字，只以师徒心心相印、口口相传。鲁迅收藏的《六祖坛经》即记载了佛教禅宗的偈传故事。而捣鬼的精义恰恰也是不能揭穿的“模模糊糊”。罗两峰即罗聘，系清代画家，所绘《鬼趣图》是讽刺时弊的，为当时所重。鲁迅藏有此画册。

家庭为中国之基本

中国的自己能酿酒，比自己来种鸦片早，但我们现在只听说许多人躺着吞云吐雾，却很少见有人像外国水兵似的满街发酒疯。唐宋的蹋球，久已失传，一般的娱乐是躲在家里彻夜叉麻雀。从这两点看起来，我们在从露天下渐渐的躲进家里去，是无疑的。古之上海文人，已尝慨乎言之，曾出一联，索人属对，道："三鸟害人鸦雀鸽"，"鸽"是彩票，雅号奖券，那时却称为"白鸽票"的。但我不知道后来有人对出了没有。

不过我们也并非满足于现状，是身处斗室之中，神驰宇宙之外，抽鸦片者享乐着幻境，叉麻雀者心仪于好牌。檐下放起爆竹，是在将月亮从天狗嘴里救出；剑仙坐在书斋里，哼的一声，一道白光，千万里外的敌人可被杀掉了，不过飞剑还是回家，钻进原先的鼻孔去，因为下次还要用。这叫做千变万化，不离其宗。所以学校是从家庭里拉出子弟来，教成社会人才的地方，而一闹到不可开交的时候，还是"交家长严加管束"云。

"骨肉归于土，命也；若夫魂气，则无不之也，无不之也！"一个人变了鬼，该可以随便一点了罢，而活人仍要烧一所纸房子，请他住进去，阔气的还有打牌桌，鸦片盘。成仙，这变化是很大的，但是刘太太偏舍不得老家，定要运动到“拔宅飞升”，连鸡犬都带了上去而后已，好依然的管家务，饲狗，喂鸡。

我们的古今人，对于现状，实在也愿意有变化，承认其变化的。变鬼无法，成仙更佳，然而对于老家，却总是死也不肯放。我想，火药只做爆竹，指南针只看坟山，恐怕那原因就在此。

现在是火药蜕化为轰炸弹，烧夷弹，装在飞机上面了，我们却只能坐在家里等他落下来。自然，坐飞机的人是颇有了的，但他那里是远征呢，他为的是可以快点回到家里去。

家是我们的生处，也是我们的死所。

十二月十六日。

题注：

本文最初发表于上海《申报月刊》第三卷第一号（1934 年 1 月 15 日），署名罗怃。收入《南腔北调集》。在写作本文之前，杨邨人在《新儒林外史》中说鲁迅“牙缝开处，吐出一道白雾”，将人乱砍乱杀。鲁迅于 8 月 6 日写了《中国的奇想》，指出“哼的一声，鼻孔里放出一道白光，无论路的远近，将仇人杀掉”的奇想的无聊；之后又于 1935 年写了《死所》，指出因怕死而坐在家里的荒唐。这些都与本文中的意思有关。“骨肉归于土”等语出于《礼记》一书。“刘太太偏舍不得老家”等语是讽刺汉代淮南王刘安“一人得道，鸡犬升天”（见东晋葛洪《神仙传》）。

女人未必多说谎

赵令仪

侍桁先生在《谈说谎》里，以为说谎的原因之一是由于弱，那举证的事实，是："因此为什么女人讲谎话要比男人来得多。"

那并不一定是谎话，可是也不一定是事实。我们确也常常从男人们的嘴里，听说是女人讲谎话要比男人多，不过却也并无实证，也没有统计。叔本华先生痛骂女人，他死后，从他的书籍里发见了医梅毒的药方；还有一位奥国的青年学者，我忘记了他的姓氏，做了一大本书，说女人和谎话是分不开的，然而他后来自杀了。我恐怕他自己正有神经病。

我想，与其说"女人讲谎话要比男人来得多"，不如说"女人被人指为'讲谎话要比男人来得多'的时候来得多"，但是，数目字的统计自然也没有。

譬如罢，关于杨妃，禄山之乱以后的文人就都撒着大谎，玄宗逍遥事外，倒说是许多坏事情都由她，敢说"不闻夏殷衰，中自诛褒妲"的有几个。就是妲己，褒姒，也还不是一样的事？女人的替自己和男人伏罪，真是太长远了。

今年是"妇女国货年"，振兴国货，也从妇女始。不久，是就要挨骂的，因为国货也未必因此有起色，然而一提倡，一责骂，男人们的责任也尽了。

记得某男士有为某女士鸣不平的诗道：“君王城上竖降旗，妾在深宫那得知？二十万人齐解甲，更无一个是男儿！”快哉快哉！

一月八日。

题注：

本篇最初发表于1934年1月12日《申报·自由谈》，署名赵令仪。收入《南腔北调集》。韩侍桁（1908—1987），作家。1月8日，他在《申报·自由谈》上发表了《谈说谎》一文说：“不管为自己的地位的坚固而说谎也吧，或为了拯救旁人的困难而说谎也吧，都是含着有弱者的欲望与现实的不合的原因在。虽是一个弱者，他也会想如果能这样，那就多么好，可是一信嘴说出来，那就成了大谎了。但也有非说谎便不能越过某种难关的场合，而这场合也是弱者遇到的时候较多，大概也就是因此为什么女人讲谎话要比男人来得多。”鲁迅看后当晚就写此文。此外，1933年底一些社会团体提出将1934年定为“妇女国货年”，要求妇女抵制日货，购买国货，以“克敌救国”，鲁迅对此也有话要说，因此写本文。

《玄武湖怪人》按语

中头按：此篇通讯中之所谓“三种怪人”，两个明明是畸形，即绍兴之所谓“胎里疾”；“大头汉”则是病人，其病是脑水肿。而乃置之动物园，且说是“动物中之特别者”，真是十分特别，令人惨然。

【备考】:

玄武湖怪人

南京通讯：首都玄武门外玄武湖。素负历史盛名。自市政府改建五洲公园。加以人工修理后。该处湖光山色。更觉幽雅宜人。风景出自天然。值此春夏阳和。千红万紫。游人如织。有游艺家秦庆森君。为增游人兴趣起见。不惜巨资。特举办五洲动物园。于去冬托友由南洋群岛及云桂等处各地购办奇异动物甚夥。益增该园风光不少。兹将动物中之特别者分志于次。计三种怪人。(一)小头。姓徐。绰号徐小头。海州产。身长三尺。头小如拳。问其年已卅六岁矣。(二)大头汉。姓唐。绰号大头。又名来发。浙之绍兴产。头大如巴斗。状似寿星。其实年方十二岁。(三)半截美人。年二十四岁。扬州产。面发如平常美妇无异。惟无腿。仅有肉足趾两个。此所以称为半截美人。(中头剪自五月十四日《大美晚报》)

题注:

本篇最初发表于1934年6月16日《论语》半月刊第四十三期“古香斋”栏，排在《玄武湖怪人》一文之后。初未收集。

倒提

公汗

西洋的慈善家是怕看虐待动物的，倒提着鸡鸭走过租界就要办。所谓办，虽然也不过是罚钱，只要舍得出钱，也还可以倒提一下，然而究竟是办了。于是有几位华人便大鸣不平，以为西洋人优待动物，虐待华人，至于比不上鸡鸭。

这其实是误解了西洋人。他们鄙夷我们，是的确的，但并未放在动物之下。自然，鸡鸭这东西，无论如何，总不过送进厨房，做成大菜而已，即顺提也何补于归根结蒂的运命。然而它不能言语，不会抵抗，又何必加以无益的虐待呢？西洋人是什么都讲有益的。我们的古人，人民的“倒悬”之苦是想到的了，而且也实在形容得切帖，不过还没有察出鸡鸭的倒提之灾来，然而对于什么“生封驴肉”“活烤鹅掌”这些无聊的残虐，却早经在文章里加以攻击了。这种心思，是东西之所同具的。

但对于人的心思，却似乎有些不同。人能组织，能反抗，能为奴，也能为主，不肯努力，固然可以永沦为舆台，自由解放，便能够获得彼此的平等，那运命是并不一定终于送进厨房，做成大菜的。愈下劣者，愈得主人的爱怜，所以西崽打叭儿，则西崽被斥，平人忤西崽，则平人获咎，租界上并无禁止苛待华人的规律，正因为我们该自有力量，自有本领，和鸡鸭绝不相同的缘故。

然而我们从古典里，听熟了仁人义士，来解倒悬的胡说了，直到现在，还不免总在想从天上或什么高处远处掉下一点恩典来，其甚者竟以为“莫作乱离人，宁为太平犬”，不妨变狗，而合群改革是不肯的。自叹不如租界的鸡鸭者，也正有这气味。

这类的人物一多，倒是大家要被倒悬的，而且虽在送往厨房的时候，也无人暂时解救。这就因为我们究竟是人，然而是没出息的人的缘故。

六月三日。

【附录】：

论“花边文学”

林默

近来有一种文章，四周围着花边，从一些副刊上出现。这文章，每天一段，雍容闲适，缜密整齐，看外形似乎是“杂感”，但又像“格言”，内容却不痛不痒，毫无着落。似乎是小品或语录一类的东西。今天一则“偶感”，明天一段“据说”，从作者看来，自然是好文章，因为翻来复去，都成了道理，颇尽了八股的能事的。但从读者看，虽然不痛不痒，却往往渗有毒汁，散布了妖言。譬如甘地被刺，就起来作一篇“偶感”，颂扬一番“摩哈达麻”，咒骂几通暴徒作乱，为圣雄出气禳灾，顺便也向读者宣讲一些“看定一切”，“勇武和平”的不抵抗说教之类。这种文章无以名之，且名之曰“花边体”或“花边文学”罢。

这花边体的来源，大抵是走入鸟道以后的小品文变种。据这种小品文的拥护者说是会要流传下去的（见《人间世》:《关于小品文》)。我们且来看看他们的流传之道罢。六月念八日《申报》《自由谈》载有这样一篇文章，题目叫《倒提》。大意说西洋人禁止倒提鸡鸭，华人颇有鸣不平的，因为西洋人虐待华人，至于比不上鸡鸭。

于是这位花边文学家发议论了，他说：“这其实是误解了西洋人。他们鄙夷我们是的确的，但并未放在动物之下。”

为什么“并未”呢？据说是“人能组织，能反抗，……自有力量，自有本领，和鸡鸭绝不相同的缘故。”所以租界上没有禁止苛待华人的规律。不禁止虐待华人，当然就是把华人看在鸡鸭之上了。

倘要不平么，为什么不反抗呢？

而这些不平之士，据花边文学家从古典里得来的证明，断为“不妨变狗”之辈，没有出息的。

这意思极明白，第一是西洋人并未把华人放在鸡鸭之下，自叹不如鸡鸭的人，是误解了西洋人。第二是受了西洋人这种优待，不应该再鸣不平。第三是他虽也正面的承认人是能反抗的，叫人反抗，但他实在是说明西洋人为尊重华人起见，这虐待倒不可少，而且大可进一步。第四，倘有人要不平，他能从“古典”来证明这是华人没有出息。

上海的洋行，有一种帮洋人经营生意的华人，通称叫“买办”，他们和同胞做起生意来，除开夸说洋货如何比国货好，外国人如何讲礼节信用，中国人是猪猡，该被淘汰以外，还有一个特点，是口称洋人曰：“我们的东家”。我想这一篇《倒提》的杰作，看他的口气，大抵不出于这般人为他们的东家而作的手笔。因为第一，这般人是常以了解西洋人自夸的，西洋人待他很客气；第二，他们往往赞成西洋人（也就是他们的东家）统治中国，虐待华人，因为中国人是猪猡；第三，他们最反对中国人怀恨西洋人。抱不平，从他们看来，更是危险思想。

从这般人或希望升为这般人的笔下产出来的就成了这篇“花边文学”的杰作。但所可惜是不论这种文人，或这种文字，代西洋人如何辩护说教，中国人的不平，是不可免的。因为西洋人虽然不曾把中国放在鸡鸭之下，但事实上也似乎并未放在鸡鸭之上。香港的差役把中国犯人倒提着从二楼摔下来，已是久远的事；近之如上海，去年的高丫头，今年的蔡洋其辈，他们的遭遇，并不胜过于鸡鸭，而死伤之惨烈有过而无不及。这些事实我辈华人是看得清清楚楚，不会转背就忘却的，花边文学家的嘴和笔怎能朦混过去呢？

抱不平的华人果真如花边文学家的“古典”证明，一律没有出息的么？倒也不的。我们的古典里，不是有九年前的五卅运动，两年前的一二八战争，至今还在艰苦支持的东北义勇军么？谁能说这些不是由于华人的不平之气聚集而成的勇敢的战斗和反抗呢？

“花边体”文章赖以流传的长处都在这里。如今虽然在流传着，为某些人们所拥护。但相去不远，就将有人来唾弃他的。现在是建设“大众语”文学的时候，我想“花边文学”，不论这种形式或内容，在大众的眼中，将有流传不下去的一天罢。

这篇文章投了好几个地方，都被拒绝。莫非这文章又犯了要报私仇的嫌疑么？但这“授意”却没有的。就事论事，我觉得实有一吐的必要。文中过火之处，或者有之，但说我完全错了，却不能承认。倘得罪的是我的先辈或友人，那就请谅解这一点。

笔者附识。

七月三日《大晚报》《火炬》。

题注：

本篇最初发表于1934年6月28日《申报·自由谈》，署名公汗。收入《花边文学》。当时租界当局不准倒提鸡鸭走过租界，违者罚款，此事引发鲁迅写作本文。本文发表后，7月3日林默（廖沫沙）在《大晚报》文艺副刊《火炬》发表《论“花边文学”》一文，斥责鲁迅本文是“代西洋人如何辩护说教”，是出于“买办”的手笔，归之于“渗有毒汁，散布了妖言”的“花边文学”。鲁迅在编集子时就借用他的提法，将书命名为《花边文学》，并把该文附录于本文之后。

隔膜

清朝初年的文字之狱，到清朝末年才被从新提起。最起劲的是“南社”里的有几个人，为被害者辑印遗集；还有些留学生，也争从日本搬回文证来。待到孟森的《心史丛刊》出，我们这才明白了较详细的状况，大家向来的意见，总以为文字之祸，是起于笑骂了清朝。然而，其实是不尽然的。

这一两年来，故宫博物院的故事似乎不大能够令人敬服，但它却印给了我们一种好书，曰《清代文字狱档》，去年已经出到八辑。其中的案件，真是五花八门，而最有趣的，则莫如乾隆四十八年二月“冯起炎注解易诗二经欲行投呈案”。

冯起炎是山西临汾县的生员，闻乾隆将谒泰陵，便身怀著作，在路上徘徊，意图呈进，不料先以“形迹可疑”被捕了。那著作，是以《易》解《诗》，实则信口开河，在这里犯不上抄录，惟结尾有“自传”似的文章一大段，却是十分特别的——

“又，臣之来也，不愿如何如何，亦别无愿求之事，惟有一事未决，请对陛下一叙其缘由。臣……名曰冯起炎，字是南州，尝到臣张三姨母家，见一女，可娶，而恨不足以办此。此女名曰小女，年十七岁，方当待字之年，而正在未字之时，乃原籍东关春牛厂长兴号张守忭之次女也。又到臣杜五姨母家，见一女，可娶，而恨力不足以办此。此女名小凤，年十三岁，虽非必字之年，而已在可字之时，乃本京东城闹市口瑞生号杜月之次女也。若以陛下之力，差干员一人，选快马一匹，克日长驱到临邑，问彼临邑之地方官：'其东关春牛厂长兴号中果有张守忭一人否？'诚如是也，则此事谐矣。再问：'东城闹市口瑞生号中果有杜月一人否？'诚如是也，则此事谐矣。二事谐，则臣之愿毕矣。然臣之来也，方不知陛下纳臣之言耶否耶，而必以此等事相强乎？特进言之际，一叙及之。"

这何尝有丝毫恶意？不过着了当时通行的才子佳人小说的迷，想一举成名，天子做媒，表妹入抱而已。不料事实的结局却不大好，署直隶总督袁守侗拟奏的罪名是"阅其呈首，胆敢于圣主之前，混讲经书，而呈尾措词，尤属狂妄。核其情罪，较冲突仪仗为更重。冯起炎一犯，应从重发往黑龙江等处，给披甲人为奴。俟部复到日，照例解部刺字发遣。"这位才子，后来大约终于单身出关做西崽去了。

此外的案情，虽然没有这么风雅，但并非反动的还不少。有的是卤莽；有的是发疯；有的是乡曲迂儒，真的不识讳忌；有的则是草野愚民，实在关心皇家。而运命大概很悲惨，不是凌迟，灭族，便是立刻杀头，或者"斩监候"，也仍然活不出。

凡这等事，粗略的一看，先使我们觉得清朝的凶虐，其次，是死者的可怜。但再来一想，事情是并不这么简单的。这些惨案的来由，都只为了"隔膜"。

满洲人自己，就严分着主奴，大臣奏事，必称“奴才”，而汉人却称“臣”就好。这并非因为是“炎黄之胄”，特地优待，锡以嘉名的，其实是所以别于满人的“奴才”，其地位还下于“奴才”数等。奴隶只能奉行，不许言议；评论固然不可，妄自颂扬也不可，这就是“思不出其位”。譬如说：主子，您这袍角有些儿破了，拖下去怕更要破烂，还是补一补好。进言者方自以为在尽忠，而其实却犯了罪，因为另有准其讲这样的话的人在，不是谁都可说的。一乱说，便是“越俎代谋”，当然“罪有应得”。倘自以为是“忠而获咎”，那不过是自己的胡涂。

但是，清朝的开国之君是十分聪明的，他们虽然打定了这样的主意，嘴里却并不照样说，用的是中国的古训：“爱民如子”，“一视同仁”。一部分的大臣，士大夫，是明白这奥妙的，并不敢相信。但有一些简单愚蠢的人们却上了当，真以为“陛下”是自己的老子，亲亲热热的撒娇讨好去了。他那里要这被征服者做儿子呢？于是乎杀掉。不久，儿子们吓得不再开口了，计划居然成功；直到光绪时康有为们的上书，才又冲破了“祖宗的成法”。然而这奥妙，好像至今还没有人来说明。

施蛰存先生在《文艺风景》创刊号里，很为“忠而获咎”者不平，就因为还不免有些“隔膜”的缘故。这是《颜氏家训》或《庄子》《文选》里所没有的。

六月十日。

题注：

本篇最初发表于上海《新语林》半月刊第一期（1934年7月5

日），署名杜德机。收入《且介亭杂文》。1934 年 6 月出版的《文艺风景》创刊号上发表了施蛰存的《书籍禁止与思想左倾》一文，文中说："前一些时候，政府曾经根据于剿除共产主义文化这政策而突然禁止了一百余种文艺书籍的发行……沈从文先生曾经在天津《国闻日报》第十一卷第九期上发表了一篇讨论这禁书问题的文字……沈从文先生正如我一样地引焚书坑儒为喻，原意也不过希望政府方面要以史实为殷鉴，出之审慎……他并非不了解政府的禁止左倾书籍之不得已，然而他还希望政府能有比这更妥当，更有效果的办法……"施蛰存在文中还提及上海的《社会新闻》第六卷第二十七、八期上连续刊载的反驳沈从文、说他"站在反革命的立场"的文章。鲁迅因而写作了本文。

买《小学大全》记

线装书真是买不起了。乾隆时候的刻本的价钱，几乎等于那时的宋本。明版小说，是五四运动以后飞涨的；从今年起，洪运怕要轮到小品文身上去了。至于清朝禁书，则民元革命后就是宝贝，即使并无足观的著作，也常要百余元至数十元。我向来也走走旧书坊，但对于这类宝书，却从不敢作非分之想。端午节前，在四马路一带闲逛，竟在无意之间买到了一种，曰《小学大全》，共五本，价七角，看这名目，是不大有人会欢迎的，然而，却是清朝的禁书。

这书的编纂者尹嘉铨，博野人；他父亲尹会一，是有名的孝子，乾隆皇帝曾经给过褒扬的诗。他本身也是孝子，又是道学家，官又做到大理寺卿稽察觉罗学。还请令旗籍子弟也讲读朱子的《小学》，而"荷蒙朱批：所奏是。钦此。"这部书便成于两年之后的，加疏的《小学》六卷，《考证》和《释文》，《或问》各一卷，《后编》二卷，合成一函，是为《大全》。也曾进呈，终于在乾隆四十二年九月十七日奉旨："好！知道了。钦此。"那明明是得了皇帝的嘉许的。

到乾隆四十六年，他已经致仕回家了，但真所谓"及其老也，戒之在得"罢，虽然欲得的乃是"名"，也还是一样的招了大祸。这年三月，乾隆行经保定，尹嘉铨便使儿子送了一本奏章，为他的父亲请谥，朱批是“与谥乃国家定典，岂可妄求。此奏本当交部治罪，念汝为父私情，姑免之。若再不安分家居，汝罪不可逭矣！钦此。”不过他豫先料不到会碰这样的大钉子，所以接着还有一本，是请许“我朝”名臣汤斌范文程李光地顾八代张伯行等从祀孔庙，“至于臣父尹会一，既蒙御制诗章褒嘉称孝，已在德行之科，自可从祀，非臣所敢请也。”这回可真出了大岔子，三月十八日的朱批是：“竟大肆狂吠，不可恕矣！钦此。”

乾隆时代的一定办法，是凡以文字获罪者，一面拿办，一面就查抄，这并非着重他的家产，乃在查看藏书和另外的文字，如果别有“狂吠”，便可以一并治罪。因为乾隆的意见，是以为既敢“狂吠”，必不止于一两声，非彻底根究不可的。尹嘉铨当然逃不出例外，和自己的被捕同时，他那博野的老家和北京的寓所，都被查抄了。藏书和别项著作，实在不少，但其实也并无什么干碍之作。不过那时是决不能这样就算的，经大学士三宝等再三审讯之后，定为“相应请旨将尹嘉铨照大逆律凌迟处死”，幸而结果很宽大：“尹嘉铨著加恩免其凌迟之罪，改为处绞立决，其家属一并加恩免其缘坐”就完结了。

这也还是名儒兼孝子的尹嘉铨所不及料的。

这一回的文字狱，只绞杀了一个人，比起别的案子来，决不能算是大狱，但乾隆皇帝却颇费心机，发表了几篇文字。从这些文字和奏章（均见《清代文字狱档》第六辑）看来，这回的祸机虽然发于他的“不安分”，但大原因，却在既以名儒自居，又请将名臣从祀：这都是大“不可恕”的地方。清朝虽然尊崇朱子，但止于“尊崇”，却不许“学样”，因为一学样，就要讲学，于是而有学说，于是而有门徒，于是而有门户，于是而有门户之争，这就足为“太平盛世”之累。况且以这样的“名儒”而做官，便不免以“名臣”自居，“妄自尊大”。乾隆是不承认清朝会有“名臣”的，他自己是“英主”，是“明君”，所以在他的统治之下，不能有奸臣，既没有特别坏的奸臣，也就没有特别好的名臣，一律都是不好不坏，无所谓好坏的奴子。

特别攻击道学先生，所以是那时的一种潮流，也就是“圣意”。我们所常见的，是纪昀总纂的《四库全书总目提要》和自著的《阅微草堂笔记》里的时时的排击。这就是迎合着这种潮流的，倘以为他秉性平易近人，所以憎恨了道学先生的谿刻，那是一种误解。大学士三宝们也很明白这潮流，当会审尹嘉铨时，曾奏道：“查该犯如此狂悖不法，若即行定罪正法，尚不足以昭公愤而快人心。该犯曾任三品大员，相应遵例奏明，将该犯严加夹讯，多受刑法，问其究属何心，录取供词，具奏，再请旨立正典刑，方足以昭炯戒。”后来究竟用了夹棍没有，未曾查考，但看所录供词，却于用他的“丑行”来打倒他的道学的策略，是做得非常起劲的。现在抄三条在下面——

> “问：尹嘉铨！你所书李孝女暮年不字事一篇，说‘年逾五十，依然待字，吾妻李恭人闻而贤之，欲求淑女以相助，仲女固辞不就’等语。这处女既立志不嫁，已年过五旬，你为何叫你女人遣媒说合，要他做妾？这样没廉耻的事，难道是讲正经人干的么？据供：我说的李孝女年逾五十，依然待字，原因素日间知道雄县有个姓李的女子，守贞不字。吾女人要聘他为妾，我那时在京候补，并不知道；后来我女人告诉我，才知道的，所以替他做了这篇文字，要表扬他，实在我并没有见过他的面。但他年过五十，我还将要他做妾的话，做在文字内，这就是我廉耻丧尽，还有何辩。

"问：你当时在皇上跟前讨赏翎子，说是没有翎子，就回去见不得你妻小。你这假道学怕老婆，到底皇上没有给你翎子，你如何回去的呢？据供：我当初在家时，曾向我妻子说过，要见皇上讨翎子，所以我彼时不辞冒昧，就妄求恩典，原想得了翎子回家，可以夸耀。后来皇上没有赏我，我回到家里，实在觉得害羞，难见妻子。这都是我假道学，怕老婆，是实。

"问：你女人平日妒悍，所以替你娶妾，也要娶这五十岁女人给你，知道这女人断不肯嫁，他又得了不妒之名。总是你这假道学居常做惯这欺世盗名之事，你女人也学了你欺世盗名。你难道不知道么？供：我女人要替我讨妾，这五十岁李氏女子既已立志不嫁，断不肯做我的妾，我女人是明知的，所以借此要得不妒之名。总是我平日所做的事，俱系欺世盗名，所以我女人也学做此欺世盗名之事，难逃皇上洞鉴。"

还有一件要紧事是销毁和他有关的书。他的著述也真太多，计应"销毁"者有书籍八十六种，石刻七种，都是著作；应"撤毁"者有书籍六种，却是古书，而有他的序跋。《小学大全》虽不过"疏辑"，然而是在"销毁"之列的。

但我所得的《小学大全》，却是光绪二十二年开雕，二十五年刊竣，而"宣统丁巳"（实是中华民国六年）重校的遗老本，有张锡恭跋云："世风不古若矣，愿读是书者，有以转移之。……"又有刘安涛跋云："晚近凌夷，益加甚焉，异言喧豗，显与是书相悖，一唱百和，……驯致家与国均蒙其害，唐虞三代以来先圣先贤蒙以养正之遗意，扫地尽矣。剥极必复，天地之心见焉。……"为了文字狱，使士子不敢治史，尤不敢言近代事，但一面却也使昧于掌故，乾隆朝所竭力“销毁”的书，虽遗老也不复明白，不到一百三十年，又从新奉为宝典了。这莫非也是“剥极必复”么？恐怕是遗老们的乾隆皇帝所不及料的罢。

但是，清的康熙，雍正和乾隆三个，尤其是后两个皇帝，对于“文艺政策”或说得较大一点的“文化统制”，却真尽了很大的努力的。文字狱不过是消极的一方面，积极的一面，则如钦定四库全书，于汉人的著作，无不加以取舍，所取的书，凡有涉及金元之处者，又大抵加以修改，作为定本。此外，对于“七经”，“二十四史”，“通鉴”，文士的诗文，和尚的语录，也都不肯放过，不是鉴定，便是评选，文苑中实在没有不被蹂躏的处所了。而且他们是深通汉文的异族的君主，以胜者的看法，来批评被征服的汉族的文化和人情，也鄙夷，但也恐惧，有苛论，但也有确评，文字狱只是由此而来的辣手的一种，那成果，由满洲这方面言，是的确不能说它没有效的。

现在这影响好像是淡下去了，遗老们的重刻《小学大全》，就是一个证据，但也可见被愚弄了的性灵，又终于并不清醒过来。近来明人小品，清代禁书，市价之高，决非穷读书人所敢窥视，但《东华录》，《御批通鉴辑览》，《上谕八旗》，《雍正朱批谕旨》……等，却好像无人过问，其低廉为别的一切大部书所不及。倘有有心人加以收集，一一钩稽，将其中的关于驾御汉人，批评文化，利用文艺之处，分别排比，辑成一书，我想，我们不但可以看见那策略的博大和恶辣，并且还能够明白我们怎样受异族主子的驯扰，以及遗留至今的奴性的由来的罢。

自然，这决不及赏玩性灵文字的有趣，然而借此知道一点演成了现在的所谓性灵的历史，却也十分有益的。

七月十日。

题注：

本篇最初发表于《新语林》半月刊第三期（1934年8月5日），署名杜德机。收入《且介亭杂文》。20世纪30年代林语堂在上海主编《论语》，提倡"性灵"。他在《论语》第二卷第十五期（1933年4月）发表的《有不为斋随笔·论文》中写道："文章者，个人性灵之表现。性灵之为物，惟我知之，生我之父母不知，同床之吾妻亦不知。然文学之生命实寄托于此。"鲁迅于6月15日买得《小学大全》，有感而发，写作了本文以剖析"所谓性灵的历史"。1934年7月14日鲁迅日记载"上午复徐懋庸信并稿一篇"，即本篇。《新语林》半月刊，徐懋庸主编，1934年7月在上海创刊。鲁迅1934年6月21日致徐懋庸信："《新语林》第二期的文章很难说，日前本在草一篇小文，也是关于清代禁书的，后来因发胃病，孩子又伤风，放下了，到月底不知如何。倘能做成，当奉上。"所谈即本篇。

病后杂谈

一

生一点病，的确也是一种福气。不过这里有两个必要条件：一要病是小病，并非什么霍乱吐泻，黑死病，或脑膜炎之类；二要至少手头有一点现款，不至于躺一天，就饿一天。这二者缺一，便是俗人，不足与言生病之雅趣的。

我曾经爱管闲事，知道过许多人，这些人物，都怀着一个大愿。大愿，原是每个人都有的，不过有些人却模模胡胡，自己抓不住，说不出。他们中最特别的有两位：一位是愿天下的人都死掉，只剩下他自己和一个好看的姑娘，还有一个卖大饼的；另一位是愿秋天薄暮，吐半口血，两个侍儿扶着，恹恹的到阶前去看秋海棠。这种志向，一看好像离奇，其实却照顾得很周到。第一位姑且不谈他罢，第二位的“吐半口血”，就有很大的道理。才子本来多病，但要“多”，就不能重，假使一吐就是一碗或几升，一个人的血，能有几回好吐呢？过不几天，就雅不下去了。

我一向很少生病，上月却生了一点点。开初是每晚发热，没有力，不想吃东西，一礼拜不肯好，只得看医生。医生说是流行性感冒。好罢，就是流行性感冒。但过了流行性感冒一定退热的时期，我的热却还不退。医生从他那大皮包里取出玻璃管来，要取我的血液，我知道他在疑心我生伤寒病了，自己也有些发愁。然而他第二天对我说，血里没有一粒伤寒菌；于是注意的听肺，平常；听心，上等。这似乎很使他为难。我说，也许是疲劳罢；他也不甚反对，只是沉吟着说，但是疲劳的发热，还应该低一点。……

好几回检查了全体，没有死症，不至于呜呼哀哉是明明白白的，不过是每晚发热，没有力，不想吃东西而已，这真无异于"吐半口血"，大可享生病之福了。因为既不必写遗嘱，又没有大痛苦，然而可以不看正经书，不管柴米账，玩他几天，名称又好听，叫作"养病"。从这一天起，我就自己觉得好像有点儿"雅"了；那一位愿吐半口血的才子，也就是那时躺着无事，忽然记了起来的。

光是胡思乱想也不是事，不如看点不劳精神的书，要不然，也不成其为"养病"。像这样的时候，我赞成中国纸的线装书，这也就是有点儿"雅"起来了的证据。洋装书便于插架，便于保存，现在不但有洋装二十五六史，连《四部备要》也硬领而皮靴了，——原是不为无见的。但看洋装书要年富力强，正襟危坐，有严肃的态度。假使你躺着看，那就好像两只手捧着一块大砖头，不多工夫，就两臂酸麻，只好叹一口气，将它放下。所以，我在叹气之后，就去寻线装书。

一寻，寻到了久不见面的《世说新语》之类一大堆，躺着来看，轻飘飘的毫不费力了，魏晋人的豪放潇洒的风姿，也仿佛在眼前浮动。由此想起阮嗣宗的听到步兵厨善于酿酒，就求为步兵校尉；陶渊明的做了彭泽令，就教官田都种秫，以便做酒，因了太太的抗议，这才种了一点秔。这真是天趣盎然，决非现在的"站在云端里呐喊"者们所能望其项背。但是，“雅”要想到适可而止，再想便不行。例如阮嗣宗可以求做步兵校尉，陶渊明补了彭泽令，他们的地位，就不是一个平常人，要“雅”，也还是要地位。“采菊东篱下，悠然见南山”是渊明的好句，但我们在上海学起来可就难了。没有南山，我们还可以改作“悠然见洋房”或“悠然见烟囱”的，然而要租一所院子里有点竹篱，可以种菊的房子，租钱就每月总得一百两，水电在外；巡捕捐按房租百分之十四，每月十四两。单是这两项，每月就是一百十四两，每两作一元四角算，等于一百五十九元六。近来的文稿又不值钱，每千字最低的只有四五角，因为是学陶渊明的雅人的稿子，现在算他每千字三大元罢，但标点，洋文，空白除外。那么，单单为了采菊，他就得每月译作净五万三千二百字。吃饭呢？要另外想法子生发，否则，他只好“饥来驱我去，不知竟何之”了。

“雅”要地位，也要钱，古今并不两样的，但古代的买雅，自然比现在便宜；办法也并不两样，书要摆在书架上，或者抛几本在地板上，酒杯要摆在桌子上，但算盘却要收在抽屉里，或者最好是在肚子里。

此之谓“空灵”。

二

为了“雅”，本来不想说这些话的。后来一想，这于“雅”并无伤，不过是在证明我自己的“俗”。王夷甫口不言钱，还是一个不干不净人物，雅人打算盘，当然也无损其为雅人。不过他应该有时收起算盘，或者最妙是暂时忘却算盘，那么，那时的一言一笑，就都是灵机天成的一言一笑，如果念念不忘世间的利害，那可就成为“杭育杭育派”了。这关键，只在一者能够忽而放开，一者却是永远执着，因此也就大有了雅俗和高下之分。我想，这和时而“敦伦”者不失为圣贤，连白天也在想女人的就要被称为“登徒子”的道理，大概是一样的。

所以我恐怕只好自己承认“俗”，因为随手翻了一通《世说新语》，看过“娵隅跃清池”的时候，千不该万不该的竟从“养病”想到“养病费”上去了，于是一骨碌爬起来，写信讨版税，催稿费。写完之后，觉得和魏晋人有点隔膜，自己想，假使此刻有阮嗣宗或陶渊明在面前出现，我们也一定谈不来的。于是另换了几本书，大抵是明末清初的野史，时代较近，看起来也许较有趣味。第一本拿在手里的是《蜀碧》。

这是蜀宾从成都带来送我的，还有一部《蜀龟鉴》，都是讲张献忠祸蜀的书，其实是不但四川人，而是凡有中国人都该翻一下的著作，可惜刻的太坏，错字颇不少。翻了一遍，在卷三里看见了这样的一条——

> “又，剥皮者，从头至尻，一缕裂之，张于前，如鸟展翅，率逾日始绝。有即毙者，行刑之人坐死。”

也还是为了自己生病的缘故罢，这时就想到了人体解剖。医术和虐刑，是都要生理学和解剖学智识的。中国却怪得很，固有的医书上的人身五脏图，真是草率错误到见不得人，但虐刑的方法，则往往好像古人早懂得了现代的科学。例如罢，谁都知道从周到汉，有一种施于男子的“宫刑”，也叫“腐刑”，次于“大辟”一等。对于女性就叫“幽闭”，向来不大有人提起那方法，但总之，是决非将她关起来，或者将它缝起来。近时好像被我查出一点大概来了，那办法的凶恶，妥当，而又合乎解剖学，真使我不得不吃惊。但妇科的医书呢？几乎都不明白女性下半身的解剖学的构造，他们只将肚子看作一个大口袋，里面装着莫名其妙的东西。

单说剥皮法，中国就有种种。上面所抄的是张献忠式；还有孙可望式，见于屈大均的《安龙逸史》，也是这回在病中翻到的。其时是永历六年，即清顺治九年，永历帝已经躲在安隆（那时改为安龙），秦王孙可望杀了陈邦传父子，御史李如月就弹劾他“擅杀勋将，无人臣礼”，皇帝反打了如月四十板。可是事情还不能完，又给孙党张应科知道了，就去报告了孙可望。

> “可望得应科报，即令应科杀如月，剥皮示众。俄缚如月至朝门，有负石灰一筐，稻草一捆，置于其前。如月问，‘如何用此？’其人曰，‘是揎你的草！’如月叱曰，‘瞎奴！此株株是文章，节节是忠肠也！’既而应科立右角门阶，捧可望令旨，喝如月跪。如月叱曰，‘我是朝廷命官，岂跪贼令！？’乃步至中门，向阙再拜。……应科促令仆地，剖脊，及臀，如月大呼曰：‘死得快活，浑身清凉！’又呼可望名，大骂不绝。及断至手足，转前胸，犹微声恨骂；至颈绝而死。随以灰渍之，纫以线，后乃入草，移北城门通衢阁上，悬之。……”

张献忠的自然是“流贼”式；孙可望虽然也是流贼出身，但这时已是保明拒清的柱石，封为秦王，后来降了满洲，还是封为义王，所以他所用的其实是官式。明初，永乐皇帝剥那忠于建文帝的景清的皮，也就是用这方法的。大明一朝，以剥皮始，以剥皮终，可谓始终不变；至今在绍兴戏文里和乡下人的嘴上，还偶然可以听到“剥皮揎草”的话，那皇泽之长也就可想而知了。

真也无怪有些慈悲心肠人不愿意看野史，听故事；有些事情，真也不像人世，要令人毛骨悚然，心里受伤，永不全愈的。残酷的事实尽有，最好莫如不闻，这才可以保全性灵，也是“是以君子远庖厨也”的意思。比灭亡略早的晚明名家的潇洒小品在现在的盛行，实在也不能说是无缘无故。不过这一种心地晶莹的雅致，又必须有一种好境遇，李如月仆地“剖脊”，脸孔向下，原是一个看书的好姿势，但如果这时给他看袁中郎的《广庄》，我想他是一定不要看的。这时他的性灵有些儿不对，不懂得真文艺了。

然而，中国的士大夫是到底有点雅气的，例如李如月说的“株株是文章，节节是忠肠”，就很富于诗趣。临死做诗的，古今来也不知道有多少。直到近代，谭嗣同在临刑之前就做一绝“闭门投辖思张俭”，秋瑾女士也有一句“秋雨秋风愁杀人”，然而还雅得不够格，所以各种诗选里都不载，也不能卖钱。

三

清朝有灭族，有凌迟，却没有剥皮之刑，这是汉人应该惭愧的，但后来脍炙人口的虐政是文字狱。虽说文字狱，其实还含着许多复杂的原因，在这里不能细说；我们现在还直接受到流毒的，是他删改了许多古人的著作的字句，禁了许多明清人的书。

《安龙逸史》大约也是一种禁书，我所得的是吴兴刘氏嘉业堂的新刻本。他刻的前清禁书还不止这一种，屈大均的又有《翁山文外》；还有蔡显的《闲渔闲闲录》，是作者因此“斩立决”，还累及门生的，但我细看了一遍，却又寻不出什么忌讳。对于这种刻书家，我是很感激的，因为他传授给我许多知识——虽然从雅人看来，只是些庸俗不堪的知识。但是到嘉业堂去买书，可真难。我还记得，今年春天的一个下午，好容易在爱文义路找着了，两扇大铁门，叩了几下，门上开了一个小方洞，里面有中国门房，中国巡捕，白俄镖师各一位。巡捕问我来干什么的。我说买书。他说账房出去了，没有人管，明天再来罢。我告诉他我住得远，可能给我等一会呢？他说，不成！同时也堵住了那个小方洞。过了两天，我又去了，改作上午，以为此时账房也许不至于出去。但这回所得回答却更其绝望，巡捕曰："书都没有了！卖完了！不卖了！"

我就没有第三次再去买，因为实在回复的斩钉截铁。现在所有的几种，是托朋友去辗转买来的，好像必须是熟人或走熟的书店，这才买得到。

每种书的末尾，都有嘉业堂主人刘承干先生的跋文，他对于明季的遗老很有同情，对于清初的文祸也颇不满。但奇怪的是他自己的文章却满是前清遗老的口风；书是民国刻的，"儀"字还缺着末笔。我想，试看明朝遗老的著作，反抗清朝的主旨，是在异族的入主中夏的，改换朝代，倒还在其次。所以要顶礼明末的遗民，必须接受他的民族思想，这才可以心心相印。现在以明遗老之仇的满清的遗老自居，却又引明遗老为同调，只着重在"遗老"两个字，而毫不问遗于何族，遗在何时，这真可以说是"为遗老而遗老"，和现在文坛上的"为艺术而艺术"，成为一副绝好的对子了。

倘以为这是因为"食古不化"的缘故，那可也并不然。中国的士大夫，该化的时候，就未必决不化。就如上面说过的《蜀龟鉴》，原是一部笔法都仿《春秋》的书，但写到"圣祖仁皇帝康熙元年春正月”，就有“赞”道：“……明季之乱甚矣！风终《豳》，雅终《召旻》，托乱极思治之隐忧而无其实事，孰若于臣祖亲见之，臣身亲被之乎？是终以元年正月。终者，非徒谓体元表正，蔑以加兹；生逢盛世，荡荡难名，一以寄没世不忘之恩，一以见太平之业所由始耳！”

《春秋》上是没有这种笔法的。满洲的肃王的一箭，不但射死了张献忠，也感化了许多读书人，而且改变了“春秋笔法”了。

四

病中来看这些书，归根结蒂，也还是令人气闷。但又开始知道了有些聪明的士大夫，依然会从血泊里寻出闲适来。例如《蜀碧》，总可以说是够惨的书了，然而序文后面却刻着一位乐斋先生的批语道：“古穆有魏晋间人笔意。”

这真是天大的本领！那死似的镇静，又将我的气闷打破了。

我放下书，合了眼睛，躺着想想学这本领的方法，以为这和“君子远庖厨也”的法子是大两样的，因为这时是君子自己也亲到了庖厨里。瞑想的结果，拟定了两手太极拳。一，是对于世事要“浮光掠影”，随时忘却，不甚了然，仿佛有些关心，却又并不恳切；二，是对于现实要“蔽聪塞明”，麻木冷静，不受感触，先由努力，后成自然。第一种的名称不大好听，第二种却也是却病延年的要诀，连古之儒者也并不讳言的。这都是大道。还有一种轻捷的小道，是：彼此说谎，自欺欺人。

有些事情，换一句话说就不大合式，所以君子憎恶俗人的“道破”。其实，“君子远庖厨也”就是自欺欺人的办法：君子非吃牛肉不可，然而他慈悲，不忍见牛的临死的觳觫，于是走开，等到烧成牛排，然后慢慢的来咀嚼。牛排是决不会“觳觫”的了，也就和慈悲不再有冲突，于是他心安理得，天趣盎然，剔剔牙齿，摸摸肚子，“万物皆备于我矣”了。彼此说谎也决不是伤雅的事情，东坡先生在黄州，有客来，就要客谈鬼，客说没有，东坡道：“姑妄言之！”至今还算是一件韵事。

撒一点小谎，可以解无聊，也可以消闷气；到后来，忘却了真，相信了谎。也就心安理得，天趣盎然了起来。永乐的硬做皇帝，一部分士大夫是颇以为不大好的。尤其是对于他的惨杀建文的忠臣。和景清一同被杀的还有铁铉，景清剥皮，铁铉油炸，他的两个女儿则发付了教坊，叫她们做婊子。这更使士大夫不舒服，但有人说，后来二女献诗于原问官，被永乐所知，赦出，嫁给士人了。

这真是“曲终奏雅”，令人如释重负，觉得天皇毕竟圣明，好人也终于得救。她虽然做过官妓，然而究竟是一位能诗的才女，她父亲又是大忠臣，为夫的士人，当然也不算辱没。但是，必须“浮光掠影”到这里为止，想不得下去。一想，就要想到永乐的上谕，有些是凶残猥亵，将张献忠祭梓潼神的“咱老子姓张，你也姓张，咱老子和你联了宗罢。尚飨！”的名文，和他的比起来，真是高华典雅，配登西洋的上等杂志，那就会觉得永乐皇帝决不像一位爱才怜弱的明君。况且那时的教坊是怎样的处所？罪人的妻女在那里是并非静候嫖客的，据永乐定法，还要她们“转营”，这就是每座兵营里都去几天，目的是在使她们为多数男性所凌辱，生出“小龟子”和“淫贱材儿”来！所以，现在成了问题的“守节”，在那时，其实是只准“良民”专利的特典。在这样的治下，这样的地狱里，做一首诗就能超生的么？

我这回从杭世骏的《订讹类编》（续补卷上）里，这才确切的知道了这佳话的欺骗。他说：

> “……考铁长女诗，乃吴人范昌期《题老妓卷》作也。诗云：‘教坊落籍洗铅华，一片春心对落花。旧曲听来空有恨，故园归去却无家。云鬟半軃临青镜，雨泪频弹湿绛纱。安得江州司马在，尊前重为赋琵琶。’昌期，字鸣凤；诗见张士瀹《国朝文纂》。同时杜琼用嘉亦有次韵诗，题曰《无题》，则其非铁氏作明矣。次女诗所谓‘春来雨露深如海，嫁得刘郎胜阮郎’，其论尤为不伦。宗正睦㮮论革除事，谓建文流落西南诸诗，皆好事伪作，则铁女之诗可知。……”

《国朝文纂》我没有见过，铁氏次女的诗，杭世骏也并未寻出根底，但我以为他的话是可信的，——虽然他败坏了口口相传的韵事。况且一则他也是一个认真的考证学者，二则我觉得凡是得到大杀风景的结果的考证，往往比表面说得好听，玩得有趣的东西近真。

首先将范昌期的诗嫁给铁氏长女，聊以自欺欺人的是谁呢？我也不知道。但“浮光掠影”的一看，倒也罢了，一经杭世骏道破，再去看时，就很明白的知道了确是咏老妓之作，那第一句就不像现任官妓的口吻。不过中国的有一些士大夫，总爱无中生有，移花接木的造出故事来，他们不但歌颂升平，还粉饰黑暗。关于铁氏二女的撒谎，尚其小焉者耳，大至胡元杀掠，满清焚屠之际，也还会有人单单捧出什么烈女绝命，难妇题壁的诗词来，这个艳传，那个步韵，比对于华屋丘墟，生民涂炭之惨的大事情还起劲。到底是刻了一本集，连自己们都附进去，而韵事也就完结了。

我在写着这些的时候，病是要算已经好了的了，用不着写遗书。

但我想在这里趁便拜托我的相识的朋友，将来我死掉之后，即使在中国还有追悼的可能，也千万不要给我开追悼会或者出什么记念册。因为这不过是活人的讲演或挽联的斗法场，为了造语惊人，对仗工稳起见，有些文豪们是简直不恤于胡说八道的。结果至多也不过印成一本书，即使有谁看了，于我死人，于读者活人，都无益处，就是对于作者，其实也并无益处，挽联做得好，不过是挽联做得好而已。

现在的意见，我以为倘有购买那些纸墨白布的闲钱，还不如选几部明人，清人或今人的野史或笔记来印印，倒是于大家很有益处的。但是要认真，用点工夫，标点不要错。

十二月十一日。

题注：

本篇第一节最初发表于《文学》月刊第四卷第二号（1935 年 2 月 1 日），其他三节被国民党书报检查官删去。后收入《且介亭杂文》。当时林语堂等人正在着力推崇“雅”和“性灵”文学，却未能认识到所谓“雅”和“性灵”的实质及其社会根源。鲁迅因而写作了本文。鲁迅在《且介亭杂文·附记》中谈到本文时说：“《病后杂谈》是向《文学》的投稿，共五段，待到四卷二号上登了出来时，只剩下第一段了。后有一位作家，根据了这一段评论道：鲁迅是赞成生病的。他竟毫不想到检查官的删削。可见文艺上的暗杀政策，有时也还有一些效力的。”鲁迅在 1935 年 2 月 4 日致杨霁云信中说：“被删去五分之四的，即《病后杂谈》，文学社因为只存一头，遂不登，但我是不以悬头为耻的，即去要求登载……”

病后杂谈之余

——关于“舒愤懑”

一

我常说明朝永乐皇帝的凶残，远在张献忠之上，是受了宋端仪的《立斋闲录》的影响的。那时我还是满洲治下的一个拖着辫子的十四五岁的少年，但已经看过记载张献忠怎样屠杀蜀人的《蜀碧》，痛恨着这“流贼”的凶残。后来又偶然在破书堆里发见了一本不全的《立斋闲录》，还是明抄本，我就在那书上看见了永乐的上谕，于是我的憎恨就移到永乐身上去了。

那时我毫无什么历史知识，这憎恨转移的原因是极简单的，只以为流贼尚可，皇帝却不该，还是“礼不下庶人”的传统思想。至于《立斋闲录》，好像是一部少见的书，作者是明人，而明朝已有抄本，那刻本之少就可想。记得《汇刻书目》说是在明代的一部什么丛书中，但这丛书我至今没有见；清《四库全书总目提要》将它放在“存目”里，那么，《四库全书》里也是没有的，我家并不是藏书家，我真不解怎么会有这明抄本。这书我一直保存着，直到十多年前，因为肚子饿得慌了，才和别的两本明抄和一部明刻的《宫闺秘典》去卖给以藏书家和学者出名的傅某，他使我跑了三四趟之后，才说一总给我八块钱，我赌气不卖，抱回来了，又藏在北平的寓里；但久已没有人照管，不知道现在究竟怎样了。

那一本书，还是四十年前看的，对于永乐的憎恨虽然还在，书的内容却早已模模胡胡，所以在前几天写《病后杂谈》时，举不出一句永乐上谕的实例。我也很想看一看《永乐实录》，但在上海又如何能够；来青阁有残本在寄售，十本，实价却是一百六十元，也决不是我辈书架上的书。又是一个偶然：昨天在《安徽丛书》第三集中看见了清俞正燮（1775—1840）《癸巳类稿》的改定本，那《除乐户丐户籍及女乐考附古事》里，却引有永乐皇帝的上谕，是根据王世贞《弇州史料》中的《南京法司所记》的，虽然不多，又未必是精粹，但也足够"略见一斑"，和献忠流贼的作品相比较了。摘录于下——

> "永乐十一年正月十一日，教坊司于右顺门口奏：齐泰姊及外甥媳妇，又黄子澄妹四个妇人，每一日一夜，二十余条汉子看守着，年少的都有身孕，除生子令做小龟子，又有三岁女子，奏请圣旨。奉钦依：由他。不的到长大便是个淫贱材儿？"
>
> "铁铉妻杨氏年三十五，送教坊司；茅大芳妻张氏年五十六，送教坊司。张氏病故，教坊司安政于奉天门奏。奉圣旨：分付上元县抬出门去，着狗吃了！钦此！"

君臣之间的问答，竟是这等口吻，不见旧记，恐怕是万想不到的罢。但其实，这也仅仅是一时的一例。自有历史以来，中国人是一向被同族和异族屠戮，奴隶，敲掠，刑辱，压迫下来的，非人类所能忍受的楚毒，也都身受过，每一考查，真教人觉得不像活在人间。俞正燮看过野史，正是一个因此觉得义愤填膺的人，所以他在记载清朝的解放惰民丐户，罢教坊，停女乐的故事之后，作一结语道——

“自三代至明，惟宇文周武帝，唐高祖，后晋高祖，金，元，及明景帝，于法宽假之，而尚存其旧。余皆视为固然。本朝尽去其籍，而天地为之廓清矣。汉儒歌颂朝廷功德，自云‘舒愤懑’，除乐户之事，诚可云舒愤懑者：故列古语琐事之实，有关因革者如此。”

这一段结语，有两事使我吃惊。第一事，是宽假奴隶的皇帝中，汉人居很少数。但我疑心俞正燮还是考之未详，例如金元，是并非厚待奴隶的，只因那时连中国的蓄奴的主人也成了奴隶，从征服者看来，并无高下，即所谓“一视同仁”，于是就好像对于先前的奴隶加以宽假了。第二事，就是这自有历史以来的虐政，竟必待满洲的清才来廓清，使考史的儒生，为之拍案称快，自比于汉儒的“舒愤懑”——就是明末清初的才子们之所谓“不亦快哉！”然而解放乐户却是真的，但又并未“廓清”，例如绍兴的惰民，直到民国革命之初，他们还是不与良民通婚，去给大户服役，不过已有报酬，这一点，恐怕是和解放之前大不相同的了。革命之后，我久不回到绍兴去了，不知道他们怎样，推想起来，大约和三十年前是不会有什么两样的。

二

但俞正燮的歌颂清朝功德，却不能不说是当然的事。他生于乾隆四十年，到他壮年以至晚年的时候，文字狱的血迹已经消失，满洲人的凶焰已经缓和，愚民政策早已集了大成，剩下的就只有“功德”了。那时的禁书，我想他都未必看见。现在不说别的，单看雍正乾隆两朝的对于中国人著作的手段，就足够令人惊心动魄。全毁，抽毁，剜去之类也且不说，最阴险的是删改了古书的内容。乾隆朝的纂修《四库全书》，是许多人颂为一代之盛业的，但他们却不但捣乱了古书的格式，还修改了古人的文章；不但藏之内廷，还颁之文风较盛之处，使天下士子阅读，永不会觉得我们中国的作者里面，也曾经有过很有些骨气的人。（这两句，奉官命改为“永远看不出底细来。”）

嘉庆道光以来，珍重宋元版本的风气逐渐旺盛，也没有悟出乾隆皇帝的“圣虑”，影宋元本或校宋元本的书籍很有些出版了，这就使那时的阴谋露了马脚。最初启示了我的是《琳琅秘室丛书》里的两部《茅亭客话》，一是校宋本，一是四库本，同是一种书，而两本的文章却常有不同，而且一定是关于“华夷”的处所。这一定是四库本删改了的；现在连影宋本的《茅亭客话》也已出版，更足据为铁证，不过倘不和四库本对读，也无从知道那时的阴谋。《琳琅秘室丛书》我是在图书馆里看的，自己没有，现在去买起来又嫌太贵，因此也举不出实例来。但还有比较容易的法子在。

新近陆续出版的《四部丛刊续编》自然应该说是一部新的古董书，但其中却保存着满清暗杀中国著作的案卷。例如宋洪迈的《容斋随笔》至《五笔》是影宋刊本和明活字本，据张元济跋，其中有三条就为清代刻本中所没有。所删的是怎样内容的文章呢？为惜纸墨计，现在只摘录一条《容斋三笔》卷三里的《北狄俘虏之苦》在这里——

“元魏破江陵，尽以所俘士民为奴，无问贵贱，盖北方夷俗皆然也。自靖康之后，陷于金虏者，帝子王孙，宦门仕族之家，尽没为奴婢，使供作务。每人一月支稗子五斗，令自舂为米，得一斗八升，用为餱粮；岁支麻五把，令缉为裘。此外更无一钱一帛之入。男子不能缉者，则终岁裸体。虏或哀之，则使执爨，虽时负火得暖气，然才出外取柴归，再坐火边，皮肉即脱落，不日辄死。惟喜有手艺，如医人绣工之类，寻常只团坐地上，以败席或芦藉衬之，遇客至开筵，引能乐者使奏技，酒阑客散，各复其初，依旧环坐刺绣：任其生死，视如草芥。……”

清朝不惟自掩其凶残，还要替金人来掩饰他们的凶残。据此一条，可见俞正燮入金朝于仁君之列，是不确的了，他们不过是一扫宋朝的主奴之分，一律都作为奴隶，而自己则是主子。但是，这校勘，是用清朝的书坊刻本的，不知道四库本是否也如此。要更确凿，还有一部也是《四部丛刊续编》里的影旧抄本宋晁说之《嵩山文集》在这里，卷末就有单将《负薪对》一篇和四库本相对比，以见一斑的实证，现在摘录几条在下面，大抵非删则改，语意全非，仿佛宋臣晁说之，已在对金人战栗，嗫嚅不吐，深怕得罪似的了——

旧抄本	四库本
金贼以我疆场之臣无状，斥堠不明，遂豕突河北，蛇结河东。	金人扰我疆场之地，边城斥堠不明，遂长驱河北，盘结河东。
犯孔子春秋之大禁，	为上下臣民之大耻，
以百骑却虏枭将，	以百骑却辽枭将，
彼金贼虽非人类，而犬豕亦有掉瓦怖恐之号，顾弗之	彼金人虽甚强盛，而赫然示之以威令之森严，顾弗之

惧哉！	惧哉！
我取而歼焉可也。	我因而取之可也。
太宗时，女真困于契丹之三栅，控告乞援，亦卑恭甚矣。不谓敢眦睨中国之地于今日也。	太宗时，女真困于契丹之三栅，控告乞援，亦和好甚矣。不谓竟酿患滋祸一至于今日也。
忍弃上皇之子于胡虏乎？	忍弃上皇之子于异地乎？
何则：夷狄喜相吞并斗争，是其犬羊狺吠咋啮之性也。唯其富者最先亡。古今夷狄族帐，大小见于史册者百十，今其存者一二，皆以其财富而自底灭亡者也。今此小丑不指日而灭亡，是无天道也。	（无）
褫中国之衣冠，复夷狄之态度。	遂其报复之心，肆其凌侮之意。
取故相家孙女姊妹，缚马上而去，执侍帐中，远近胆落，不暇寒心。	故相家皆携老襁幼，弃其籍而去，焚掠之余，远近胆落，不暇寒心。

即此数条，已可见“贼”“虏”“犬羊”是讳的；说金人的淫掠是讳的；“夷狄”当然要讳，但也不许看见“中国”两个字，因为这是和“夷狄”对立的字眼，很容易引起种族思想来的。但是，这《嵩山文集》的抄者不自改，读者不自改，尚存旧文，使我们至今能够看见

晁氏的真面目，在现在说起来，也可以算是令人大“舒愤懑”的了。

清朝的考据家有人说过，“明人好刻古书而古书亡”，因为他们妄行校改。我以为这之后，则清人纂修《四库全书》而古书亡，因为他们变乱旧式，删改原文；今人标点古书而古书亡，因为他们乱点一通，佛头着粪：这是古书的水火兵虫以外的三大厄。

三

对于清朝的愤懑的从新发作，大约始于光绪中，但在文学界上，我没有查过以谁为“祸首”。太炎先生是以文章排满的骁将著名的，然而在他那《訄书》的未改订本中，还承认满人可以主中国，称为“客帝”，比于嬴秦的“客卿”。但是，总之，到光绪末年，翻印的不利于清朝的古书，可是陆续出现了；太炎先生也自己改正了“客帝”说，在再版的《訄书》里，“删而存此篇”；后来这书又改名为《检论》，我却不知道是否还是这办法。留学日本的学生们中的有些人，也在图书馆里搜寻可以鼓吹革命的明末清初的文献。那时印成一大本的有《汉声》，是《湖北学生界》的增刊，面子上题着四句集《文选》句：“抒怀旧之积念，发思古之幽情”，第三句想不起来了，第四句是“振大汉之天声”。无古无今，这种文献，倒是总要在外国的图书馆里抄得的。

我生长在偏僻之区，毫不知道什么是满汉，只在饭店的招牌上看见过“满汉酒席”字样，也从不引起什么疑问来。听人讲“本朝”的故事是常有的，文字狱的事情却一向没有听到过，乾隆皇帝南巡的盛事也很少有人讲述了，最多的是“打长毛”。我家里有一个年老的女工，她说长毛时候，她已经十多岁，长毛故事要算她对我讲得最多，但她并无邪正之分，只说最可怕的东西有三种，一种自然是“长毛”，一种是“短毛”，还有一种是“花绿头”。到得后来，我才明白后两种其实是官兵，但在愚民的经验上，是和长毛并无区别的。给我指明长毛之可恶的倒是几位读书人；我家里有几部县志，偶然翻开来看，那时殉难的烈士烈女的名册就有一两卷，同族里的人也有几个被杀掉的，后来封了“世袭云骑尉”，我于是确切的认定了长毛之可恶。然而，真所谓“心事如波涛”罢，久而久之，由于自己的阅历，证以女工的讲述，我竟决不定那些烈士烈女的凶手，究竟是长毛呢，还是“短毛”和“花绿头”了。我真很羡慕“四十而不惑”的圣人的幸福。

对我最初提醒了满汉的界限的不是书，是辫子。这辫子，是砍了我们古人的许多头，这才种定了的，到得我有知识的时候，大家早忘却了血史，反以为全留乃是长毛，全剃好像和尚，必须剃一点，留一点，才可以算是一个正经人了。而且还要从辫子上玩出花样来：小丑挽一个结，插上一朵纸花打诨；开口跳将小辫子挂在铁杆上，慢慢的吸烟献本领；变把戏的不必动手，只消将头一摇，辟拍一声，辫子便自会跳起来盘在头顶上，他于是要起关王刀来了。而且还切于实用：打架的时候可以拔住，挣脱极难；捉人的时候可以拉着，省得绳索，要是被捉的人多呢，只要捏住辫梢头，一个人就可以牵一大串。吴友如画的《申江胜景图》里，有一幅会审公堂，就有一个巡捕拉着犯人的辫子的形象，但是，这是已经算作“胜景”了。

住在偏僻之区还好，一到上海，可就不免有时会听到一句洋话：Pig-tail-——猪尾巴。这一句话，现在是早不听见了，那意思，似乎也不过说人头上生着猪尾巴，和今日之上海，中国人自己一斗嘴，便彼此互骂为“猪猡”的，还要客气得远。不过那时的青年，好像涵养工夫没有现在的深，也还未懂得“幽默”，所以听起来实在觉得刺耳。

而且对于拥有二百余年历史的辫子的模样，也渐渐的觉得并不雅观，既不全留，又不全剃，剃去一圈，留下一撮，又打起来拖在背后，真好像做着好给别人来拔着牵着的柄子。对于它终于怀了恶感，我看也正是人情之常，不必指为拿了什么地方的东西，迷了什么斯基的理论的。（这两句，奉官谕改为“不足怪的”。）

我的辫子留在日本，一半送给客店里的一位使女做了假发，一半给了理发匠，人是在宣统初年回到故乡来了。一到上海，首先得装假辫子。这时上海有一个专装假辫子的专家，定价每条大洋四元，不折不扣，他的大名，大约那时的留学生都知道。做也真做得巧妙，只要别人不留心，是很可以不出岔子的，但如果人知道你原是留学生，留心研究起来，那就漏洞百出。夏天不能戴帽，也不大行；人堆里要防挤掉或挤歪，也不行。装了一个多月，我想，如果在路上掉了下来或者被人拉下来，不是比原没有辫子更不好看么？索性不装了，贤人说过的：一个人做人要真实。

但这真实的代价真也不便宜，走出去时，在路上所受的待遇完全和先前两样了。我从前是只以为访友作客，才有待遇的，这时才明白路上也一样的一路有待遇。最好的是呆看，但大抵是冷笑，恶骂。小则说是偷了人家的女人，因为那时捉住奸夫，总是首先剪去他辫子的，我至今还不明白为什么；大则指为“里通外国”，就是现在之所谓“汉奸”。我想，如果一个没有鼻子的人在街上走，他还未必至于这么受苦，假使没有了影子，那么，他恐怕也要这样的受社会的责罚了。

我回中国的第一年在杭州做教员，还可以穿了洋服算是洋鬼子；第二年回到故乡绍兴中学去做学监，却连洋服也不行了，因为有许多人是认识我的，所以不管如何装束，总不失为“里通外国”的人，于是我所受的无辫之灾，以在故乡为第一。尤其应该小心的是满洲人的绍兴知府的眼睛，他每到学校来，总喜欢注视我的短头发，和我多说话。

学生们里面，忽然起了剪辫风潮了，很有许多人要剪掉。我连忙禁止。他们就举出代表来诘问道：究竟有辫子好呢，还是没有辫子好呢？我的不假思索的答复是：没有辫子好，然而我劝你们不要剪。学生是向来没有一个说我“里通外国”的，但从这时起，却给了我一个“言行不一致”的结语，看不起了。“言行一致”，当然是很有价值的，现在之所谓文学家里，也还有人以这一点自豪，但他们却不知道他们一剪辫子，价值就会集中在脑袋上。轩亭口离绍兴中学并不远，就是秋瑾小姐就义之处，他们常走，然而忘却了。

“不亦快哉！”——到了一千九百十一年的双十，后来绍兴也挂起白旗来，算是革命了，我觉得革命给我的好处，最大，最不能忘的是我从此可以昂头露顶，慢慢的在街上走，再不听到什么嘲骂。几个也是没有辫子的老朋友从乡下来，一见面就摩着自己的光头，从心底里笑了出来道：哈哈，终于也有了这一天了。

假如有人要我颂革命功德，以“舒愤懑”，那么，我首先要说的就是剪辫子。

四

然而辫子还有一场小风波，那就是张勋的“复辟”，一不小心，辫子是又可以种起来的，我曾见他的辫子兵在北京城外布防，对于没辫子的人们真是气焰万丈。幸而不几天就失败了，使我们至今还可以剪短，分开，披落，烫卷……

张勋的姓名已经暗淡，“复辟”的事件也逐渐遗忘，我曾在《风波》里提到它，别的作品上却似乎没有见，可见早就不受人注意。现在是，连辫子也日见稀少，将与周鼎商彝同列，渐有卖给外国人的资格了。

我也爱看绘画，尤其是人物。国画呢，方巾长袍，或短褐椎结，从没见过一条我所记得的辫子；洋画呢，歪脸汉子，肥腿女人，也从没见过一条我所记得的辫子。这回见了几幅钢笔画和木刻的阿Q像，这才算遇到了在艺术上的辫子，然而是没有一条生得合式的。想起来也难怪，现在的二十岁上下的青年，他生下来已是民国，就是三十岁的，在辫子时代也不过四五岁，当然不会深知道辫子的底细的了。

那么，我的“舒愤懑”，恐怕也很难传给别人，令人一样的愤激，感慨，欢喜，忧愁的罢。

十二月十七日。

一星期前，我在《病后杂谈》里说到铁氏二女的诗。据杭世骏说，钱谦益编的《列朝诗集》里是有的，但我没有这书，所以只引了《订讹类编》完事。今天《四部丛刊续编》的明遗民彭孙贻《茗斋集》出版了，后附《明诗钞》，却有铁氏长女诗在里面。现在就照抄在这里，并将范昌期原作，与所谓铁女诗不同之处，用括弧附注在下面，以便比较。照此看来，作伪者实不过改了一句，并每句各改易一二字而已——

教坊献诗

教坊脂粉（落籍）洗铅华，一片闲（春）心对落花。旧曲听来犹（空）有恨，故园归去已（却）无家。云鬟半挽（髀）临妆（青）镜，雨泪空流（频弹）湿绛纱。今日相逢白司马（安得江州司马在），尊前重与诉（为赋）琵琶。

但俞正燮《癸巳类稿》又据茅大芳《希董集》，言“铁公妻女以死殉”；并记或一说云，“铁二子，无女。”那么，连铁铉有无女儿，也都成为疑案了。两个近视眼论扁额上字，辩论一通，其实连扁额也没有挂，原也是能有的事实。不过铁妻死殉之说，我以为是粉饰的。《弇州史料》所记，奏文与上谕具存，王世贞明人，决不敢捏造。

倘使铁铉真的并无女儿，或有而实已自杀，则由这虚构的故事，也可以窥见社会心理之一斑。就是：在受难者家族中，无女不如其有之有趣，自杀又不如其落教坊之有趣；但铁铉究竟是忠臣，使其女永沦教坊，终觉于心不安，所以还是和寻常女子不同，因献诗而配了士子。这和小生落难，下狱挨打，到底中了状元的公式，完全是一致的。

二十三日之夜，附记。

题注：

本篇最初发表于《文学》月刊第四卷第三号（1935 年 3 月 1 日），发表时题目被改为《病后余谈》，副题亦被删去。后收入《且介亭杂文》。本文所谈是明代统治者的虐政，以及清代统治者删改古书以掩盖其凶残的史实，因而亦遭到了删改。鲁迅在《且介亭杂文·附记》中曾有较详细的说明。此外，鲁迅在 1935 年 1 月 29 日致杨霁云信中又说：“我乃续作一文，谈清朝之禁汉人著作，这回他们自己不删了，只令生活书局中人动手删削……这一点责任，也不肯负，可谓全无骨气，实不及叭儿之尚能露脸狂吠也。”在 1935 年 4 月 9 日致增田涉信中亦说：“《文学》三月号刊出的拙作，也大被删削。现在国民党的做法，实在与满清时大致相同，也许当时的汉人就以这种做法告诉满洲人。”

“招贴即扯”

工愁的人物，真是层出不穷。开年正月，就有人怕骂倒了一切古今人，只留下自己的没意思。要是古今中外真的有过这等事，这才叫作希奇，但实际上并没有，将来大约也不会有。岂但一切古今人，连一个人也没有骂倒过。凡是倒掉的，决不是因为骂，却只为揭穿了假面。揭穿假面，就是指出了实际来，这不能混谓之骂。

然而世间往往混为一谈。就以现在最流行的袁中郎为例罢，既然肩出来当作招牌，看客就不免议论这招牌，怎样撕破了衣裳，怎样画歪了脸孔。这其实和中郎本身是无关的，所指的是他的自以为徒子徒孙们的手笔。然而徒子徒孙们就以为骂了他的中郎爷，愤慨和狼狈之状可掬，觉得现在的世界是比五四时代更狂妄了。但是，现在的袁中郎脸孔究竟画得怎样呢？时代很近，文证具存，除了变成一个小品文的老师，“方巾气”的死敌而外，还有些什么？

和袁中郎同时活在中国的，无锡有一个顾宪成，他的著作，开口“圣人”，闭口“吾儒”，真是满纸“方巾气”。而且疾恶如仇，对小人决不假借。他说：“吾闻之：凡论人，当观其趋向之大体。趋向苟正，即小节出入，不失为君子；趋向苟差，即小节可观，终归于小人。又闻：为国家者，莫要于扶阳抑阴，君子即不幸有诖误，当保护爱惜成就之；小人即小过乎，当早排绝，无令为后患。……”（《自反录》）推而广之，也就是倘要论袁中郎，当看他趋向之大体，趋向苟正，不妨恕其偶讲空话，作小品文，因为他还有更重要的一方面在。正如李白会做诗，就可以不责其喝酒，如果只会喝酒，便以半个李白，或李白的徒子徒孙自命，那可是应该赶紧将他“排绝”的。

中郎还有更重要的一方面么？有的。万历三十七年，顾宪成辞官，时中郎“主陕西乡试，发策，有‘过劣巢由’之语。监临者问‘意云何？’袁曰：‘今吴中大贤亦不出，将令世道何所倚赖，故发此感尔。’”（《顾端文公年谱》下）中郎正是一个关心世道，佩服“方巾气”人物的人，赞《金瓶梅》，作小品文，并不是他的全部。

中郎之不能被骂倒，正如他之不能被画歪。但因此也就不能作他的蛀虫们的永久的巢穴了。

一月二十六日。

题注：

本文最初发表于上海《太白》半月刊第一卷第十一期（1935年2月20日），署名公汗。收入《且介亭杂文二集》。当时林语堂等提倡明人小品，宣扬“闲适”和“性灵”，并将明代文学家袁中郎“奉为小品文的老师”，从而把袁中郎作为他们提倡“闲适小品”的招牌广告，却完全看不到或忽略了他还有关心世道、佩服“方巾气”人物的一面。袁中郎，即袁宏道，明代文学家，作文主张“独抒性灵，不拘一格”。

“招贴即扯”：当时城里临街住家，为防止别人在墙上张贴广告，往往写上“招贴即扯”等字样。“方巾气”，又称“头巾气”，即道学气的意思。明代学者士人日常所戴的帽子称方巾。林语堂在《方巾气研究》一文中说“方巾气道学气是幽默之魔敌”。

中国的科学资料

——新闻记者先生所供给的

毒蛇化鳖——“特志之以备生物学家之研究焉。”

乡妇产蛇——“因识之以供生理学家之参考焉。”

冤鬼索命——“姑记之以俟灵魂学家之见教焉。”

题注：

本篇最初发表于1935年5月20日《太白》半月刊第二卷第五期“掂斤簸两”栏，署名越山。初未收集。本文讽刺一些新闻记者把非科学的传闻当作新闻来报道。

“有不为斋”

孔子曰：“不得中行而与之，必也狂狷乎，狂者进取，狷者有所不为也。”

于是很有一些人便争以“有不为”名斋，以孔子之徒自居，以“狷者”自命。

但敢问——

“有所不为”的，是卑鄙龌龊的事乎，抑非卑鄙龌龊的事乎？

“狂者”的界说没有“狷者”的含糊，所以以“进取”名斋者，至今还没有。

题注：

本篇最初发表于1935年5月20日《太白》半月刊第二卷第五期“掂斤簸两”栏，署名直入。初未收集。清代有多人用“有不为斋”作书斋名，林语堂在《论语》和《人间世》杂志上以“有不为斋随笔”发表文章。鲁迅予以嘲笑。

从帮忙到扯淡

"帮闲文学"曾经算是一个恶毒的贬辞，——但其实是误解的。

《诗经》是后来的一部经，但春秋时代，其中的有几篇就用之于侑酒；屈原是"楚辞"的开山老祖，而他的《离骚》，却只是不得帮忙的不平。到得宋玉，就现有的作品看起来，他已经毫无不平，是一位纯粹的清客了。然而《诗经》是经，也是伟大的文学作品；屈原宋玉，在文学史上还是重要的作家。为什么呢？——就因为他究竟有文采。

中国的开国的雄主，是把"帮忙"和"帮闲"分开来的，前者参与国家大事，作为重臣，后者却不过叫他献诗作赋，"俳优蓄之"，只在弄臣之列。不满于后者的待遇的是司马相如，他常常称病，不到武帝面前去献殷勤，却暗暗的作了关于封禅的文章，藏在家里，以见他也有计画大典——帮忙的本领，可惜等到大家知道的时候，他已经"寿终正寝"了。然而虽然并未实际上参与封禅的大典，司马相如在文学史上也还是很重要的作家。为什么呢？就因为他究竟有文采。

但到文雅的庸主时，"帮忙"和"帮闲"的可就混起来了，所谓国家的柱石，也常是柔媚的词臣，我们在南朝的几个末代时，可以找出这实例。然而主虽然"庸"，却不"陋"，所以那些帮闲者，文采却究竟还有的，他们的作品，有些也至今不灭。

谁说“帮闲文学”是一个恶毒的贬辞呢？

就是权门的清客，他也得会下几盘棋，写一笔字，画画儿，识古董，懂得些猜拳行令，打趣插科，这才能不失其为清客。也就是说，清客，还要有清客的本领的，虽然是有骨气者所不屑为，却又非搭空架者所能企及。例如李渔的《一家言》，袁枚的《随园诗话》，就不是每个帮闲都做得出来的。必须有帮闲之志，又有帮闲之才，这才是真正的帮闲。如果有其志而无其才，乱点古书，重抄笑话，吹拍名士，拉扯趣闻，而居然不顾脸皮，大摆架子，反自以为得意，——自然也还有人以为有趣，——但按其实，却不过“扯淡”而已。

帮闲的盛世是帮忙，到末代就只剩了这扯淡。

六月六日。

题注：

本文是鲁迅应上海《文学》月刊的《文学论坛》之约而作，写成后因被禁，未能刊出。后发表于中国留学生在日本东京编印的《杂文》月刊第三期（1935 年 9 月 20 日）。收入《且介亭杂文二集》。1932 年 11 月，鲁迅曾在北京大学作《帮忙文学与帮闲文学》的演讲，说：“那些会念书会下棋会画画的人，陪主人念念书，下下棋，画几笔画，这叫做帮闲……”又说：“帮闲文学实在就是帮忙文学。”1935 年 6 月，针对已经变化的时势，鲁迅写作了本文，发展了这一观点。在《且介亭杂文二集》的《后记》中鲁迅谈及本文，可参阅。在同年 8 月 1 日致增田涉的信中又说：“所谓‘扯淡’一词，实较难译。也就是没有可说而又强要说，既无帮闲的才能，又要做帮闲的事之类。”

两种“黄帝子孙”

林语堂先生以为“现代中国人尊其所不当尊，弃其所不当弃，……其实物质文明吃穿居住享用还是咱们黄帝子孙内行”。

但“咱们黄帝子孙”好像有两种：一种是“天生蛮性”的；一种是天生没有蛮性，或者已经消灭。

而“物质文明”也至少有两种：一种是吃肥甘，穿轻暖，住洋房的；一种却是吃树皮，穿破布，住草棚，——吃其所不当吃，穿其所不当穿，而且住其所不当住。

“咱们黄帝子孙”正如“蛮性”的难以都有一样，“其实物质文明吃穿居住享用”也并不全“内行”。

哈哈，“玩笑玩笑”。

题注：

本篇最初发表于上海《太白》半月刊第二卷第七期（1935年6月20日）“掂斤簸两”栏，署名直入。初未收集。1935年4月林语堂在《人间世》半月刊第二十六期发表《谈中西文化》一文，说“物质文明吃穿居住享用还是咱们黄帝子孙内行”。鲁迅因此而写作了本文。林语堂1934年12月27日在暨南大学的演讲《做文与做人》中说：“做文是茶余饭后的事，不必认真……玩笑玩笑，寻寻开心。”

写于深夜里

一　珂勒惠支教授的版画之入中国

野地上有一堆烧过的纸灰，旧墙上有几个划出的图画，经过的人是大抵未必注意的，然而这些里面，各各藏着一些意义，是爱，是悲哀，是愤怒，……而且往往比叫了出来的更猛烈。也有几个人懂得这意义。

一九三一年——我忘了月份了——创刊不久便被禁止的杂志《北斗》第一本上，有一幅木刻画，是一个母亲，悲哀的闭了眼睛，交出她的孩子去。这是珂勒惠支教授（Prof.Kaethe Kollwitz）的木刻连续画《战争》的第一幅，题目叫作《牺牲》；也是她的版画绍介进中国来的第一幅。

这幅木刻是我寄去的，算是柔石遇害的纪念。他是我的学生和朋友，一同绍介外国文艺的人，尤喜欢木刻，曾经编印过三本欧美作家的作品，虽然印得不大好。然而不知道为了什么，突然被捕了，不久就在龙华和别的五个青年作家同时枪毙。当时的报章上毫无记载，大约是不敢，也不能记载，然而许多人都明白他不在人间了，因为这是常有的事。只有他那双目失明的母亲，我知道她一定还以为她的爱子仍在上海翻译和校对。偶然看到德国书店的目录上有这幅《牺牲》，便将它投寄《北斗》了，算是我的无言的纪念。然而，后来知道，很有一些人是觉得所含的意义的，不过他们大抵以为纪念的是被害的全群。

这时珂勒惠支教授的版画集正在由欧洲走向中国的路上，但到得上海，勤恳的绍介者却早已睡在土里了，我们连地点也不知道。好的，我一个人来看。这里面是穷困，疾病，饥饿，死亡……自然也有挣扎和争斗，但比较的少；这正如作者的自画像，脸上虽有憎恶和愤怒，而更多的是慈爱和悲悯的相同。这是一切"被侮辱和被损害的"的母亲的心的图像。这类母亲，在中国的指甲还未染红的乡下，也常有的，然而人往往嗤笑她，说做母亲的只爱不中用的儿子。但我想，她是也爱中用的儿子的，只因为既然强壮而有能力，她便放了心，去注意"被侮辱的和被损害的"孩子去了。

现在就有她的作品的复印二十一幅，来作证明；并且对于中国的青年艺术学徒，又有这样的益处的——

一，近五年来，木刻已颇流行了，虽然时时受着迫害。但别的版画，较成片段的，却只有一本关于卓伦（Anders Zorn）的书。现在所绍介的全是铜刻和石刻，使读者知道版画之中，又有这样的作品，也可以比油画之类更加普遍，而且看见和卓伦截然不同的技法和内容。

二，没有到过外国的人，往往以为白种人都是对人来讲耶稣道理或开洋行的，鲜衣美食，一不高兴就用皮鞋向人乱踢。有了这画集，就明白世界上其实许多地方都还存在着"被侮辱和被损害的"人，是和我们一气的朋友，而且还有为这些人们悲哀，叫喊和战斗的艺术家。

三，现在中国的报纸上多喜欢登载张口大叫着的希特拉像，当时是暂时的，照相上却永久是这姿势，多看就令人觉得疲劳。现在由德国艺术家的画集，却看见了别一种人，虽然并非英雄，却可以亲近，同情，而且愈看，也愈觉得美，愈觉得有动人之力。

四，今年是柔石被害后的满五年，也是作者的木刻第一次在中国出现后的第五年；而作者，用中国式计算起来，她是七十岁了，这也可以算作一个纪念。作者虽然现在也只能守着沉默，但她的作品，却更多的在远东的天下出现了。是的，为人类的艺术，别的力量是阻挡不住的。

二　略论暗暗的死

这几天才悟到，暗暗的死，在一个人是极其惨苦的事。

中国在革命以前，死囚临刑，先在大街上通过，于是他或呼冤，或骂官，或自述英雄行为，或说不怕死。到壮美时，随着观看的人们，便喝一声采，后来还传述开去。在我年青的时候，常听到这种事，我总以为这情形是野蛮的，这办法是残酷的。

新近在林语堂博士编辑的《宇宙风》里，看到一篇铢堂先生的文章，却是别一种见解。他认为这种对死囚喝采，是崇拜失败的英雄，是扶弱，“理想是不能不算崇高。然而在人群的组织上实在要不得。抑强扶弱，便是永远不愿意有强。崇拜失败英雄，便是不承认成功的英雄。”所以使“凡是古来成功的帝王，欲维持几百年的威力，不定得残害几万几十万无辜的人，方才能博得一时的慑服”。

残害了几万几十万人，还只“能博得一时的慑服”，为“成功的帝王”设想，实在是大可悲哀的：没有好法子。不过我并不想替他们划策，我所由此悟到的，乃是给死囚在临刑前可以当众说话，倒是“成功的帝王”的恩惠，也是他自信还有力量的证据，所以他有胆放死囚开口，给他在临死之前，得到一个自夸的陶醉，大家也明白他的收场。我先前只以为“残酷”，还不是确切的判断，其中是含有一点恩惠的。我每当朋友或学生的死，倘不知时日，不知地点，不知死法，总比知道的更悲哀和不安；由此推想那一边，在暗室中毕命于几个屠夫的手里，也一定比当众而死的更寂寞。

然而“成功的帝王”是不秘密杀人的，他只秘密一件事：和他那些妻妾的调笑。到得就要失败了，才又增加一件秘密：他的财产的数目和安放的处所；再下去，这才加到第三件：秘密的杀人。这时他也如铢堂先生一样，觉得民众自有好恶，不论成败的可怕了。

所以第三种秘密法，是即使没有策士的献议，也总有一时要采用的，也许有些地方还已经采用。这时街道文明了，民众安静了，但我们试一推测死者的心，却一定比明明白白而死的更加惨苦。我先前读但丁的《神曲》，到《地狱》篇，就惊异于这作者设想的残酷，但到现在，阅历加多，才知道他还是仁厚的了：他还没有想出一个现在已极平常的惨苦到谁也看不见的地狱来。

三　一个童话

看到二月十七日的《DZZ》，有为纪念海涅（H.Heine）死后八十年，勃莱兑勒（Willi Bredel）所作的《一个童话》，很爱这个题目，也来写一篇。

有一个时候，有一个这样的国度。权力者压服了人民，但觉得他们倒都是强敌了，拼音字好像机关枪，木刻好像坦克车；取得了土地，但规定的车站上不能下车。地面上也不能走了，总得在空中飞来飞去；而且皮肤的抵抗力也衰弱起来，一有紧要的事情，就伤风，同时还传染给大臣们，一齐生病。

出版有大部的字典，还不止一部，然而是都不合于实用的，倘要明白真情，必须查考向来没有印过的字典。这里面很有新奇的解释，例如："解放"就是"枪毙"；"托尔斯泰主义"就是"逃走"；"官"字下注云："大官的亲戚朋友和奴才"；"城"字下注云："为防学生出入而造的高而坚固的砖墙"；"道德"条下注云："不准女人露出臂膊"；"革命"条下注云："放大水入田地里，用飞机载炸弹向'匪贼'头上掷之也。"

出版有大部的法律，是派遣学者，往各国采访了现行律，摘取精华，编纂而成的，所以没有一国，能有这部法律的完全和精密。但卷头有一页白纸，只有见过没有印出的字典的人，才能够看出字来，首先计三条：一，或从宽办理；二，或从严办理；三，或有时全不适用之。

自然有法院，但曾在白纸上看出字来的犯人，在开庭时候是决不抗辩的，因为坏人才爱抗辩，一辩即不免"从严办理"；自然也有高等法院，但曾在白纸上看出字来的人，是决不上诉的，因为坏人才爱上诉，一上诉即不免"从严办理"。

有一天的早晨，许多军警围住了一个美术学校。校里有几个中装和西装的人在跳着，翻着，寻找着，跟随他们的也是警察，一律拿着手枪。不多久，一位西装朋友就在寄宿舍里抓住了一个十八岁的学生的肩头。

“现在政府派我们到你们这里来检查，请你……”

“你查罢！”那青年立刻从床底下拖出自己的柳条箱来。

这里的青年是积多年的经验，已颇聪明了的，什么也不敢有。但那学生究竟只有十八岁，终于被在抽屉里，搜出几封信来了，也许是因为那些信里面说到他的母亲的困苦而死，一时不忍烧掉罢。西装朋友便子子细细的一字一字的读着，当读到“……世界是一台吃人的筵席，你的母亲被吃去了，天下无数无数的母亲也会被吃去的……”的时候，就把眉头一扬，摸出一枝铅笔来，在那些字上打着曲线，问道：

“这是怎么讲的？”

“…………”

“谁吃你的母亲？世上有人吃人的事情吗？我们吃你的母亲？好！”他凸出眼珠，好像要化为枪弹，打了过去的样子。

“那里！……这……那里！……这……”青年发急了。

但他并不把眼珠射出去，只将信一折，塞在衣袋里；又把那学生的木版，木刻刀和拓片，《铁流》，《静静的顿河》，剪贴的报，都放在一处，对一个警察说：

“我把这些交给你！”

“这些东西里有什么呢，你拿去？”青年知道这并不是好事情。

但西装朋友只向他瞥了一眼，立刻顺手一指，对别一个警察命令道：

“我把这个交给你！”

警察的一跳好像老虎，一把抓住了这青年的背脊上的衣服，提出寄宿舍的大门口去了。门外还有两个年纪相仿的学生，背脊上都有一只勇壮巨大的手在抓着。旁边围着一大层教员和学生。

四　又是一个童话

有一天的早晨的二十一天之后，拘留所里开审了。一间阴暗的小屋子里，上面坐着两位老爷，一东一西。东边的一个是马褂，西边的一个是西装，不相信世上有人吃人的事情的乐天派，录口供的。警察吆喝着连抓带拖的弄进一个十八岁的学生来，苍白脸，脏衣服，站在下面。马褂问过他的姓名，年龄，籍贯之后，就又问道：

“你是木刻研究会的会员么？”

“是的。”

“谁是会长呢？”

“Ch……正的，H……副的。”

“他们现在在那里？”

“他们都被学校开除了，我不晓得。”

“你为什么要鼓动风潮呢，在学校里？”

“阿！……”青年只惊叫了一声。

“哼。”马褂随手拿出一张木刻的肖像来给他看，“这是你刻的吗？”

“是的。”

“刻的是谁呢？”

“是一个文学家。”

“他叫什么名字？”

“他叫卢那却尔斯基。”

“他是文学家？——他是那一国人？”

“我不知道！”这青年想逃命，说谎了。

“不知道？你不要骗我！这不是露西亚人吗？这不是明明白白的露西亚红军军官吗？我在露西亚的革命史上亲眼看见他的照片的呀！

你还想赖？”

“那里！”青年好像头上受到了铁椎的一击，绝望的叫了一声。

“这是应该的，你是普罗艺术家，刻起来自然要刻红军军官呀！”

“那里……这完全不是……”

“不要强辩了，你总是‘执迷不悟’！我们很知道你在拘留所里的生活很苦。但你得从实说来，好使我们早些把你送给法院判决。——监狱里的生活比这里好得多。”

青年不说话——他十分明白了说和不说一样。

“你说，”马褂又冷笑了一声，“你是CP，还是CY？”

“都不是的。这些我什么也不懂！”

“红军军官会刻，CP，CY就不懂了？人这么小，却这样的刁顽！去！”于是一只手顺势向前一摆，一个警察很聪明而熟练的提着那青年就走了。

我抱歉得很，写到这里，似乎有些不像童话了。但如果不称它为童话，我将称它为什么呢？特别的只在我说得出这事的年代，是一九三二年。

五　一封真实的信

“敬爱的先生：

你问我出了拘留所以后的事情么，我现在大略叙述在下面——

在当年的最后一月的最后一天，我们三个被××省政府解到了高等法院。一到就开检查庭。这检察官的审问很特别，只问了三句：

‘你叫什么名字？’——第一句；

‘今年你几岁？’——第二句；

‘你是那里人？’——第三句。

开完了这样特别的庭，我们又被法院解到了军人监狱。有谁要看统治者的统治艺术的全般的么？那只要到军人监狱里去。他的虐杀异己，屠戮人民，不惨酷是不快意的。时局一紧张，就拉出一批所谓重要的政治犯来枪毙，无所谓刑期不刑期的。例如南昌陷于危急的时候，曾在三刻钟之内，打死了二十二个；福建人民政府成立时，也枪毙了不少。刑场就是狱里的五亩大的菜园，囚犯的尸体，就靠泥埋在菜园里，上面栽起菜来，当作肥料用。

约莫隔了两个半月的样子，起诉书来了。法官只问我们三句话，怎么可以做起诉书的呢？可以的！原文虽然不在手头，但是我背得出，可惜的是法律的条目已经忘记了——

> ‘……Ch……H……所组织之木刻研究会，系受共党指挥，研究普罗艺术之团体也。被告等皆为该会会员，……核其所刻，皆为红军军官及劳动饥饿者之景象，借以鼓动阶级斗争而示无产阶级必有专政之一日。……’

之后，没有多久，就开审判庭。庭上一字儿坐着老爷五位，威严得很。然而我倒并不怎样的手足无措，因为这时我的脑子里浮出了一幅图画，那是陀密埃（Honoré Daumier）的《法官》，真使我赞叹！

审判庭开后的第八日，开最后的判决庭，宣判了。判决书上所开的罪状，也还是起诉书上的那么几句，只在它的后半段里，有——

> ‘核其所为，当依危害民国紧急治罪法第×条，刑法第×

百×十×条第×款，各处有期徒刑五年。……然被告等皆年幼无知，误入歧途，不无可悯，特依××法第×千×百×十×条第×款之规定，减处有期徒刑二年六个月。于判决书送到后十日以内，不服上诉……’云云。

我还用得到‘上诉’么？‘服’得很！反正这是他们的法律！

总结起来，我从被捕到放出，竟游历了三处残杀人民的屠场。现在，我除了感激他们不砍我的头之外，更感激的是增加了我不知几多的知识。单在刑罚一方面，我才晓得现在的中国有：一，抽藤条，二，老虎凳，都还是轻的；三，踏杠，是叫犯人跪下，把铁杠放在他的腿弯上，两头站上彪形大汉去，起先两个，逐渐加到八人；四，跪火链，是把烧红的铁链盘在地上，使犯人跪上去；五，还有一种叫‘吃’的，是从鼻孔里灌辣椒水，火油，醋，烧酒……；六，还有反绑着犯人的手，另用细麻绳缚住他的两个大拇指，高悬起来，吊着打，我叫不出这刑罚的名目。

我认为最惨的还是在拘留所里和我同栊的一个年青的农民。老爷硬说他是红军军长，但他死不承认。呵，来了，他们用缝衣针插在他的指甲缝里，用榔头敲进去。敲进去了一只，不承认，敲第二只，仍不承认，又敲第三只……第四只……终于十只指头都敲满了。直到现在，那青年的惨白的脸，凹下的眼睛，两只满是鲜血的手，还时常浮在我的眼前，使我难于忘却！使我苦痛！……

然而，入狱的原因，直到我出来之后才查明白。祸根是在我们学生对于学校有不满之处，尤其是对于训育主任，而他却是省党部的政治情报员。他为了要镇压全体学生的不满，就把仅存的三个木刻研究会会员，抓了去做示威的牺牲了。而那个硬派卢那却尔斯基为红军军官的马褂老爷，又是他的姐夫，多么便利呵！

写完了大略，抬头看看窗外，一地惨白的月色，心里不禁渐渐地冰凉了起来。然而我自信自己还并不怎样的怯弱，然而，我的心冰凉起来了……

愿你的身体康健！

人凡。四月四日，后半夜。”

（附记：从《一个童话》后半起至篇末止，均据人凡君信及《坐牢略记》。四月七日。）

题注：

本篇最初发表于上海《夜莺》月刊第一卷第三期（1936年5月10日）。本文系鲁迅应上海出版的英文期刊《中国呼声》之约而作，英文译稿发表于同年6月1日《中国呼声》第一卷第六期。初未收集。

曹白，原名刘平若，江苏武进人，杭州木铃木刻社主要成员之一。1933年秋该社遭当局查封，曹白因刻卢那察尔斯基肖像，被逮捕入狱，受到严刑拷打。出狱后，他又为一个木刻展览会刻了《鲁迅像》和《鲁迅遇见祥林嫂》。曹白把这张像寄给鲁迅，又将自己坐牢的事情告诉了鲁迅。鲁迅1936年4月1日在致曹白信中说："为了一张文学家的肖像，得了这样的罪，也是大笑话，我想做一点短文，到外国去发表。"信中要曹白把坐牢的详情告诉他，曹白遂寄了《坐牢略记》一文，4月6日鲁迅日记载"得曹白信并《坐牢略记》"。次日鲁迅即作本文。是日鲁迅日记记载"夜作《写于深夜里》讫，约七千字"。在1936年5月4日致曹白信中又说："你的那一篇文章，尚找不着适当的发表之处。我只抄了一段，连一封信（略有删去及改易），收在《写于深夜里》的里面。"

“立此存照”（一）

晓角

海派《大公报》的《大公园地》上，有《非庵漫话》，八月二十五日的一篇，题为《太学生应试》，云：

> “这次太学生应试，国文题在文科的是：《士先器识而后文艺》，理科的是《拟南粤王复汉文帝书》，并把汉文帝遗南粤王赵佗书的原文附在题后。也许这个试题，对于现在的异动，不无见景生情之意。但是太学生对于这两个策论式的命题，很有些人摸不着头脑。有一位太学生在试卷上大书：‘汉文帝三字仿佛故识，但不知系汉高祖几代贤孙，答南粤王赵他，则素昧生平，无从说起。且回去用功，明年再见。’某试官见此生误佗为他，辄批其后云：‘汉高文帝爸，赵佗不是他；今年既不中，明年再来吧。’又一生在《士先器识而后文艺》题后，并未作文，仅书‘若见美人甘下拜，凡闻过失要回头’一联，掷笔出场而去。某试官批云：‘闻鼓鼙而思将帅之臣，临考试而动爱美之兴，幸该生尚能悬崖勒马，否则应打竹板四十，赶出场外。’是亦孤城落日中堪资谈助者。”

寥寥三百余字耳，却已将学生对于旧学之空疏和官师态度之浮薄写尽，令人觉自言“歇后郑五作宰相，天下事可知”者，诚亦古之人不可及也。

但国文亦良难：汉若无赵他，中华民国亦岂得有“太学生”哉。

题注：

本篇作于1936年8月27日，最初发表于上海《中流》半月刊第一卷第一期（1936年9月5日）。署名晓角。初未收集。1936年8月25日上海《大公报》刊登《太学生应试》一文，鲁迅认为寥寥三百余字，写尽了学生对于旧学的空疏和官师态度之浮薄，因而，在本文中录存该文。“立此存照”，旧时契约等文书中的惯用语，意思是立下这个（文据），保存起来以备考查核对。

“立此存照”（二）

晓角

《申报》（八月九日）载本地人盛阿大，有一养女，名杏珍，年十六岁，于六日忽然失踪，盛在家检点衣物，从杏珍之箱箧中发现他人寄与之情书一封，原文云：

> “光阴如飞般的过去了，倏忽已六个月半矣，在此过程中，很是觉得闷闷的，然而细想真有无穷快乐在眼前矣，细算时日，不久快到我们的时候矣，请万事多多秘密为要，如有东西，有机会拿来，请你爱惜金钱，不久我们需要金钱应用，幸勿浪费，是幸，你的身体爱惜，我睡在床上思想你，早晨等在洋台上，看你开门，我多看见你芳影，很是快活，请你勿要想念，再会吧，日健，爱书，”

盛遂将信呈交捕房，不久果获诱拐者云云。

案这种事件，是不足为训的。但那一封信，却是十足道地的语录体情书，置之《宇宙风》中，也堪称佳作，可惜林语堂博士竟自赴美国讲学，不再顾念中国文风了。

现在录之于此，以备他日作《中国语录体文学史》者之采择，其作者，据《申报》云，乃法租界蒲石路四七九号协盛水果店伙无锡项三宝也。

题注：

本篇作于1936年8月27日，最初发表于上海《中流》半月刊第一卷第一期（1936年9月5日）。署名晓角。初未收集。1936年8月9日上海《申报》在报道一桩“诱拐”案件中，登载了一封半文半白、似通非通的情书。鲁迅认为其事件司空见惯，实不足为训，“但那一封信，却是十足道地的语录体情书，置之《宇宙风》中，也堪称佳作”，故予以录存。1935年前后，林语堂在提倡脱离现实的“幽默”“性灵”文学的同时，还提倡“文言中不避俚语，白话中多放之乎”的“新语录体”，这也是促发鲁迅录存这封情书的动因之一。

“立此存照”（六）

晓角

崇祯八年（一六三五）新正，张献忠之一股陷安徽之巢县，秀水人沈国元在彼地，被斫不死，改名常，字存仲，作《再生纪异录》。今年春，上虞罗振常重校印行，改名《流寇陷巢记》，多此一改，怕是生意经了。其中有这样的文字：

> “元宵夜，月光澄湛，皎如白日。邑前居民神堂火起，严大尹拜灭之；戒市人勿张灯。时余与友人薛希珍杨子乔同步街头，各有忧色，盖以贼锋甚锐，毫无防备，城不可守也。街谈巷议，无不言贼事，各以‘来了’二字，互相惊怖。及贼至，果齐声呼‘来了来了’：非市谶先兆乎？”

《热风》中有《来了》一则，臆测而已，这却是具象的实写；而贼自己也喊“来了”，则为《热风》作者所没有想到的。此理易明：“贼”即民耳，故逃与追不同，而所喊的话如一：易地则皆然。

又云：

“二十二日，……余……匿金身后，即闻有相携而蹶者，有痛楚而呻者，有襁负而至者，一闻贼来，无地可入，真人生之绝境也。及贼徜徉而前，仅一人提刀斫地示威耳；有猛犬逐之，竟惧而走。……”

非经宋元明三朝的压迫，杀戮和麻醉，不能到这田地。民觉醒于四年前之春，而宋元明清之教养亦醒矣。

题注：

本篇作于1936年9月21日至27日间，最初发表于上海《中流》半月刊第一卷第四期（1936年10月20日），署名晓角。初未收集。1936年4月，上海蟫隐庐书肆印行《流寇陷巢记》，原名《再生纪异录》，明末沈存仲著。1936年春罗振常重校印行时改现名。1936年9月5日鲁迅购得此书。本文中鲁迅录存了该书中的两段记张献忠属部陷安徽巢县事，并由此生发开去。

"立此存照"（七）

晓角

近来的日报上作兴附"专刊"，有讲医药的，有讲文艺的，有谈跳舞的；还有"大学生专刊"，"中学生专刊"，自然也有"小学生"和"儿童专刊"；只有"幼稚园生专刊"和"婴儿专刊"，我还没有看见过。

九月二十七日，偶然看《申报》，遇到了《儿童专刊》，其中有一篇叫作《救救孩子！》，还有一篇"儿童作品"，教小朋友不要看无用的书籍，如果有工夫，"可以看些有用的儿童刊物，或则看看星期日《申报》出版的《儿童专刊》，那是可以增进我们儿童知识的"。

在手里的就是这《儿童专刊》，立刻去看第一篇。果然，发见了不忍删节的应时的名文：

小学生们应有的认识

梦苏

最近一个月中，四川的成都，广东的北海，湖北的汉口，以及上海公共租界上，连续出了不幸的案件，便是日本侨民及水兵的被人杀害，国交显出分外严重的不安。

小朋友对于这种不幸的案件，作何感想？于我们民族前途的关系是极大的。

国际的交涉，在非常时期，做国民的不可没有抗敌御侮的精神；但国交尚在常态的时期，却绝对不可有伤害外侨的越轨行动。倘若以个人的私忿，而杀害外侨，这比较杀害自国人民，罪加一等。因为被杀害的虽然是绝少数人，但会引起别国的误会，加重本国外交上的困难；甚至发生意外的纠纷，把整个民族复兴运动的步骤乱了。这种少数人无意识的轨外行动，实是国法的罪人，民族的败类。我们当引为大戒。要知道这种举动，和战士在战争时的杀敌致果，功罪是绝对相反的。

小朋友们！试想我们住在国外的侨民，倘使被别国人非法杀害，虽然我们没有兵舰派去登陆保侨，小题大做：我们政府不会提出严厉的要求，得不到丝毫公道的保障；但总禁不住我们同情的愤慨。

我们希望别国人民敬视我们的华侨，我们也当敬视任何的外侨；使伤害外侨的非法行为以后不再发生。这才是大国民的风度。

这“大国民的风度”非常之好，虽然那“总禁不住”“同情的愤慨”，还嫌过激一点，但就大体而言，是极有益于敦睦邦交的。不过我们站在中国人的立场上，却还“希望”我们对于自己，也有这“大国民的风度”，不要把自国的人民的生命价值，估计得只值外侨的一半，以至于“罪加一等”。主杀奴无罪，奴杀主重办的刑律，自从民国以来（呜呼，二十五年了！）不是早经废止了么？

真的要“救救孩子”。这“于我们民族前途的关系是极大的”！

而这也是关于我们的子孙。大朋友，我们既然生着人头，努力来讲人话罢！

九月二十七日。

题注：

本文首次发表于上海《中流》半月刊第一卷第四期（1936 年 10 月 20 日），署名晓角。初未收集。在小说《狂人日记》中，鲁迅率先发出“救救孩子”的呐喊，震动了当时的中国文坛。1936 年 9 月 27 日《申报·儿童专刊》刊载了一篇题为《救救孩子》的文章，其意无关宏旨，但同版刊登的“梦苏”的《小学生们应有的认识》一文引起鲁迅的注意。文中说中国人杀害外侨应加倍治罪，认为这才是“大国民的风度”。鲁迅因而写作了本文。鲁迅在第二天写给黎烈文的信中，仍十分愤慨地提起该文：“……此虽日本人尚未敢作此种主张，此作者真畜类也。”

关于许绍棣叶溯中黄萍荪

当我加入自由大同盟时，浙江台州人许绍棣，温州人叶溯中，首先献媚，呈请南京政府下令通缉。二人果渐腾达，许官至浙江教育厅长，叶为官办之正中书局大员。

有黄萍荪者，又伏许叶嗾使，办一小报，约每月必诋我两次，则得薪金三十。黄竟以此起家，为教育厅小官，遂编《越风》，函约"名人"撰稿，谈忠烈遗闻，名流轶事，自忘其本来面目矣。"会稽乃报仇雪耻之乡"，然一遇叭儿，亦复途穷道尽！

题注：

本篇据手稿编入，约写于1936年。初未收集。文中所写三人：许绍棣，浙江台州人，时任国民党浙江省党部委员、杭州《民国日报》社社长、浙江省教育厅厅长。叶溯中，浙江温州人，时任国民党中央监察委员会候补委员、正中书局副总经理。黄萍荪，浙江杭州人，时任浙江教育厅助理编审、《中央日报》驻杭记者，曾主编《越风》等杂志。